鲁迅在上海景云里寓所。1928年3月16日摄

百草园

鲁迅小时候常在
院中的四季桂树下听
祖母讲故事

鲁迅喜爱的《山海经》

鲁迅喜爱的绍兴民俗画"老鼠娶亲图"

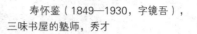
寿怀鉴（1849—1930，字镜吾），
三味书屋的塾师，秀才

三味书屋是绍兴城内的一所私塾，鲁迅12岁到这里读书

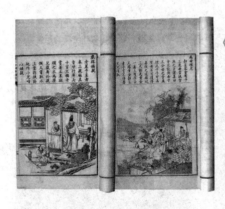

《从百草园到三味书屋》手稿

长辈赠给鲁迅的通俗读物
《二十四孝图》

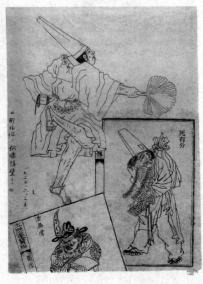

鲁迅深受民间戏剧艺术的熏陶。这是他1927年为回忆散文《无常》手绘的《活无常图》

1906年3月，鲁迅决定离开仙台，弃医从文。这是同学们为他举行话别会后的合影。左起第一人为鲁迅

鲁迅离开仙台时，藤野先生以照片相赠，并在背面题写"惜别"

鲁迅散文诗集《野草》，1927年7
月出版

《朝花夕拾》，1928年9月未名社
初版

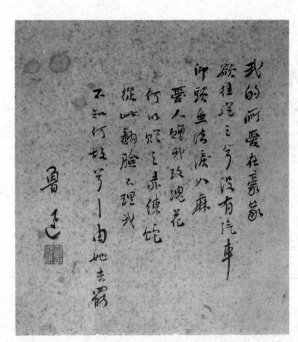

《我的失恋》手稿

鲁迅与青年木刻家座谈

《为了忘却的记念》手稿。此乃鲁迅为纪念柔石等五烈士殉难两周年而作

《死》手稿。鲁迅1936年9月5日写《死》，自述重病时对"死"的预感及态度，并拟七条遗嘱

鲁迅

散文合集

名 家 解 读

赵延年 梅斐尔德
凯绥·珂勒惠支/插图

张秀枫 编选

二十一世纪出版社集团
21st Century Publishing Group
全国百佳出版社

图书在版编目（ＣＩＰ）数据

鲁迅散文合集 / 鲁迅著；张秀枫编选 . -- 南昌 : 二十一世纪
出版社 , 2013.6 （2021.4重印）
（名家木刻插图本）
ISBN 978-7-5391-8878-2

Ⅰ . ①鲁… Ⅱ . ①鲁… ②张… Ⅲ . ①鲁迅散文—散文集
Ⅳ . ① I210.4

中国版本图书馆 CIP 数据核字 (2013) 第 104352 号

新浪微博 : @二十一世纪出版社官方

鲁迅散文合集

张秀枫 / 编选

策　　划	张　明	
责任编辑	敖登格日乐	
绘　　画	赵延年　梅斐尔德　凯绥·珂勒惠支	
出版发行	二十一世纪出版社集团	
	（江西省南昌市子安路 75 号 330009）	
	www.21cccc.com　cc21@163.net	
出 版 人	张秋林	
经　　销	新华书店	
印　　刷	廊坊市瑞德印刷有限公司	
版　　次	2013年7月第1版　2021年4月第2次印刷	
开　　本	889 mm×1194 mm　1/32	
印　　张	11	
字　　数	290 千字	
书　　号	ISBN 978-7-5391-8878-2	
定　　价	32.00 元	

赣版权登字—04—2013—421
如发现印装质量问题，请寄本社图书发行公司调换 0791-86524997

编选说明

一、鲁迅先生自 1918 年创作散文诗《自言自语》至 1936 年的弥留之作《死》和《女吊》，散文创作贯穿其战斗的一生。留下来的散文作品数量虽然并不多，却字字玑珠，篇篇绝妙，成为 20 世纪中国文学作品中极具魅力的艺术珍品。散文诗《野草》、散文集《朝花夕拾》是先生亲自编就的两本散文集。此外，我们收集了散见于鲁迅其他著作中"偏于叙事与抒情"的散文佳作 21 篇，构成了鲁迅散文创作的全貌。

二、正文前，我们收集了各个历史时期诸多名家对鲁迅散文的总体评论，以其与各篇"发微"式的解读互相映照，形成一个总体印象。这些评论也只是截取了某一个片断。每则评论后大都标有写作时间，以使读者对鲁迅散文的学习理解有一个大概的历史感。

三、我国现代版画艺术大师赵延年先生为鲁迅先生的《野草》创作了精美的插图，征得赵延年先生的同意，兹收录。鲁迅先生一生钟爱美术，尤重木刻艺术，极力收藏、介绍和推广国外的优秀之作。对德国的凯绥·珂勒惠支版画艺术的推崇是众所周知的，自不必赘言。鲁迅先生对德国另一位"革命的画家"梅斐尔德也有相当高的评价，并将其为苏俄小说名作《士敏土》的木刻插图介绍给中国的读者。本书选取了珂勒惠支和梅斐尔德的木刻作品，同时将鲁迅先生关于珂勒惠支及其作品的评价作为"辑外"的散文附于最后，在阅读和学习鲁迅散文作品的同时，欣赏这些版画艺术和鲁迅先生对其的认识，我们相信，读者一定会获得许多有益的感悟、启迪和艺术享受。

四、本书收录的鲁迅先生的作品，以1938年鲁迅先生纪念委员会编、上海复社出版的《鲁迅全集》为底本，其他版本酌情参考之。

五、本书付梓面世时，我们谨向赵延年先生和鲁迅散文的解读名家和作者以及海外的木刻艺术家，致以诚挚的谢意和敬意。

2013年6月

目　录

朝花夕拾

集　外

赵延年木刻插图（31幅）　索引

梅斐尔德木刻插图（14幅） 索引

凯绥·珂勒惠支版画插图（24幅） 索引

名家论鲁迅散文

鲁迅的文体简练得像一把匕首，能以寸铁杀人，一刀见血，重要之点，抓住之后，只消三言两语就可以把主题道破——这是鲁迅作文的秘诀，……次要之点，或者也一样的重要，但不能使敌人致命之点，他是一概轻轻放过，由它去而不问的。……

鲁迅的性喜疑人——这是他自己说的话——所谈到的都是社会或人性的黑暗面，故而语多刻薄，发出来的尽是诛心之论：这与其说是他的天性使然，还不如说是环境造成的来得恰当，因为他受青年受学者受社会的暗箭，实在受得太多了，伤弓之鸟惊曲木，岂不是当然的事情吗？在鲁迅的刻薄的表皮上，人是见到他的一张冷冰冰的青脸，可是皮下一层，在那里潮涌至酵的，却正是一腔沸血，一股热情；……

中国现代散文的成绩，以鲁迅为最丰富最伟大……

——郁达夫《中国新文学大系·散文二集序》（1935年）

想用几百字来说明鲁迅的散文，无论如何是不可能的。……我试用一个顶粗浅的比喻来说他的技巧，他的散文，有如"擂鼓"一样，在引文的起头，只有咚咚的鼓声，但到中途，忽然轰轰几下，但也

1

有全篇尽是轻微鼓声的文章……（也有）几乎每篇都是轰轰的鼓声。

几十年来，鲁迅所敲的，就是一面催促文化界觉醒的战鼓。

——一丁《鲁迅的散文》（1936年）

他（指鲁迅——编者）会把最简单的言语（中国话）调动得（极难调动）迭宕多姿，永远新鲜，永远清晰，永远软中透硬，永远厉害而不粗鄙。他的最大的力量，把感情、思想、文字，容纳在一两千字里，像块玲珑的瘦石，而有手榴弹的作用。

——老舍《鲁迅逝世二周年纪念》（1938年）

鲁迅也受过安特莱夫的影响，还感染过他的悲观主义和所谓阴冷的色彩，——鲁迅自己曾经特别这样指出过。但我觉得这在鲁迅那里，也不是重要的。因为有时在鲁迅那里出现的失望、虚无感、悲愤和阴冷的情绪和气氛，是对于人民被压迫的过重，革命力量的受挫折和青年们的有时的消沉的反应；有时又因看见知识分子的软弱以及本身的重荷，或甚至他自己感到和革命主力的短暂之间失去相互呼应等等而来的，这和安特莱夫的虚无主义，以及神秘主义式的悲观主义，在本质上是不同的。何况流露了鲁迅的虚无感和阴冷心境最厉害的，莫如他的散文新集《野草》。然而，一则《野草》中就同样有极健康的战斗性的作品，二则无论在思想的比重上，在作品数量的比重上，《野草》中有知识分子式的虚无和悲观的气氛的作品对于鲁迅都不是居重要地位的。……同时，俄罗斯作家中给了他影响最大的又仍是果戈里；其次，柯罗连科迦尔询和契珂夫的影响，在我看来，在精神上也更大于安特莱夫的。

——冯雪峰《鲁迅和俄罗斯文学的关系及
鲁迅创作的独立特色》（1949年）

他（指鲁迅——编者）如一般有思想的人一样，从那一个黑暗而感到黑暗的严肃，……把希望付之于年轻人，而以感慨度着剩余的每一个日子了。那里有无可奈何的，可悯恻的，柔软如女孩子的心情，这心情是忧郁的女性的。青年的绝望，现世的梦的破灭，时代的动摇，以及其他纠纷，他无有不看到感到，他写了《野草》。在《野草》上，我们的读者，是应当因为那些思想的蛇缭绕到作者的脑中，怎样的苦了这"战士"，把他的械缴去，被幽囚起来，而锢蔽中聊以自娱的光明的希望，是如何可怜的付之于年青时代那一面的。……从生存的对方，衰老与死亡，看到敌人所持的兵刃，以及所掘的深阱，因而更坚持着这生，顽固而谋作一种争斗，或在否定里谋解决，如释加牟尼，这自然是一个伟大而可敬佩的苦战。……

——沈从文《鲁迅的战斗》（1934年）

《野草》，这一散文诗的结集，最深刻地表现着鲁迅在革命过程中的悲观、绝望、矛盾、愤慨和苦痛的追求的心情。他的悲观是由于他所接触到的革命现实恰恰与所希望的相反，他的苦痛是由于在四面"碰壁"之下发现他的旧的思想武器之衰朽。整个中国正沸腾在大矛盾，大分裂中，鲁迅的苦痛是与整个时代相关连（联）着的。这不是导向退婴萎缩的失败主义的心情，恰恰相反，倒是向前跨进更大一步的新生因素，虽然里面包含着悲观绝望的成分，鲁迅的伟大就在于他能够通过大悲观而走向真实的大希望，通过绝望而开始去学习"别种方法的战斗"。

——胡绳《鲁迅思想发展的道路》（1948年）

记得初读《野草》，每每为它的文字的凝炼（练）、幽奥、冷峻所震慑，目光也更多地停留在遣词造句的不同凡响上，例如《秋夜》

把扑光的灯蛾唤作"苍翠精致的英雄们"，《雪》不直接说雪，而说"是死掉的雨，是雨的精魂"。《墓碣文》中最后假借死尸之口吐露的一句极其平淡而又极其骇人的话："待我成尘时，你将见我的微笑！"等等。起初我着力揣摩的就是这一类文字。过了一段时间，我逐渐省悟过来，单学这些，不过是取其皮毛，而实实在在丢了精髓。《野草》的精髓是什么呢？我认为，是沉重的历史感，鲜明的爱憎感，间不容发的是非感，是对整个旧社会的彻底决裂，是对美好未来的执着追求。……

不错，《野草》丛中，纠结着鲁迅先生密集的忧愤和烛照的睿智，同时，不必为伟人讳，在这忧愤和睿智中，还夹杂着一缕早醒者和孤独者的落寞，而这落寞，在他晚年的杂文中，是已经被他自己清算并且克服了的。

——公刘《耐咀嚼的〈野草〉》（1984年）

首先，让我们看看它的文化价值。《朝花夕拾》的文化内涵是极其丰富的，它几乎包括了文化的方方面面。且不说它在思想、教育、文学、艺术、民风民俗、礼仪制度、伦理道德、宗教信仰等方面的明显反映和折射，就是政治、军事、技术，也程度不同的有所涉及。在一定程度上说，《朝花夕拾》具有中国近代文化百科全书的风格。

《朝花夕拾》的十篇文章，还有它的《小引》和《后记》，无不对中国的传统文化进行了尖锐的、毫不留情的否定和批判。这种批判主要表现在——对野蛮的封建伦理，愚弱的国民精神，陈旧的教育模式，荒唐的陋规恶习，骗人的庸医医道等方面。

鲁迅的一生，一直致力于国民性的改造。中国人的国民劣根性的表现是多方面的。……鲁迅对国民性问题的思考，提出，虽然是在留学日本青年时代，而他对国民性最初的感性积累却在童年。

《朝花夕拾》还对传统文化形成的风俗习惯做了有力的批判。鲁迅是十分重视风俗习惯改革的。

鲁迅在肯定、学习、借鉴西方先进文化时，与同时代人中某些人所持的盲目崇拜、全盘照搬的态度是截然不同的，他有独特的见解，坚定的原则，这就是有名的"拿来主义"。

在《朝花夕拾》里，还表现了鲁迅对健康清新的民间文化的肯定和赞扬。

《朝花夕拾》的文化价值还表现在：在不足五万字的篇幅里，形象生动地记录了鲁迅文化思想发展的轨迹。《琐记》中的"去寻为 S 城人所诟病的人们"，标志着鲁迅对传统文化的否定。南京求学的"结果还是一无所能……"《藤野先生》中"不学医学，并且离开这仙台"，标志着鲁迅对"实业救国"的否定。《范爱农》中范爱农"淹死""水里"和《后记》中对"徐大总统哲学"的嘲讽，标志着鲁迅对辛亥革命的否定。《小引》中象征、暗示手法表达的思想内涵，标志着鲁迅对蒋氏政权的否定。

第二，是《朝花夕拾》的文献价值。鲁迅说，《朝花夕拾》是"回忆的记事"，这虽然不能理解为它就是自传，但是它毕竟为后人提供了有关鲁迅生平的可靠的第一手材料，而且它是鲁迅惟一的一部以自我经历为内容的回忆性散文。……鲁迅作为新文化的历史巨人，童年——少年的影响是深远的，有些影响，乃至贯穿到他的终身。其中最典型的是他的爱国主义思想和对邪恶事物勇于"复仇"的品格。……从某种意义上说，《朝花夕拾》的最大价值在于它是鲁迅研究的"源"。

《朝花夕拾》又不同于一般作家"回忆的记事"。它有个最大的特点，是将作家对童年、青少年生后的记忆和创作时对现实的社会批评错综交融在一起。

第三，是《朝花夕拾》的审美价值。关于这方面的价值，除了人们已经注意到的创造性的艺术手法以外，我们认为有四点需要引起我们的重视。其一，是鲁迅的文体自觉精神。……十篇文章有十种形式，自成格局，多彩多姿。即使是正文前后的《小引》和《后记》也表现出不同的形式来。……其二，是书名选择的艺术。……原总提曰《旧事重提》，到编订成书时才改成现在的名称。改变书名的做法，在鲁迅的创作史上恐怕是独一无二的了。……其三，是它的插图。……其四，是它丰富的知识。……

——李振坤《文化·文献·审美——〈朝花夕拾〉价值论》（1998年）

野草

《野草》封面
1927年7月北新书局初版。

野 草　　　　　　　　　　　　　　1976年创作

　　生命的泥委弃在地面上，不生乔木，只生野草，这是我的罪过。

　　野草，根本不深，花叶不美，然而吸取露，吸取水，吸取陈死人的血和肉，各各夺取它的生存。

题　辞

　　当我沉默着的时候，我觉得充实；我将开口，同时感到空虚[1]。

　　过去的生命已经死亡。我对于这死亡有大欢喜[2]，因为我借此知道它曾经存活。死亡的生命已经朽腐。我对于这朽腐有大欢喜，因为我借此知道它还非空虚。

　　生命的泥委弃[3]在地面上，不生乔木，只生野草，这是我的罪过。

　　野草，根本不深，花叶不美，然而吸取露，吸取水，吸取陈死人[4]的血和肉，各各夺取它的生存。当生存时，还是将遭践踏，将遭删刈，直至于死亡而朽腐。

　　但我坦然，欣然。我将大笑，我将歌唱。

1.　1927年9月23日，作者在广州作的《怎么写》（后收入《三闲集》）一文中，曾描绘过他的这种心情：“我靠了石栏远眺，听得自己的心音，四远还仿佛有无量悲哀，苦恼，零落，死灭，都杂入这寂静中，使它变成药酒，加色，加味，加香。这时，我曾经想要写，但是不能写，无从写。这也就是我所谓‘当我沉默着的时候，我觉得充实，我将开口，同时感到空虚。’”

2.　大欢喜：佛家语，指达到目的而感到极度满足的一种境界。

3.　委弃：丢弃；抛弃。

4.　陈死人：指死去很久的人。见《古诗十九首·驱车上东门》：“驱车上东门，遥望郭北墓。……下有陈死人，杳杳即长暮。……”

3

我自爱我的野草，但我憎恶这以野草作装饰的地面[5]。

地火在地下运行，奔突；熔岩一旦喷出，将烧尽一切野草，以及乔木，于是并且无可朽腐。

但我坦然，欣然。我将大笑，我将歌唱。

天地有如此静穆[6]，我不能大笑而且歌唱。天地即不如此静穆，我或者也将不能。我以这一丛野草，在明与暗，生与死，过去与未来之际，献于友与仇，人与兽，爱者与不爱者之前作证。

为我自己，为友与仇，人与兽，爱者与不爱者，我希望这野草的死亡与朽腐，火速到来。要不然，我先就未曾生存，这实在比死亡与朽腐更其不幸。

去罢，野草，连着我的题辞！

一九二七年四月二十六日，鲁迅记于广州之白云楼[7]上

（本篇最初发表于1927年7月2日《语丝》周刊第138期）

---

5. 地面：比喻黑暗的旧社会。作者曾说，《野草》中的作品"大半是废弛的地狱边沿的惨白色小花"。（《〈野草〉英文译本序》）

6. 静穆：安静，庄严。

7. 白云楼：在广州东堤白云路。据《鲁迅日记》，1927年3月29日，作者由中山大学"移居白云路白云楼二十六号二楼"。

秋　夜

　　在我的后园，可以看见墙外有两株树，一株是枣树，还有一株也是枣树。

　　这上面的夜的天空，奇怪而高，我生平没有见过这样的奇怪而高的天空。他[1]仿佛要离开人间而去，使人们仰面不再看见。然而现在却非常之蓝，闪闪地眨着几十个星星的眼，冷眼。他的口角上现出微笑，似乎自以为大有深意，而将繁霜洒在我的园里的野花草上。

　　我不知道那些花草真叫什么名字，人们叫他们什么名字。我记得有一种开过极细小的粉红花，现在还开着，但是更极细小了，她在冷的夜气中，瑟缩地做梦，梦见春的到来，梦见秋的到来，梦见瘦的诗人将眼泪擦在她最末的花瓣上，告诉她秋虽然来，冬虽然来，而此后接着还是春，胡蝶[2]乱飞，蜜蜂都唱起春词来了。她于是一笑，虽然颜色冻得红惨惨地，仍然瑟缩着。

　　枣树，他们简直落尽了叶子。先前，还有一两个孩子来打他们别人打剩的枣子，现在是一个也不剩了，连叶子也落尽了，他知道小粉红花的梦，秋后要有春；他也知道落叶的梦，春后还是秋。他简

---

1. 他：在五四初期的白话文中，第三人称不管女性或物都用"他"。后来才有"他"、"她"、"它"之分。
2. 胡蝶：现在写作"蝴蝶"。

直落尽叶子，单剩干子，然而脱了当初满树是果实和叶子时候的弧形，欠伸[3]得很舒服。但是，有几枝还低亚[4]着，护定他从打枣的竿梢所得的皮伤，而最直最长的几枝，却已默默地铁似的直刺着奇怪而高的天空，使天空闪闪地鬼䁖[5]眼；直刺着天空中圆满的月亮，使月亮窘得发白。

鬼䁖眼的天空越加非常之蓝，不安了，仿佛想离去人间，避开枣树，只将月亮剩下。然而月亮也暗暗地躲到东边去了。而一无所有的干子，却仍然默默地铁似的直刺着奇怪而高的天空，一意要制他的死命，不管他各式各样地䁖着许多蛊惑的眼睛。

哇的一声，夜游的恶鸟[6]飞过了。

我忽而听到夜半的笑声，吃吃地，似乎不愿意惊动睡着的人，然而四围的空气都应和着笑。夜半，没有别的人，我即刻听出这声音就在我嘴里，我也立即被这笑声所驱逐，回进自己的房。灯火的带子也即刻被我旋高了。

后窗的玻璃上丁丁地响，还有许多小飞虫乱撞。不多久，几个进来了，许是从窗纸的破孔进来的。他们一进来，又在玻璃的灯罩上撞得丁丁地响。一个从上面撞进去了，他于是遇到火，而且我以为这火是真的。两三个却休息在灯的纸罩上喘气。那罩是昨晚新换的罩，雪白的纸，折出波浪纹的叠痕，一角还画出一枝猩红色的栀子[7]。

---

3. 欠伸：亦作"欠申"。打呵欠，伸懒腰。疲倦的表示。此处用为拟人手法。
4. 低亚：低垂。"亚"，通"压"。
5. 䁖（shǎn）：眼睛一合一张，义同"眨"。
6. 夜游的恶鸟：即猫头鹰之类的夜间活动捕食的鸟。由于叫声凄厉，给人一种不祥的恐怖感，迷信者认为是不吉祥之鸟，其实这些鸟类是树木的益鸟。
7. 栀（zhī）子：一种庭院观赏植物，常绿灌木，夏季开花，极香，一般为白色或淡黄色，红栀子花是极罕见的品种。原产于中国。

秋 夜   2000年创作

在我的后园，可以看见墙外有两株树，一株是枣树，还有一株也是枣树。
这上面的夜的天空，奇怪而高，我生平没有见过这样的奇怪而高的天空。

7

猩红的栀子开花时，枣树又要做小粉红花的梦，青葱地弯成弧形了……。我又听到夜半的笑声；我赶紧砍断我的心绪，看那老在白纸罩上的小青虫，头大尾小，向日葵子似的，只有半粒小麦那么大，遍身的颜色苍翠得可爱，可怜。

我打一个呵欠，点起一支纸烟，喷出烟来，对着灯默默地敬奠这些苍翠精致的英雄们。

1924年9月15日。

（本篇最初发表于1924年12月1日《语丝》周刊第3期，题作《野草之一·秋夜》）

影 的 告 别

人睡到不知道时候的时候，就会有影来告别，说出那些话——

有我所不乐意的在天堂里，我不愿去；有我所不乐意的在地狱里，我不愿去；有我所不乐意的在你们将来的黄金世界里，我不愿去。

然而你就是我所不乐意的。

朋友，我不想跟随你了，我不愿住。

我不愿意！

呜乎呜乎，我不愿意，我不如彷徨于无地。

我不过一个影，要别你而沉没在黑暗里了。然而黑暗又会吞并我，然而光明又会使我消失。

然而我不愿彷徨于明暗之间，我不如在黑暗里沉没。

然而我终于彷徨于明暗之间，我不知道是黄昏还是黎明。我姑且举灰黑的手装作喝干一杯酒，我将在不知道时候的时候独自远行。

呜乎呜乎，倘若黄昏，黑夜自然会来沉没我，否则我要被白天消失，如果现是黎明。

朋友，时候近了。

我将向黑暗里彷徨于无地。

你还想我的赠品。我能献你甚么呢？无已，则仍是黑暗和虚空而已。但是，我愿意只是黑暗，或者会消失于你的白天；我愿意只是虚空，决不占你的心地。

我愿意这样，朋友——

我独自远行，不但没有你，并且再没有别的影在黑暗里。只有我被黑暗沉没，那世界全属于我自己。

1924年9月24日。

（本篇最初发表于1924年12月8日《语丝》周刊第4期）

求 乞 者

　　我顺着剥落的高墙走路，踏着松的灰土。另外有几个人，各自走路。微风起来，露在墙头的高树的枝条带着还未干枯的叶子在我头上摇动。

　　微风起来，四面都是灰土。

　　一个孩子向我求乞，也穿着夹衣，也不见得悲戚，而拦着磕头，追着哀呼。

　　我厌恶他的声调，态度。我憎恶他并不悲哀，近于儿戏；我烦厌他这追着哀呼。

　　我走路。另外有几个人各自走路。微风起来，四面都是灰土。

　　一个孩子向我求乞，也穿着夹衣，也不见得悲戚，但是哑的，摊开手，装着手势。

　　我就憎恶他这手势。而且，他或者并不哑，这不过是一种求乞的法子。

　　我不布施，我无布施心，我但居布施者之上，给与烦腻，疑心，憎恶。

　　我顺着倒败的泥墙走路，断砖叠在墙缺口，墙里面没有什么。微风起来，送秋寒穿透我的夹衣；四面都是灰土。

　　我想着我将用什么方法求乞：发声，用怎样声调？装哑，用怎样手势？……

另外有几个人各自走路。

我将得不到布施，得不到布施心；我将得到自居于布施之上者的烦腻，疑心，憎恶。

我将用无所为和沉默求乞……

我至少将得到虚无。

微风起来，四面都是灰土。另外有几个人各自走路。

灰土，灰土，……

…………………

灰土……

1924年9月24日。

（本文最初发表于1924年12月8日《语丝》周刊第4期）

我 的 失 恋

——拟古的新打油诗

我的所爱在山腰；
想去寻她山太高，
低头无法泪沾袍。
爱人赠我百蝶巾；
回她什么：猫头鹰。
从此翻脸不理我，
不知何故兮使我心惊。

我的所爱在闹市；
想去寻她人拥挤，
仰头无法泪沾耳。
爱人赠我双燕图；
回她什么：冰糖壶卢。
从此翻脸不理我，
不知何故兮使我胡涂。

我的所爱在河滨；
想去寻她河水深，

歪头无法泪沾襟。

爱人赠我金表索；

回她什么：发汗药。

从此翻脸不理我，

不知何故兮使我神经衰弱。

我的所爱在豪家；

想去寻她兮没有汽车，

摇头无法泪如麻。

爱人赠我玫瑰花；

回她什么：赤练蛇。

从此翻脸不理我，

不知何故兮——由她去罢。

1924年10月3日。

（本篇最初发表于1924年12月8日《语丝》周刊第4期）

复　仇

　　人的皮肤之厚，大概不到半分，鲜红的热血，就循着那后面，在比密密层层地爬在墙壁上的槐蚕[1]更其密的血管里奔流，散出温热。于是各以这温热互相蛊惑，煽动，牵引，拼命地希求偎倚，接吻，拥抱，以得生命的沉酣[2]的大欢喜。

　　但倘若用一柄尖锐的利刃，只一击，穿透这桃红色的，菲薄的皮肤，将见那鲜红的热血激箭似的以所有温热直接灌溉杀戮者；其次，则给以冰冷的呼吸，示以淡白的嘴唇，使之人性茫然，得到生命的飞扬的极致的大欢喜；而其自身，则永远沉浸于生命的飞扬的极致的大欢喜中。

　　这样，所以，有他们俩裸着全身，捏着利刃，对立于广漠的旷野之上。

　　他们俩将要拥抱，将要杀戮……

　　路人们从四面奔来，密密层层地，如槐蚕爬上墙壁，如马蚁要扛鲞头[3]。衣服都漂亮，手倒空的。然而从四面奔来，而且拼命地伸长颈子，要赏鉴这拥抱或杀戮。他们已经豫觉着事后的自己的舌上

1．槐蚕：一种生长在槐树上的蛾类的幼虫。

2．沉酣：醉心其事。

3．鲞（xiǎng）头：即鱼头。江浙等地俗称干鱼、腊鱼为鲞。

的汗或血的鲜味。

　　然而他们俩对立着，在广漠的旷野之上，裸着全身，捏着利刃，然而也不拥抱，也不杀戮，而且也不见有拥抱或杀戮之意。

　　他们俩这样地至于永久，圆活的身体，已将干枯，然而毫不见有拥抱或杀戮之意。

　　路人们于是乎无聊；觉得有无聊钻进他们的毛孔，觉得有无聊从他们自己的心中由毛孔钻出，爬满旷野，又钻进别人的毛孔中。他们于是觉得喉舌干燥，脖子也乏了；终至于面面相觑[4]，慢慢走散；甚而至于居然觉得干枯到失了生趣。

　　于是只剩下广漠的旷野，而他们俩在其间裸着全身，捏着利刃，干枯地立着；以死人似的眼光，赏鉴这路人们的干枯，无血的大戮，而永远沉浸于生命的飞扬的极致的大欢喜中。

1924年12月20日。

（本篇最初发表于1924年12月29日《语丝》周刊第7期）

4.　面面相觑（qù）：你看我，我看你，不知道如何是好。形容人们因惊惧或无可奈何而互相望着，都不说话。觑：看。

复仇（之一）   2000年创作

他们俩将要拥抱，将要杀戮……

然而他们俩对立着，在广漠的旷野上，裸着全身，捏着利刃，然而也不拥抱，也不杀戮，而且也不见有拥抱或杀戮之意。

复仇（其二）

因为他自以为神之子，以色列的王¹，所以去钉十字架。

兵丁们给他穿上紫袍,戴上荆冠,庆贺他；又拿一根苇子打他的头,吐他,屈膝拜他；戏弄完了，就给他脱了紫袍，仍穿他自己的衣服²。

看哪，他们打他的头，吐他，拜他⋯⋯

他不肯喝那用没药³调和的酒，要分明地玩味以色列人怎样对付他们的神之子，而且较永久地悲悯他们的前途，然而仇恨他们的现在。

四面都是敌意，可悲悯的，可咒诅的。

丁丁地响，钉尖从掌心穿透，他们要钉杀他们的神之子了，可

---

1. 以色列的王：即犹太人的王。据《新约全书·马可福音》第十五章载："他们带耶稣到了各个地方，⋯⋯于是将他钉在十字架上，⋯⋯在上面有他的罪状，写的是犹太人的王。"

2. 关于耶稣被钉十字架的事，源于《新约全书》中的记载。据《马可福音》第十五章载："将耶稣鞭打了，交给人钉十字架。⋯⋯他们给他穿上紫袍，又用荆棘编作冠冕给他戴上，就庆贺他说，恭喜犹太人的王啊。又拿一根苇子，打他的头，吐唾沫在他脸上，屈膝拜他。戏弄完了，就给他脱了紫袍，仍穿上他自己的衣服，带他出去，要钉十字架。"

3. 没药：药名，一作末药，梵语音译。由没药树树皮中渗出的脂液凝结而成。有镇静、麻醉等作用。《马可福音》第十五章有兵丁拿没药调和的酒给耶稣，耶稣不受的记载。

复仇（之二）　　　　　　　　　　2002年创作

丁丁地响，钉尖从掌心穿透，他们要钉杀他们的神之子了，……丁丁地响，钉尖从脚背穿透，……

……

上帝离弃了他，他终于还是一个"人之子"；然而以色列人连"人之子"都钉杀了。

悯的人们呵，使他痛得柔和。丁丁地响，钉尖从脚背穿透，钉碎了一块骨，痛楚也透到心髓中，然而他们自己钉杀着他们的神之子了，可咒诅的人们呵，这使他痛得舒服。

十字架竖起来了；他悬在虚空中。

他没有喝那用没药调和的酒，要分明地玩味以色列人怎样对付他们的神之子，而且较永久地悲悯他们的前途，然而仇恨他们的现在。

路人都辱骂他，祭司长和文士也戏弄他，和他同钉的两个强盗也讥诮他[4]。

看哪，和他同钉的……

四面都是敌意，可悲悯的，可咒诅的。

他在手足的痛楚中，玩味着可悯的人们的钉杀神之子的悲哀和可咒诅的人们要钉杀神之子，而神之子就要被钉杀了的欢喜。突然间，碎骨的大痛楚透到心髓了，他即沉酣于大欢喜和大悲悯中。

他腹部波动了，悲悯和咒诅的痛楚的波。

遍地都黑暗了。

"以罗伊，以罗伊，拉马撒巴各大尼？！"（翻出来，就是：我的上帝，你为甚么离弃我？！）[5]

---

4. 据《马可福音》第十五章载："他们又把两个强盗，和他同钉十字架，一个在右边，一个在左边。从那里经过的人辱骂他，摇着头说，咳，你这拆毁圣殿，三日又建造起来的，可以救自己从十字架上下来罢。祭司长和文士也是这样戏弄他，彼此说，他救了别人，不能救自己。以色列的王基督，现在可以从十字架上下来，叫我们看见，就信了。那和他同钉的人也是讥诮他。"祭司长：古犹太教管祭祀的人；文士：宣讲古犹太法律，兼记录和保管官方文件的人。他们同属上层统治阶级。

5. 关于耶稣临死前的情况，据《马可福音》第十五章载："从午正到申初遍地都黑暗了。申初的时候，耶稣大声喊着说：'以罗伊，以罗伊，拉马撒巴各大尼？！'（翻出来，就是：我的上帝，我的上帝，为什么离弃我？！）……气就断了。"

上帝离弃了他,他终于还是一个"人之子";然而以色列人连"人之子"都钉杀了。

钉杀了"人之子"的人们身上,比钉杀了"神之子"的尤其血污,血腥。

1924年12月20日
（ 本篇最初发表于1924年12月29日《语丝》周刊第7期 ）

复仇（其二）

希　望

　　我的心分外地寂寞。

　　然而我的心很平安：没有爱憎，没有哀乐，也没有颜色和声音。

　　我大概老了。我的头发已经苍白，不是很明白的事么？我的手颤抖着，不是很明白的事么？那么，我的魂灵的手一定也颤抖着，头发也一定苍白了。

　　然而这是许多年前的事了。

　　这以前，我的心也曾充满过血腥的歌声：血和铁，火焰和毒，恢复和报仇。而忽然这些都空虚了，但有时故意地填以没奈何的自欺的希望。希望，希望，用这希望的盾，抗拒那空虚中的暗夜的袭来，虽然盾后面也依然是空虚中的暗夜。然而就是如此，陆续地耗尽了我的青春[1]。

　　我早先岂不知我的青春已经逝去了？但以为身外的青春固在：星，月光，僵坠的胡蝶，暗中的花，猫头鹰的不祥之言，杜鹃的啼血，

1.　作者在《南腔北调集·〈自选集〉自序》中说："见过辛亥革命，见过二次革命，见过袁世凯称帝，张勋复辟，看来看去，就看得怀疑起来，于是失望，颓唐得很了。……不过我却又怀疑于自己的失望，因为我所见过的人们，事件，是有限得很的，这想头，就给了我提笔的力量。'绝望之为虚妄，正与希望相同。'"

希 望　　　　　　　　　　　2002年创作

绝望之为虚妄，正与希望相同。

笑的渺茫，爱的翔舞……。虽然是悲凉漂渺的青春罢，然而究竟是青春。

然而现在何以如此寂寞？难道连身外的青春也都逝去，世上的青年也多衰老了么？

我只得由我来肉薄[2]这空虚中的暗夜了。我放下了希望之盾，我听到 Petöfi Sándor[3]（1823—49）的"希望"之歌：

> 希望是甚么？是娼妓：
> 她对谁都蛊惑，将一切都献给；
> 待你牺牲了极多的宝贝——
> 你的青春——她就弃掉你。

这伟大的抒情诗人，匈牙利的爱国者，为了祖国而死在可萨克[4]兵的矛尖上，已经七十五年了。悲哉死也，然而更可悲的是他的诗至今没有死。

但是，可惨的人生！桀骜英勇如 Petöfi，也终于对了暗夜止步，回顾着茫茫的东方了。他说：

---

2. 肉薄：指拼搏、搏斗。

3. Petöfi Sándor：即裴多菲·山陀尔（1823—1849），匈牙利的爱国诗人和英雄，也是匈牙利民族文学的奠基人，资产阶级革命民主主义者。1849年7月31日，匈牙利爱国诗人裴多菲在瑟克什堡大血战中同沙俄军队作战时牺牲，年仅26岁。他的主要作品有《勇敢的约翰》、《民族之歌》等。文中引的《希望》一诗，作于1845年。

4. 可萨克：通译哥萨克。原为突厥语，意思是"自由的人"或"勇敢的人"。 他们原是俄罗斯的一部分农奴和城市贫民，15世纪后半叶和16世纪前半叶，因不堪封建压迫，从俄国中部逃出，定居在俄国南部的库班河和顿河一带，自称为"哥萨克人"。在历史上以骁勇善战著称，沙皇时代多入伍当兵。1849年沙皇俄国援助奥地利反动派，入侵匈牙利镇压革命，俄军中即有哥萨克部队。

绝望之为虚妄，正与希望相同⁵。

倘使我还得偷生在不明不暗的这"虚妄"中，我就还要寻求那逝去的悲凉漂渺的青春，但不妨在我的身外。因为身外的青春倘一消灭，我身中的迟暮也即凋零了。

然而现在没有星和月光，没有僵坠的胡蝶以至笑的渺茫，爱的翔舞。然而青年们很平安。

我只得由我来肉薄这空虚中的暗夜了，纵使寻不到身外的青春，也总得自己来一掷我身中的迟暮。但暗夜又在那里呢？现在没有星，没有月光以至笑的渺茫和爱的翔舞；青年们很平安，而我的面前又竟至于并且没有真的暗夜。

绝望之为虚妄，正与希望相同！

1925年1月1日。

（ 本篇最初发表于1925年1月19日《语丝》周刊第10期 ）

希
望

---

5. "绝望之为虚妄，正与希望相同"这句话出自裴多菲1847年7月17日致
友人凯雷尼·弗里杰什的信。

雪

　　暖国的雨，向来没有变过冰冷的坚硬的灿烂的雪花。博识的人们觉得他单调，他自己也以为不幸否耶？江南的雪，可是滋润美艳之至了；那是还在隐约着的青春的消息，是极壮健的处子的皮肤。雪野中有血红的宝珠山茶，白中隐青的单瓣梅花，深黄的磬口的蜡梅花；雪下面还有冷绿的杂草。胡蝶确乎没有；蜜蜂是否来采山茶花和梅花的蜜，我可记不真切了。但我的眼前仿佛看见冬花开在雪野中，有许多蜜蜂们忙碌地飞着，也听得他们嗡嗡地闹着。

　　孩子们呵着冻得通红，像紫芽姜一般的小手，七八个一齐来塑雪罗汉。因为不成功，谁的父亲也来帮忙了。罗汉就塑得比孩子们高得多，虽然不过是上小下大的一堆，终于分不清是壶卢[1]还是罗汉；然而很洁白，很明艳，以自身的滋润相粘结，整个地闪闪地生光。孩子们用龙眼核给他做眼珠，又从谁的母亲的脂粉奁[2]中偷得胭脂来涂在嘴唇上。这回确是一个大阿罗汉了。他也就目光灼灼地嘴唇通红地坐在雪地里。

　　第二天还有几个孩子来访问他；对了他拍手，点头，嬉笑。但他终于独自坐着了。晴天又来消释他的皮肤，寒夜又使他结一层冰，

---

1. 壶卢：即葫芦。
2. 奁（lián）：女子梳妆用的镜匣，泛指精巧的小匣子。

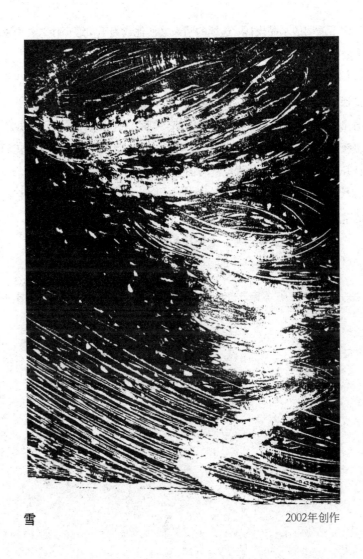

雪 　　　　　　　　　　　　2002年创作

在无边的旷野上，在凛冽的天宇下，闪闪地旋转升腾着的是雨的精魂……

化作不透明的水晶模样；连续的晴天又使他成为不知道算什么，而嘴上的胭脂也褪尽了。

但是，朔方[3]的雪花在纷飞之后，却永远如粉，如沙，他们决不粘连，撒在屋上，地上，枯草上，就是这样。屋上的雪是早已就有消化了的，因为屋里居人的火的温热。别的，在晴天之下，旋风忽来，便蓬勃地奋飞，在日光中灿灿地生光，如包藏火焰的大雾，旋转而且升腾，弥漫太空；使太空旋转而且升腾地闪烁。

在无边的旷野上，在凛冽的天宇下，闪闪地旋转升腾着的是雨的精魂……

是的，那是孤独的雪，是死掉的雨，是雨的精魂。

1925年1月18日。

（本篇最初发表于1925年1月26日《语丝》周刊第11期）

---

3. 朔（shuò）方：北方。

风　　筝

　　北京的冬季，地上还有积雪，灰黑色的秃树枝丫叉于晴朗的天空中，而远处有一二风筝浮动，在我是一种惊异和悲哀。

　　故乡的风筝时节，是春二月，倘听到沙沙的风轮声，仰头便能看见一个淡黑色的蟹风筝或嫩蓝色的蜈蚣风筝。还有寂寞的瓦片风筝，没有风轮，又放得很低，伶仃[1]地显出憔悴可怜模样。但此时地上的杨柳已经发芽，早的山桃也多吐蕾，和孩子们的天上的点缀照应，打成一片春日的温和。我现在在那里呢？四面都还是严冬的肃杀，而久经诀别的故乡的久经逝去的春天，却就在这天空中荡漾了。

　　但我是向来不爱放风筝的，不但不爱，并且嫌恶他，因为我以为这是没出息孩子所做的玩艺。和我相反的是我的小兄弟[2]，他那时大概十岁内外罢，多病，瘦得不堪，然而最喜欢风筝，自己买不起，我又不许放，他只得张着小嘴，呆看着空中出神，有时至于小半日。远处的蟹风筝突然落下来了，他惊呼；两个瓦片风筝的缠绕解开了，他高兴得跳跃。他的这些，在我看来都是笑柄，可鄙的。

　　有一天，我忽然想起，似乎多日不很看见他了，但记得曾见他

1.　伶仃：孤独没有依靠。
2.　小兄弟：指鲁迅三弟周建人(1888—1984)，现代著名社会活动家、生物学家、鲁迅研究专家和妇女解放运动的先驱者之一。

风　筝　　　　　　　　　2002年创作

论长幼，论力气，他是都敌不过我的，……

在后园拾枯竹。我恍然大悟似的，便跑向少有人去的一间堆积杂物的小屋去，推开门，果然就在尘封的什物³堆中发现了他。他向着大方凳，坐在小凳上；便很惊惶地站了起来，失了色瑟缩⁴着。大方凳旁靠着一个蝴蝶风筝的竹骨，还没有糊上纸，凳上是一对做眼睛用的小风轮，正用红纸条装饰着，将要完工了。我在破获秘密的满足中，又很愤怒他的瞒了我的眼睛，这样苦心孤诣地来偷做没出息孩子的玩艺。我即刻伸手折断了蝴蝶的一支翅骨，又将风轮掷在地下，踏扁了。论长幼，论力气，他是都敌不过我的，我当然得到完全的胜利，于是傲然走出，留他绝望地站在小屋里。后来他怎样，我不知道，也没有留心。

　　然而我的惩罚终于轮到了，在我们离别得很久之后，我已经是中年。我不幸偶而看了一本外国的讲论儿童的书，才知道游戏是儿童最正当的行为，玩具是儿童的天使。于是二十年来毫不忆及的幼小时候对于精神的虐杀的这一幕，忽地在眼前展开，而我的心也仿佛同时变了铅块，很重很重的堕下去了。

　　但心又不竟堕下去而至于断绝，他只是很重很重地堕着，堕着。

　　我也知道补过的方法的：送他风筝，赞成他放，劝他放，我和他一同放。我们嚷着，跑着，笑着。——然而他其时已经和我一样，早已有了胡子了。

　　我也知道还有一个补过的方法的：去讨他的宽恕，等他说，"我可是毫不怪你呵。"那么，我的心一定就轻松了，这确是一个可行的方法。有一回，我们会面的时候，是脸上都已添刻了许多"生"的辛苦的条纹，而我的心很沉重。我们渐渐谈起儿时的旧事来，我便叙述到这一节，自说少年时代的胡涂。"我可是毫不怪你呵。"我想，他要说了，我即刻便受了宽恕，我的心从此也宽松了罢。

---

3. 什物：指家庭日常应用的衣物及其他零碎用品。

4. 瑟缩：身体因寒冷、惊恐等而蜷缩、抖动。

“有过这样的事么？”他惊异地笑着说，就像旁听着别人的故事一样。他什么也不记得了。

全然忘却，毫无怨恨，又有什么宽恕之可言呢？无怨的恕，说谎罢了。

我还能希求什么呢？我的心只得沉重着。

现在，故乡的春天又在这异地的空中了，既给我久经逝去的儿时的回忆，而一并也带着无可把握的悲哀。我倒不如躲到肃杀的严冬中去罢，——但是，四面又明明是严冬，正给我非常的寒威和冷气。

1925年1月24日。

（本篇最初发表于1925年2月2日《语丝》周刊第12期）

好 的 故 事

  灯火渐渐地缩小了，在预告石油的已经不多；石油又不是老牌，早熏得灯罩很昏暗。鞭爆的繁响在四近，烟草的烟雾在身边：是昏沉的夜。

  我闭了眼睛，向后一仰，靠在椅背上；捏着《初学记》[1]的手搁在膝髁[2]上。

  我在蒙胧中，看见一个好的故事。

  这故事很美丽，幽雅，有趣。许多美的人和美的事，错综起来像一天云锦，而且万颗奔星似的飞动着，同时又展开去，以至于无穷。

  我仿佛记得曾坐小船经过山阴道[3]，两岸边的乌桕[4]，新禾，野花，鸡，狗，丛树和枯树，茅屋，塔，伽蓝[5]，农夫和村妇，村女，晒着的衣裳，和尚，蓑笠，天，云，竹，……都倒影在澄碧的小河中，

---

1. 《初学记》：类书名，唐代徐坚等辑，共三十卷。取材于群经、诸子、历代诗赋及唐初诸家作品。

2. 膝髁（kē）：膝盖。

3. 山阴道：指绍兴城西南一带风景优美的地方。《世说新语·言语》里说："王子敬云：'从山阴道上行，山川自相映发，使人应接不暇。'"

4. 乌桕（jiù）：落叶乔木，具有极高的观赏价值。为中国特有的经济树种，已有1400多年的栽培历史。

5. 伽蓝：梵语"僧伽蓝摩"的略称，意思是僧众所住的园林，后泛指寺庙。

随着每一打桨,各各夹带了闪烁的日光,并水里的萍藻游鱼,一同荡漾。诸影诸物,无不解散,而且摇动,扩大,互相融和;刚一融和,却又退缩,复近于原形。边缘都参差如夏云头,镶着日光,发出水银色焰。凡是我所经过的河,都是如此。

现在我所见的故事也如此。水中的青天的底子,一切事物统在上面交错,织成一篇,永是生动,永是展开,我看不见这一篇的结束。

河边枯柳树下的几株瘦削的一丈红[6],该是村女种的罢。大红花和斑红花,都在水里面浮动,忽而碎散,拉长了,缕缕的胭脂水,然而没有晕。茅屋,狗,塔,村女,云,……也都浮动着。大红花一朵朵全被拉长了,这时是泼剌奔进的红锦带。带织入狗中,狗织入白云中,白云织入村女中……。在一瞬间,他们又退缩了。但斑红花影也已碎散,伸长,就要织进塔,村女,狗,茅屋,云里去。

现在我所见的故事清楚起来了,美丽,幽雅,有趣,而且分明。青天上面,有无数美的人和美的事,我一一看见,一一知道。

我就要凝视他们……。

我正要凝视他们时,骤然一惊,睁开眼,云锦也已皱蹙,凌乱,仿佛有谁掷一块大石下河水中,水波陡然起立,将整篇的影子撕成片片了。我无意识地赶忙捏住几乎坠地的《初学记》,眼前还剩着几点虹霓色的碎影。

我真爱这一篇好的故事,趁碎影还在,我要追回他,完成他,留下他。我抛了书,欠身伸手去取笔,——何尝有一丝碎影,只见昏暗的灯光,我不在小船里了。

但我总记得见过这一篇好的故事,在昏沉的夜……。

1925年2月24日。
(本篇最初发表于1925年《语丝》周刊第13期)

---

6. 一丈红:即蜀葵,茎高六七尺,六月开花,形大,有红、紫、白、黄等颜色。

过　客

时：

或一日的黄昏。

地：

或一处。

人：

老翁——约七十岁，白头发，黑长袍。

女孩——约十岁，紫发，乌眼珠，白地黑方格长衫。

过客——约三四十岁，状态困顿倔强，眼光阴沉，黑须，乱发，
　　　　黑色短衣裤皆破碎，赤足著破鞋，胁下挂一个口袋，支
　　　　着等身的竹杖。

东，是几株杂树和瓦砾；西，是荒凉破败的丛葬；其间有一条似
路非路的痕迹。一间小土屋向这痕迹开着一扇门；门侧有一段枯
树根。

（女孩正要将坐在树根上的老翁搀起。）

翁——孩子。喂，孩子！怎么不动了呢？

孩——（向东望着，）有谁走来了，看一看罢。

翁——不用看他。扶我进去罢。太阳要下去了。

孩——我，——看一看。

翁——唉，你这孩子！天天看见天，看见土，看见风，还不够好看么？什么也不比这些好看。你偏是要看谁。太阳下去时候出现的东西，不会给你什么好处的。……还是进去罢。

孩——可是，已经近来了。阿阿，是一个乞丐。

翁——乞丐？不见得罢。

（过客从东面的杂树间跄踉[1]走出，暂时踟蹰之后，慢慢地走近老翁去。）

客——老丈，你晚上好？

翁——阿，好！托福。你好？

客——老丈，我实在冒昧，我想在你那里讨一杯水喝。我走得渴极了。这地方又没有一个池塘，一个水洼。

翁——唔，可以可以。你请坐罢。（向女孩，）孩子，你拿水来，杯子要洗干净。

（女孩默默地走进土屋去。）

翁——客官，你请坐。你是怎么称呼的。

客——称呼？——我不知道。从我还能记得的时候起，我就只一个人，我不知我本来叫什么。我一路走，有时人们也随便称呼我，各式各样，我也记不清楚了，况且相同的称呼也没有听到过第二回。

翁——阿阿。那么，你是从哪里来的呢？

客——（略略迟疑，）我不知道。从我还能记得的时候起，我就在这么走。

翁——对了。那么，我可以问你到哪里去么？

客——自然可以。——但是，我不知道。从我还能记得的时候起，我就在这么走，要走到一个地方去，这地方就在前面。我单记得走了许多路，现在来到这里了。我接着就要走向那边去，（西指，）前面！

---

1. 跄踉（qiàng liàng）：走路不稳，跌跌撞撞。

（女孩小心地捧出一个木杯来，递去。）

客——（接杯，）多谢，姑娘。（将水两口喝尽，还杯，）多谢，姑娘。这真是少有的好意。我真不知道应该怎样感谢！

翁——不要这么感激。这于你是没有好处的。

客——是的，这于我没有好处。可是我现在很恢复了些力气了。我就要前去。老丈，你大约是久住在这里的，你可知道前面是怎么一个所在么？

翁——前面？前面，是坟[2]。

客——（诧异地，）坟？

孩——不，不，不。那里有许多许多野百合，野蔷薇，我常常去玩，去看他们的。

客——（西顾，仿佛微笑，）不错。那些地方有许多许多野百合，野蔷薇，我也常常去玩过，去看过的。但是，那是坟。（向老翁，）老丈，走完了那坟地之后呢？

翁——走完之后？那我可不知道。我没有走过。

客——不知道？！

孩——我也不知道。

翁——我单知道南边；北边；东边，你的来路。那是我最熟悉的地方，也许倒是于你们最好的地方。你莫怪我多嘴，据我看来，你已经这么劳顿了，还不如回转去，因为你前去也料不定可能走完。

客——料不定可能走完？……（沉思，忽然惊起，）那不行！我只得走。回到那里去，就没一处没有名目，没一处没有地主，没一处没有驱逐和牢笼，没一处没有皮面的笑容，没一处没有眶外的眼泪。

---

2. 坟：作者在《写在〈坟〉后面》中说："我只很确切地知道一个终点，就是：坟。然而这是大家都知道的，无须谁指引。问题是在从此到那的道路。那当然不只一条，我可正不知那一条好，虽然至今有时也还在寻求。"

我憎恶他们，我不回转去。

　　翁——那也不然。你也会遇见心底的眼泪，为你的悲哀。

　　客——不。我不愿看见他们心底的眼泪，不要他们为我的悲哀。

　　翁——那么，你，（摇头，）你只得走了。

　　客——是的，我只得走了。况且还有声音常在前面催促我，叫唤我，使我息不下。可恨的是我的脚早经走破了，有许多伤，流了许多血。（举起一足给老人看，）因此，我的血不够了；我要喝些血。但血在哪里呢？可是我也不愿意喝无论谁的血。我只得喝些水，来补充我的血。一路上总有水，我倒也并不感到什么不足。只是我的力气太稀薄了，血里面太多了水的缘故罢。今天连一个小水洼也遇不到，也就是少走了路的缘故罢。

　　翁——那也未必。太阳下去了，我想，还不如休息一会的好罢，像我似的。

　　客——但是，那前面的声音叫我走。

　　翁——我知道。

　　客——你知道？你知道那声音么？

　　翁——是的。他似乎曾经也叫过我。

　　客——那也就是现在叫我的声音么？

　　翁——那我可不知道。他也就是叫过几声，我不理他，他也就不叫了，我也就记不清楚了。

　　客——唉唉，不理他……（沉思，忽然吃惊，倾听着，）不行！我还是走的好。我息不下。可恨我的脚早经走破了。（准备走路。）

　　孩——给你！（递给一片布，）裹上你的伤去。

　　客——多谢，（接取，）姑娘。这真是……。这真是极少有的好意。这能使我可以走更多的路。（就断砖坐下，要将布缠在踝[3]上，）但是，

---

3. 踝（huái）：脚腕两旁凸起的部分。

不行！（竭力站起，）姑娘，还了你罢，还是裹不下。况且这太多的好意，我没法感激。

翁——你不要这么感激，这于你没有好处。

客——是的，这于我没有什么好处。但在我，这布施是最上的东西了。你看，我全身上可有这样的。

翁——你不要当真就是。

客——是的。但是我不能。我怕我会这样：倘使我得到了谁的布施，我就要像兀鹰⁴看见死尸一样，在四近徘徊，祝愿她的灭亡，给我亲自看见；或者咒诅她以外的一切全都灭亡，连我自己，因为我就应该得到咒诅⁵。但是我还没有这样的力量；即使有这力量，我也不愿意她有这样的境遇，因为她们大概总不愿意有这样的境遇。我想，这最稳当。（向女孩，）姑娘，你这布片太好，可是太小一点了，还了你罢。

孩——（惊惧，退后，）我不要了！你带走！

客——（似笑，）哦哦，……因为我拿过了？

孩——（点头，指口袋，）你装在那里，去玩玩。

客——（颓唐⁶地退后，）但这背在身上，怎么走呢？……

翁——你息不下，也就背不动。——休息一会，就没有什么了。

客——对咧，休息……。（默想，但忽然惊醒，倾听。）不，我不能！我还是走好。

翁——你总不愿意休息么？

———————————

4. 兀（wù）鹰：一种较大的鸟类，飞行不用拍动翅膀，而是利用气流扶摇直上。在山地的高岩上集体繁殖，以腐肉为食，大型兽类的尸体为主要食物来源。

5. 作者在写本篇后不久给许广平的信中说："同我有关的活着，我倒不放心，死了，我就安心，这意思也在《过客》中说过"。（《两地书·二四》）

6. 颓唐：精神萎靡的样子。

过
客

客——我愿意休息。

翁——那么，你就休息一会罢。

客——但是，我不能……。

翁——你总还是觉得走好么？

客——是的。还是走好。

翁——那么，你还是走好罢。

客——（将腰一伸，）好，我告别了。我很感激你们。（向着女孩，）姑娘，这还你，请你收回去。

（女孩惊惧，敛手，要躲进土屋里去。）

翁——你带去罢。要是太重了，可以随时抛在坟地里面的。

孩——（走向前，）阿阿，那不行！

客——阿阿，那不行的。

翁——那么，你挂在野百合野蔷薇上就是了。

孩——（拍手，）哈哈！好！

翁——哦哦……。

（极暂时中，沉默。）

翁——那么，再见了。祝你平安。（站起，向女孩，）孩子，扶我进去罢。你看，太阳早已下去了。（转身向门。）

客——多谢你们。祝你们平安。（徘徊，沉思，忽然吃惊，）然而我不能！我只得走。我还是走好罢……。（即刻昂了头，奋然向西走去。）

（女孩扶老人走进土屋，随即阖了门。过客向野地里踉跄地闯进去，夜色跟在他后面。）

1925年3月2日。

（本篇最初发表于1925年3月9日《语丝》周刊第17期）

过客（之一）　　　　　　　　　　　　　　　　2002年创作

姑娘，还了你罢，还是裹不下。况且这太多的好意，我没法感激。

过客（之二）　　　　　　　　　　　　　　2002年创作

太阳下去时候出现的东西，不会给你什么好处。

死　火

　　我梦见自己在冰山间奔驰。

　　这是高大的冰山，上接冰天，天上冻云弥漫，片片如鱼鳞模样。山麓有冰树林，枝叶都如松杉。一切冰冷，一切青白。

　　但我忽然坠在冰谷中。

　　上下四旁无不冰冷，青白。而一切青白冰上，却有红影无数，纠结如珊瑚网。我俯看脚下，有火焰在。

　　这是死火。有炎炎的形，但毫不摇动，全体冰结，像珊瑚枝；尖端还有凝固的黑烟，疑这才从火宅[1]中出，所以枯焦。这样，映在冰的四壁，而且互相反映，化为无量数影，使这冰谷，成红珊瑚色。

　　哈哈！

　　当我幼小的时候，本就爱看快舰激起的浪花，洪炉喷出的烈焰。不但爱看，还想看清。可惜他们都息息变幻，永无定形。虽然凝视又凝视，总不留下怎样一定的迹象。

　　死的火焰，现在先得到了你了！

　　我拾起死火，正要细看，那冷气已使我的指头焦灼；但是，我还

1.　火宅：佛家语，《法华经·譬喻品》中说："三界（按这里指欲界、色界、无色界，泛指世界）无安，犹如火宅，众苦充满，甚可怖畏，常有生老病死忧患，如是等火，炽然不息。"

熬着，将他塞入衣袋中间。冰谷四面，登时完全青白。我一面思索着走出冰谷的法子。

我的身上喷出一缕黑烟，上升如铁线蛇[2]。冰谷四面，又登时满有红焰流动，如大火聚[3]，将我包围。我低头一看，死火已经燃烧，烧穿了我的衣裳，流在冰地上了。

"唉，朋友！你用了你的温热，将我惊醒了。"他说。

我连忙和他招呼，问他名姓。

"我原先被人遗弃在冰谷中，"他答非所问地说，"遗弃我的早已灭亡，消尽了。我也被冰冻冻得要死。倘使你不给我温热，使我重行烧起，我不久就须灭亡。"

"你的醒来，使我欢喜。我正在想着走出冰谷的方法；我愿意携带你去，使你永不冰结，永得燃烧。"

"唉唉！那么，我将烧完！"

"你的烧完，使我惋惜。我便将你留下，仍在这里罢。"

"唉唉！那么，我将冻灭了！"

"那么，怎么办呢？"

"但你自己，又怎么办呢？"他反而问。

"我说过了：我要出这冰谷……。"

"那我就不如烧完！"

他忽而跃起，如红慧星，并我都出冰谷口外。有大石车突然驰来，我终于碾死在车轮底下，但我还来得及看见那车就坠入冰谷中。

"哈哈！你们是再也遇不着死火了！"我得意地笑着说，仿佛就愿意这样似的。

1925年4月23日。

（本篇最初发表于1925年5月4日《语丝》周刊第25期）

---

2. 铁线蛇：又名盲蛇，无毒，状如蚯蚓，是我国最小的一种蛇。分布于浙江、福建等地。

3. 火聚：佛家语，指火聚地狱（烈火聚集的地狱）。泛指聚集的猛火。

死 火 2002年创作

我梦见自己在冰山间奔驰。

……

但我忽然坠在冰谷中。

……

他忽而跃起，如红彗星，并我都出冰谷口外。

狗 的 驳 诘

我梦见自己在隘巷[1]中行走，衣履破碎，像乞食者。

一条狗在背后叫起来了。

我傲慢地回顾，叱咤[2]说：

"哎[3]！住口！你这势利的狗！"

"嘻嘻！"他笑了，还接着说，"不敢，愧不如人呢。"

"什么！？"我气愤了，觉得这是一个极端的侮辱。

"我惭愧：我终于还不知道分别铜和银[4]；还不知道分别布和绸；

还不知道分别官和民；还不知道分别主和奴；还不知道……"

我逃走了。

"且慢！我们再谈谈……"他在后面大声挽留。

我一径逃走，尽力地走，直到逃出梦境，躺在自己的床上。

1925年4月23日。

（本篇最初发表于1925年5月4日《语丝》周刊第25期）

---

1. 隘（ài）巷：犹陋巷，狭窄的街巷。
2. 叱咤（chì zhà）：怒斥，呼喝。
3. 哎（dāi）：叹词，突然大喝一声，使人注意。多见于早期白话。
4. 铜和银：此处指钱币。我国旧时曾通用铜币和银币。

狗的驳诘

2002年创作

"且慢！我们再谈谈……"他在后面大声挽留。

失掉的好地狱¹

　　我梦见自己躺在床上，在荒寒的野外，地狱的旁边。一切鬼魂们的叫唤无不低微，然有秩序，与火焰的怒吼，油的沸腾，钢叉的震颤相和鸣，造成醉心的大乐²，布告三界³：地下太平。

　　有一伟大的男子站在我面前，美丽，慈悲，遍身有大光辉，然而我知道他是魔鬼。

　　"一切都已完结，一切都已完结！可怜的鬼魂们将那好的地狱失掉了！"他悲愤地说，于是坐下，讲给我一个他所知道的故事——

　　"天地作蜂蜜色的时候，就是魔鬼战胜天神，掌握了主宰一切的

---

1. 作者在《〈野草〉英文译本序》里曾说："但这地狱也必须失掉。这是由几个有雄辩和辣手，而那时还未得志的英雄们的脸色和语气所告诉我的。我于是作《失掉的好地狱》。"写作本篇一个多月前，作者在概括辛亥革命后军阀混战给广大人民带来的深重灾难时，也曾指出："称为神的和称为魔的战斗了，并非争夺天国，而在要得地狱的统治权。所以无论谁胜，地狱至今也还是照样的地狱。"（《集外集·杂语》）
2. 醉心的大乐：使人沉醉的音乐。这里的"大"和下文的"大威权"、"大火聚"、"大谋略"、"大网罗"等词语中的"大"，都是模仿古代汉译佛经的语气。
3. 三界：此处指天国、人间、地狱。

大威权的时候。他收得天国,收得人间,也收得地狱。他于是亲临地狱,坐在中央,遍身发大光辉,照见一切鬼众。

"地狱原已废弛得很久了:剑树[4]消却光芒;沸油的边际早不腾涌;大火聚有时不过冒些青烟,远处还萌生曼陀罗花[5],花极细小,惨白可怜。——那是不足为奇的,因为地上曾经大被焚烧,自然失了他的肥沃。

"鬼魂们在冷油温火里醒来,从魔鬼的光辉中看见地狱小花,惨白可怜,被大蛊惑,倏忽[6]间记起人世,默想至不知几多年,遂同时向着人间,发一声反狱的绝叫。

"人类便应声而起,仗义执言,与魔鬼战斗。战声遍满三界,远过雷霆。终于运大谋略,布大网罗,使魔鬼并且不得不从地狱出走。最后的胜利,是地狱门上也竖了人类的旌旗!

"当鬼魂们一齐欢呼时,人类的整饬[7]地狱使者已临地狱,坐在中央,用了人类的威严,叱咤一切鬼众。

"当鬼魂们又发一声反狱的绝叫时,即已成为人类的叛徒,得到永劫沉沦的罚,迁入剑树林的中央。

"人类于是完全掌握了主宰地狱的大威权,那威棱且在魔鬼以上。人类于是整顿废弛,先给牛首阿旁[8]以最高的俸草;而且,添薪加火,磨砺刀山,使地狱全体改观,一洗先前颓废的气象。

---

4. 剑树:佛教宣扬的地狱酷刑。《太平广记》卷三八二《裴则子》引《冥报拾遗》:"至第三重门,入见镬汤及刀山剑树。"

5. 曼陀罗花:曼陀罗,亦称"风茄儿",茄科,一年生有毒草本。佛经说,曼陀罗花白色而有妙香,花大,见之者能适意,故也译作适意花。

6. 倏(shū)忽:很快的,忽然间。

7. 整饬(chì):整顿使有条理。

8. 牛首阿旁:佛教传说中地狱里牛头人身的鬼卒。东晋昙无兰译《五苦章句经》中说:"狱卒名阿傍,牛头人手,两脚牛蹄,力壮排山,持钢铁叉。"

"曼陀罗花立即焦枯了。油一样沸；刀一样铦；火一样热；鬼众一样呻吟，一样宛转，至于都不暇记起失掉的好地狱。

"这是人类的成功，是鬼魂的不幸……。

"朋友，你在猜疑我了。是的，你是人！我且去寻野兽和恶鬼……。"

1925年6月16日。

（本篇最初发表于1925年6月22日《语丝》周刊第32期）

墓　碣　文

我梦见自己正和墓碣[1]对立，读着上面的刻辞。那墓碣似是沙石所制，剥落很多，又有苔藓丛生，仅存有限的文句——

……于浩歌狂热之际中寒；于天上看见深渊。于一切眼中看见无所有；于无所希望中得救。……

……有一游魂，化为长蛇，口有毒牙。不以啮人，自啮其身，终以殒颠[2]。……

……离开！……

我绕到碣后，才见孤坟，上无草木，且已颓坏。即从大阙口[3]中，窥见死尸，胸腹俱破，中无心肝。而脸上却绝不显哀乐之状，但蒙蒙如烟然。

我在疑惧中不及回身，然而已看见墓碣阴面的残存的文句——

……抉心自食，欲知本味。创痛酷烈，本味何能知？……

……痛定之后，徐徐食之。然其心已陈旧，本味又何由知？……

……答我。否则，离开！……

----

1. 墓碣（jié）：圆顶的墓碑。
2. 殒颠（yǔn diān）：殒灭；死亡。
3. 阙口：物体上缺掉一块而形成的空隙。

我就要离开。而死尸已在坟中坐起，口唇不动，然而说——

"待我成尘时，你将见我的微笑！"

我疾走，不敢反顾，生怕看见他的追随。

1925年6月17日。

（本篇最初发表于1925年6月22日《语丝》周刊第32期）

颓败线的颤动

　　我梦见自己在做梦。自身不知所在，眼前却有一间在深夜中紧闭的小屋的内部，但也看见屋上瓦松[1]的茂密的森林。

　　板桌上的灯罩是新拭的，照得屋子里分外明亮。在光明中，在破榻上，在初不相识的披毛的强悍的肉块底下，有瘦弱渺小的身躯，为饥饿，苦痛，惊异，羞辱，欢欣而颤动。弛缓，然而尚且丰腴的皮肤光润了；青白的两颊泛出轻红，如铅上涂了胭脂水。

　　灯火也因惊惧而缩小了，东方已经发白。

　　然而空中还弥漫地摇动着饥饿，苦痛，惊异，羞辱，欢欣的波涛……。

　　“妈！”约略两岁的女孩被门的开阖声惊醒，在草席围着的屋角的地上叫起来了。

　　“还早哩，再睡一会罢！”她惊惶地说。

　　“妈！我饿，肚子痛。我们今天能有什么吃的？”

　　“我们今天有吃的了。等一会有卖烧饼的来，妈就买给你。”她欣慰地更加紧捏着掌中的小银片，低微的声音悲凉地发抖，走近屋

1.　瓦松：又名“向天草”、“昨叶荷草”、“屋上无根草”等。丛生在瓦缝中，叶针状，初生时密集短茎上，远望如松树，故名。具有清热解毒、止血等功效。

角去一看她的女儿，移开草席，抱起来放在破榻上。

"还早哩，再睡一会罢。"她说着，同时抬起眼睛，无可告诉地一看破旧的屋顶以上的天空。

空中突然另起了一个很大的波涛，和先前的相撞击，回旋而成旋涡，将一切并我尽行淹没，口鼻都不能呼吸。

我呻吟着醒来，窗外满是如银的月色，离天明还很辽远似的。

我自身不知所在，眼前却有一间在深夜中紧闭的小屋的内部，我自己知道是在续着残梦。可是梦的年代隔了许多年了。屋的内外已经这样整齐；里面是青年的夫妻，一群小孩子，都怨恨鄙夷地对着一个垂老的女人。

"我们没有脸见人，就只因为你，"男人气忿地说。"你还以为养大了她，其实正是害苦了她，倒不如小时候饿死的好！"

"使我委屈一世的就是你！"女的说。

"还要带累了我！"男的说。

"还要带累他们哩！"女的说，指着孩子们。

最小的一个正玩着一片干芦叶，这时便向空中一挥，仿佛一柄钢刀，大声说道：

"杀！"

那垂老的女人口角正在痉挛，登时一怔，接着便都平静，不多时候，她冷静地，骨立的石像似的站起来了。她开开板门，迈步在深夜中走出，遗弃了背后一切的冷骂和毒笑。

她在深夜中尽走，一直走到无边的荒野；四面都是荒野，头上只有高天，并无一个虫鸟飞过。她赤身露体地，石像似的站在荒野的中央，于一刹那间照见过往的一切：饥饿，苦痛，惊异，羞辱，欢欣，于是发抖；害苦，委屈，带累，于是痉挛[2]；杀，于是平静。……又

---

2. 痉挛（jìng luán）：犹颤动。

于一刹那间将一切并合：眷念与决绝，爱抚与复仇，养育与歼除，祝福与咒诅……。她于是举两手尽量向天，口唇间漏出人与兽的，非人间所有，所以无词的言语。

当她说出无词的言语时，她那伟大如石像，然而已经荒废的，颓败的身躯的全面都颤动了。这颤动点点如鱼鳞，每一鳞都起伏如沸水在烈火上；空中也即刻一同振颤，仿佛暴风雨中的荒海的波涛。

她于是抬起眼睛向着天空，并无词的言语也沉默尽绝，惟有颤动，辐射若太阳光，使空中的波涛立刻回旋，如遭飓风，汹涌奔腾于无边的荒野。

我梦魇[3]了，自己却知道是因为将手搁在胸脯上了的缘故；我梦中还用尽平生之力，要将这十分沉重的手移开。

1925年6月29日。

（本篇最初发表于1925年7月13日《语丝》周刊第35期）

颓败线的颤动

---

3. 梦魇（yǎn）：俗称鬼压床，指在睡眠时，因梦中受惊吓而喊叫；或觉得有什么东西压在身上，不能动弹。常用来比喻经历过的可怕的事情。

颓败线的颤动（之一）　　　　　　2002年创作

　　"使我委屈一世的就是你！"女的说。

颓败线的颤动（之二） 　　　　　　　2002年创作

......她于是举两手尽量向天，口唇间漏出人与兽的，非人间所有，所以无词的言语。

立　论

　　我梦见自己正在小学校的讲堂上预备作文，向老师请教立论的方法。

　　"难！"老师从眼镜圈外斜射出眼光来，看着我，说。"我告诉你一件事——

　　"一家人家生了一个男孩，合家高兴透顶了。满月的时候，抱出来给客人看，——大概自然是想得一点好兆头。

　　"一个说：'这孩子将来要发财的。'他于是得到一番感谢。

　　"一个说：'这孩子将来要做官的。'他于是收回几句恭维。

　　"一个说：'这孩子将来是要死的。'他于是得到一顿大家合力的痛打。

　　"说要死的必然，说富贵的许谎。但说谎的得好报，说必然的遭打。你……"

　　"我愿意既不说谎，也不遭打。那么，老师，我得怎么说呢？"

　　"那么，你得说：'啊呀！这孩子呵！您瞧！多么……。阿唷！哈哈！Hehe！he，hehehehe！'"

1925年7月8日。

（本篇最初发表于1925年7月13日《语丝》周刊第35期）

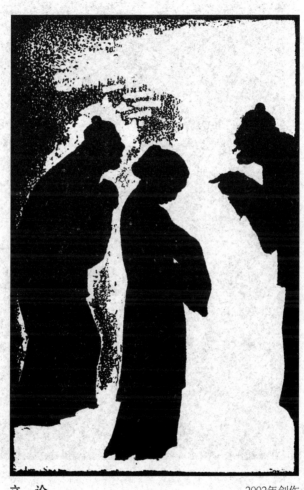

立　论　　　　　　　　　　　2002年创作

"一个说：'这孩子将来要发财的。'"……

立 论 　　　　　　　　　　　　　　2002年创作

"一个说：'这孩子将来要做官的。'"……

立　论　　　　　　　　　　　　　2002年创作

"一个说：'这孩子将来要死的。'……"

死　后

我梦见自己死在道路上。

这是那里，我怎么到这里来，怎么死的，这些事我全不明白。总之，待到我自己知道已经死掉的时候，就已经死在那里了。

听到几声喜鹊叫，接着是一阵乌老鸦。空气很清爽，——虽然也带些土气息，——大约正当黎明时候罢。我想睁开眼睛来，他却丝毫也不动，简直不像是我的眼睛；于是想抬手，也一样。

恐怖的利镞[1]忽然穿透我的心了。在我生存时，曾经玩笑地设想：假使一个人的死亡，只是运动神经的废灭，而知觉还在，那就比全死了更可怕。谁知道我的预想竟的中[2]了，我自己就在证实这预想。

听到脚步声，走路的罢。一辆独轮车从我的头边推过，大约是重载的，轧轧地叫得人心烦，还有些牙齿齼[3]。很觉得满眼绯红，一定是太阳上来了。那么，我的脸是朝东的。但那都没有什么关系。切切嚓嚓的人声，看热闹的。他们踹起黄土来，飞进我的鼻孔，使我想打喷嚏了，但终于没有打，仅有想打的心。

---

1. 利镞：锐利的箭头。镞（zú），箭头。
2. 的中：射中靶子。
3. 齼（chǔ）：牙齿酸痛。

陆陆续续地又是脚步声，都到近旁就停下，还有更多的低语声：看的人多起来了。我忽然很想听听他们的议论。但同时想，我生存时说的什么批评不值一笑的话，大概是违心之论罢：才死，就露了破绽了。然而还是听；然而毕竟得不到结论，归纳起来不过是这样——

"死了？……"

"嗡。——这……"

"哼！……"

"啧。……唉！……"

我十分高兴，因为始终没有听到一个熟识的声音。否则，或者害得他们伤心；或则要使他们快意；或则要使他们加添些饭后闲谈的材料，多破费宝贵的工夫；这都会使我很抱歉。现在谁也看不见，就是谁也不受影响。好了，总算对得起人了！

但是，大约是一个马蚁，在我的脊梁上爬着，痒痒的。我一点也不能动，已经没有除去他的能力了；倘在平时，只将身子一扭，就能使他退避。而且，大腿上又爬着一个哩！你们是做什么的？虫豸[4]！？

事情可更坏了：嗡的一声，就有一个青蝇停在我的颧骨[5]上，走了几步，又一飞，开口便舐我的鼻尖。我懊恼地想：足下，我不是什么伟人，你无须到我身上来寻做论的材料……。但是不能说出来。他却从鼻尖跑下，又用冷舌头来舐我的嘴唇了，不知道可是表示亲爱。还有几个则聚在眉毛上，跨一步，我的毛根就一摇。实在使我烦厌得不堪，——不堪之至。

忽然，一阵风，一片东西从上面盖下来，他们就一同飞开了，临走时还说——

"惜哉！……"

4. 虫豸（zhì）：泛指虫类小动物。可比喻碌碌无为，弱小的人。

5. 颧（quán）骨：面颅骨之一，位于面中部前面，眼眶的外下方，菱形，形成面颊部的骨性突起。

死

后

我愤怒得几乎昏厥过去。

木材摔在地上的钝重的声音同着地面的震动，使我忽然清醒，前额上感着芦席的条纹。但那芦席就被掀去了，又立刻感到了日光的灼热。还听得有人说——

"怎么要死在这里？……"

这声音离我很近，他正弯着腰罢。但人应该死在那里呢？我先前以为人在地上虽没有任意生存的权利，却总有任意死掉的权利的。现在才知道并不然，也很难适合人们的公意。可惜我久没了纸笔；即有也不能写，而且即使写了也没有地方发表了。只好就这样地抛开。

有人来抬我，也不知道是谁。听到刀鞘声，还有巡警在这里罢，在我所不应该"死在这里"的这里。我被翻了几个转身，便觉得向上一举，又往下一沉；又听得盖了盖，钉着钉。但是，奇怪，只钉了两个。难道这里的棺材钉，是只钉两个的么？

我想：这回是六面碰壁，外加钉子。真是完全失败，呜呼哀哉了！……

"气闷！……"我又想。

然而我其实却比先前已经宁静得多，虽然知不清埋了没有。在手背上触到草席的条纹，觉得这尸衾倒也不恶。只不知道是谁给我化钱的，可惜！但是，可恶，收敛[6]的小子们！我背后的小衫的一角皱起来了，他们并不给我拉平，现在抵得我很难受。你们以为死人无知，做事就这样地草率么？哈哈！

我的身体似乎比活的时候要重得多，所以压着衣皱便格外的不舒服。但我想，不久就可以习惯的；或者就要腐烂，不至于再有什么

---

6. 收敛：此处同收殓。指给尸体穿衣下棺，也叫"入殓"。

大麻烦。此刻还不如静静地静着想。

"您好？您死了么？"

是一个颇为耳熟的声音。睁眼看时，却是勃古斋旧书铺的跑外的小伙计。不见约有二十多年了，倒还是那一副老样子。我又看看六面的壁，委实太毛糙，简直毫没有加过一点修刮，锯绒还是毛鬖鬖[7]的。

"那不碍事，那不要紧。"他说，一面打开暗蓝色布的包裹来。"这是明板《公羊传》[8]，嘉靖黑口本[9]，给您送来了。您留下他罢。这是……"

"你！"我诧异地看定他的眼睛，说，"你莫非真正胡涂了？你看我这模样，还要看什么明板？……"

"那可以看，那不碍事。"

我即刻闭上眼睛，因为对他很烦厌。停了一会，没有声息，他大约走了。但是似乎一个马蚁又在脖子上爬起来，终于爬到脸上，只绕着眼眶转圈子。

死
后

万不料人的思想，是死掉之后也还会变化的。忽而，有一种力将我的心的平安冲破；同时，许多梦也都做在眼前了。几个朋友祝我安乐，几个仇敌祝我灭亡。我却总是既不安乐，也不灭亡地不上不下地生活下来，都不能副任何一面的期望。现在又影一般死掉了，连仇敌也不使知道，不肯赠给他们一点惠而不费的欢欣。……

---

7. 鬖(sān)鬖：毛发、枝条等细长垂拂、纷披散乱的样子。

8. 明板《公羊传》：即《春秋公羊传》（又作《公羊春秋》）的明代刻本。《公羊传》是一部阐释《春秋》的书，相传为周末齐国人公羊高所作。在木刻书中，明板是比较名贵的。

9. 嘉靖黑口本：我国线装书籍，书页中间折叠的直缝叫做"口"。"口"有"黑口"与"白口"的分别：折缝上下端有黑线的叫做"黑口"，没有黑线的叫作"白口"。嘉靖（1522—1566），明世宗的年号。

我觉得在快意中要哭出来。这大概是我死后第一次的哭。

然而终于也没有眼泪流下；只看见眼前仿佛有火花一闪，我于是坐了起来。

1925年7月12日。

（本篇最初发表于1925年7月20日《语丝》周刊第36期）

这样的战士[1]

要有这样的一种战士——

已不是蒙昧如非洲土人而背着雪亮的毛瑟枪[2]的；也并不疲惫如中国绿营兵[3]而却佩着盒子炮[4]。他毫无乞灵于牛皮和废铁的甲胄；他只有自己，但拿着蛮人所用的，脱手一掷的投枪。

他走进无物之阵，所遇见的都对他一式点头。他知道这点头就是敌人的武器，是杀人不见血的武器，许多战士都在此灭亡，正如炮弹一般，使猛士无所用其力。

那些头上有各种旗帜，绣出各样好名称：慈善家，学者，文士，长者，青年，雅人，君子……。头下有各样外套，绣出各式好花样：学问，

---

1. 作者在《〈野草〉英文译本序》里说："《这样的战士》，是有感于文人学士们帮助军阀而作。"
2. 毛瑟枪：指德国机械师毛瑟兄弟在19世纪70年代设计制造的一种单发步枪，是当时比较先进的武器。
3. 绿营兵：一作绿旗兵。清朝兵制：除正黄、正白、正红、正蓝、镶黄、镶白、镶红、镶蓝等"八旗兵"（以满族人为主）外，又另募汉人编成军队，旗帜采用绿色，叫作绿旗兵。清代中叶以后，绿营兵渐趋衰败，终被裁废。
4. 盒子炮：即驳壳枪，手枪的一种，外有特制的木盒，故名。

道德，国粹，民意，逻辑，公义，东方文明[5]……。

但他举起了投枪。

他们都同声立了誓来讲说，他们的心都在胸膛的中央，和别的偏心的人类两样。他们都在胸前放着护心镜[6]，就为自己也深信心在胸膛中央的事作证。

但他举起了投枪。

他微笑，偏侧一掷，却正中了他们的心窝。

一切都颓然倒地；——然而只有一件外套，其中无物。无物之物已经脱走，得了胜利，因为他这时成了戕害慈善家等类的罪人。

但他举起了投枪。

他在无物之阵中大踏步走，再见一式的点头，各种的旗帜，各样的外套……。

但他举起了投枪。

他终于在无物之阵中老衰，寿终。他终于不是战士，但无物之物则是胜者。

在这样的境地里，谁也不闻战叫：太平。

太平……。

但他举起了投枪！

1925年12月14日。

（本篇最初发表于1925年12月21日《语丝》周刊第58期）

---

5. 东方文明："五四"运动前后，帝国主义者和封建复古主义者鼓吹的反动口号之一，目的在于维护我国的封建道德和封建文化，反对近代科学文明和民主改革。

6. 护心镜：古代镶嵌在战衣胸背部位用以防箭的铜镜。一般位于胸口正中的位置，多为圆形，正面凸出，较其他部分甲片厚；其表面比较光滑，因此被称作"镜"，在受到攻击时可以起到缓冲、转移正面攻击的作用。

这样的战士　　　　　　　　　　　　　2002年创作

在这样的境地里，谁也不闻战叫：太平。

太平……。

但他举起了投枪！

聪明人和傻子和奴才

　　奴才总不过是寻人诉苦。只要这样，也只能这样。有一日，他遇到一个聪明人。

　　"先生！"他悲哀地说，眼泪联成一线，就从眼角上直流下来。"你知道的。我所过的简直不是人的生活。吃的是一天未必有一餐，这一餐又不过是高粱皮，连猪狗都不要吃的，尚且只有一小碗……。"

　　"这实在令人同情。"聪明人也惨然说。

　　"可不是么！"他高兴了。"可是做工是昼夜无休息的：清早担水晚烧饭，上午跑街夜磨面，晴洗衣裳雨张伞，冬烧汽炉夏打扇。半夜要煨银耳，侍候主人耍钱；头钱[1]从来没分，有时还挨皮鞭……。"

　　"唉唉……。"聪明人叹息着，眼圈有些发红，似乎要下泪。

　　"先生！我这样是敷衍不下去的。我总得另外想法子。可是什么法子呢？……"

　　"我想，你总会好起来……。"

　　"是么？但愿如此。可是我对先生诉了冤苦，又得你的同情和慰安，已经舒坦得不少了。可见天理没有灭绝……。"

　　但是，不几日，他又不平起来了，仍然寻人去诉苦。

1.　头钱：旧社会里提供赌博场所的人向参与赌博者抽取一定数额的钱，叫做头钱，也称"抽头"。侍候赌博的人，有时也可从中分得若干。

"先生！"他流着眼泪说，"你知道的。我住的简直比猪窠还不如。主人并不将我当人；他对他的叭儿狗还要好到几万倍……。"

"混帐！"那人大叫起来，使他吃惊了。那人是一个傻子。

"先生，我住的只是一间破小屋，又湿，又阴，满是臭虫，睡下去就咬得真可以。秽气[2]冲着鼻子，四面又没有一个窗……。"

"你不会要你的主人开一个窗的么？"

"这怎么行？……"

"那么，你带我去看去！"

傻子跟奴才到他屋外，动手就砸那泥墙。

"先生！你干什么？"他大惊地说。

"我给你打开一个窗洞来。"

"这不行！主人要骂的！"

"管他呢！"他仍然砸。

"人来呀！强盗在毁咱们的屋子了！快来呀！迟一点可要打出窟窿来了！……"他哭嚷着，在地上团团地打滚。

一群奴才都出来了，将傻子赶走。

听到了喊声，慢慢地最后出来的是主人。

"有强盗要来毁咱们的屋子，我首先叫喊起来，大家一同把他赶走了。"他恭敬而得胜地说。

"你不错。"主人这样夸奖他。

这一天就来了许多慰问的人，聪明人也在内。

"先生。这回因为我有功，主人夸奖了我了。你先前说我总会好起来；实在是有先见之明……。"他大有希望似的高兴地说。

"可不是么……。"聪明人也代为高兴似的回答他。

1925年12月26日。

（本篇最初发表于1926年1月4日《语丝》周刊第60期）

---

2. 秽气：臭气；腐烂不洁的气味。

聪明人和傻子和奴才（之一） 1984年创作

奴才总不过是寻人诉苦。只要这样，也只能这样。

聪明人和傻子和奴才（之二）　　　　1984年创作

"这实在令人同情。"聪明人也惨然说。

聪明人和傻子和奴才（之三）　　　　　1984年创作

"先生！"他流着眼泪说，……

聪明人和傻子和奴才（之四）　　　　1984年创作

"我给你打开一个窗洞来。"

聪明人和傻子和奴才（之五）　　　　　1984年创作

"人来呀！强盗在毁咱们的屋子了！快来呀！……"

聪明人和傻子和奴才（之六）　　　　　　1984年创作

一群奴才都出来了，将傻子赶走。

聪明人和傻子和奴才（之七）　　　　1984年创作

　　"有强盗要来毁咱们的屋子，我首先叫喊起来，大家一同把他赶走了。"他恭敬而得胜地说。

聪明人和傻子和奴才（之八）　　　　1984年创作

"先生。这回因为我有功，主人夸奖了我了……"

腊　　叶[1]

　　灯下看《雁门集》[2]，忽然翻出一片压干的枫叶来。

　　这使我记起去年的深秋。繁霜夜降，木叶多半凋零，庭前的一株小小的枫树也变成红色了。我曾绕树徘徊，细看叶片的颜色，当他青葱的时候是从没有这么注意的。他也并非全树通红，最多的是浅绛，有几片则在绯红地上，还带着几团浓绿。一片独有一点蛀孔，镶着乌黑的花边，在红，黄和绿的斑驳中，明眸似的向人凝视。我自念：这是病叶呵！便将他摘了下来，夹在刚才买到的《雁门集》里。大概是愿使这将坠的被蚀而斑斓的颜色，暂得保存，不即与群叶一同飘散罢。

　　但今夜他却黄蜡似的躺在我的眼前，那眸子也不复似去年一般灼灼。假使再过几年，旧时的颜色在我记忆中消去，怕连我也不知道他何以夹在书里面的原因了。将坠的病叶的斑斓，似乎也只能在

---

1. 作者在《〈野草〉英文译本序》里说："《腊叶》，是为爱我者的想要保存我而作的。"又，许广平在《因校对〈三十年集〉而引起的话旧》一文里说，"在《野草》中的那篇《腊叶》，那假设被摘下来夹在《雁门集》里的斑驳的枫叶，就是自况的"。

2. 《雁门集》：元代诗人萨都剌（约1272—1355）的诗集。萨氏世居山西雁门，故名。

极短时中相对，更何况是葱郁的呢。看看窗外，很能耐寒的树木也早经秃尽了；枫树更何消说得。当深秋时，想来也许有和这去年的模样相似的病叶的罢，但可惜我今年竟没有赏玩秋树的余闲。

1925年12月26日。
（本篇最初发表于1926年1月4日《语丝》周刊第60期）

腊

叶

淡淡的血痕中 [1]

——纪念几个死者和生者和未生者

目前的造物主，还是一个怯弱者。

他暗暗地使天变地异，却不敢毁灭一个这地球；暗暗地使生物衰亡，却不敢长存一切尸体；暗暗地使人类流血，却不敢使血色永远鲜秾；暗暗地使人类受苦，却不敢使人类永远记得。

他专为他的同类——人类中的怯弱者——设想，用废墟荒坟来衬托华屋，用时光来冲淡苦痛和血痕；日日斟出一杯微甘的苦酒，不太少，不太多，以能微醉为度，递给人间，使饮者可以哭，可以歌，也如醒，也如醉，若有知，若无知，也欲死，也欲生。他必须使一切也欲生；他还没有灭尽人类的勇气。

几片废墟和几个荒坟散在地上，映以淡淡的血痕，人们都在其间咀嚼着人我的渺茫的悲苦。但是不肯吐弃，以为究竟胜于空虚，各各自称为"天之僇民" [2]，以作咀嚼着人我的渺茫的悲苦的辩解，

---

1. 作者在《〈野草〉英文译本序》中说："段祺瑞政府枪击徒手民众后，作《淡淡的血痕中》。"

2. "天之僇民"：受天惩罚的人；罪人。语出《庄子·大宗师》。僇（lù），通"戮"。杀戮。

而且悚息[3]着静待新的悲苦的到来。新的，这就使他们恐惧，而又渴欲相遇。

这都是造物主的良民。他就需要这样。

叛逆的猛士出于人间；他屹立着，洞见一切已改和现有的废墟和荒坟，记得一切深广和久远的苦痛，正视一切重叠淤积的凝血，深知一切已死，方生，将生和未生。他看透了造化的把戏；他将要起来使人类苏生[4]，或者使人类灭尽，这些造物主的良民们。

造物主，怯弱者，羞惭了，于是伏藏。天地在猛士的眼中于是变色。

1926年4月8日。

（本篇最初发表于1926年4月19日《语丝》周刊第75期）

淡淡的血痕中

---

3. 悚息：谓因惶惧而屏息。常做惶恐解。

4. 苏生：意为重新活过来。

淡淡的血痕中 2002年创作

造物主，怯弱者，羞惭了，于是伏藏。天地在猛士的眼中于是变色。

一　觉[1]

　　飞机负了掷下炸弹的使命，像学校的上课似的，每日上午在北京城上飞行[2]。每听得机件搏击空气的声音，我常觉到一种轻微的紧张，宛然目睹了"死"的袭来，但同时也深切地感着"生"的存在。

　　隐约听到一二爆发声以后，飞机嗡嗡地叫着，冉冉地飞去了。也许有人死伤了罢，然而天下却似乎更显得太平。窗外的白杨的嫩叶，在日光下发乌金光；榆叶梅也比昨日开得更烂漫。收拾了散乱满床的日报，拂去昨夜聚在书桌上的苍白的微尘，我的四方的小书斋，今日也依然是所谓"窗明几净"。

　　因为或一种原因，我开手编校那历来积压在我这里的青年作者的文稿了；我要全都给一个清理。我照作品的年月看下去，这些不肯涂脂抹粉的青年们的魂灵便依次屹立在我眼前。他们是绰约的，是纯真的，——呵，然而他们苦恼了，呻吟了，愤怒了，而且终于粗暴了，我的可爱的青年们！

　　魂灵被风沙打击得粗暴，因为这是人的魂灵，我爱这样的魂灵；

---

1. 作者在《〈野草〉英文译本序》中说："奉天派和直隶派军阀战争的
　　时候，作《一觉》。"

2. 1926年4月，冯玉祥的国民军和奉系军阀张作霖、李景林所部作战期
　　间，国民军驻守北京，奉军飞机曾多次飞临轰炸。

我愿意在无形无色的鲜血淋漓的粗暴上接吻。漂渺的名园中，奇花盛开着，红颜的静女正在超然无事地逍遥，鹤唳一声，白云郁然而起……。这自然使人神往的罢，然而我总记得我活在人间。

我忽然记起一件事：两三年前，我在北京大学的教员预备室里，看见进来一个并不熟悉的青年[3]，默默地给我一包书，便出去了，打开看时，是一本《浅草》[4]。就在这默默中，使我懂得了许多话。阿，这赠品是多么丰饶呵！可惜那《浅草》不再出版了，似乎只成了《沉钟》[5]的前身。那《沉钟》就在这风沙澒洞[6]中，深深地在人海的底里寂寞地鸣动。

野蓟[7]经了几乎致命的摧折，还要开一朵小花，我记得托尔斯泰曾受了很大的感动，因此写出一篇小说来[8]。但是，草木在旱干的沙漠中间，拼命伸长他的根，吸取深地中的水泉，来造成碧绿的林莽，自然是为了自己的"生"的，然而使疲劳枯渴的旅人，一见就怡然觉得遇到了暂时息肩之所，这是如何的可以感激，而且可以

---

3. 指冯至，河北涿县人，诗人。当时是北京大学国文系学生。《鲁迅日记》1925年4月3日载："午后往北大讲。浅草社员赠《浅草》一卷之四期一本。"

4. 《浅草》：文艺季刊，浅草社编。1923年3月创刊，在上海印刷出版。共出四期，1925年2月停刊。主要作者有林如稷、冯至、陈炜谟、陈翔鹤等。

5. 《沉钟》：文艺刊物，沉钟社编。1925年10月10日在北京创刊。初为周刊，出十期。1926年8月改为半月刊，次年1月出至第12期休刊；1932年10月复刊，1934年2月出至第34期停刊。主要作者除浅草社同人外尚有杨晦等。

6. 澒（hòng）洞：绵延；弥漫。

7. 野蓟（jì）：即牛蒡花，菊科，草本植物。

8. 托尔斯泰（1828—1910）俄国作家。代表作有《战争与和平》、《安娜·卡列尼娜》、《复活》等。这里说的"一篇小说"，指中篇小说《哈泽·穆拉特》。在《哈泽·穆拉特》序曲开始处，作者描写了有着顽强生命力的牛蒡花，以象征小说主人公哈泽·穆拉特。

悲哀的事？！

　　《沉钟》的《无题》[9]——代启事——说："有人说：我们的社会是一片沙漠。——如果当真是一片沙漠，这虽然荒漠一点也还静肃；虽然寂寞一点也还会使你感觉苍茫。何至于象这样的混沌，这样的阴沉，而且这样的离奇变幻！"

　　是的，青年的魂灵屹立在我眼前，他们已经粗暴了，或者将要粗暴了，然而我爱这些流血和隐痛的魂灵，因为他使我觉得是在人间，是在人间活着。

　　在编校中夕阳居然西下，灯火给我接续的光。各样的青春在眼前一一驰去了，身外但有昏黄环绕。我疲劳着，捏着纸烟，在无名的思想中静静地合了眼睛，看见很长的梦。忽而警觉，身外也还是环绕着昏黄；烟篆[10]在不动的空气中飞升，如几片小小夏云，徐徐幻出难以指名的形象。

1926年4月10日。

（本篇最初发表于1926年4月19日《语丝》周刊第75期）

一　觉

---

9. 《无题》：载于《沉钟》周刊第十期（1925年12月）。

10. 烟篆：燃着的纸烟的烟缕，弯曲上升，好似笔画圆曲的篆字（我国古代的一种字体）。

一　觉

1984年创作

我疲劳着，捏着纸烟，在无名的思想中静静地合了眼睛，看见很长的梦。

鲁迅像　　　　　　　　　　　　　　　　1961年创作

离　家

1956年创作

鲁迅十七岁时离家去南京求学。

朝花夕拾

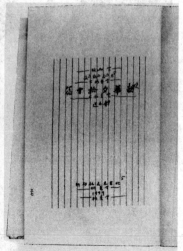

《朝花夕拾》封面及鲁迅手拟扉页。1928年8月未明社初版。

鲁迅在广州（之十五）　　　　　　　1982年创作

小　引

　　我常想在纷扰中寻出一点闲静来,然而委实不容易。目前是这么离奇,心里是这么芜杂。一个人做到只剩了回忆的时候,生涯大概总要算是无聊了罢,但有时竟会连回忆也没有。中国的做文章有轨范[1],世事也仍然是螺旋。前几天我离开中山大学的时候,便想起四个月以前的离开厦门大学;听到飞机在头上鸣叫,竟记得了一年前在北京城上日日旋绕的飞机[2]。我那时还做了一篇短文,叫做《一觉》[3]。现在是,连这"一觉"也没有了。

　　广州的天气热得真早,夕阳从西窗射入,逼得人只能勉强穿一件单衣。书桌上的一盆"水横枝"[4],是我先前没有见过的:就是一段树,只要浸在水中,枝叶便青葱得可爱。看看绿叶,编编旧稿,总算也在做一点事。做着这等事,真是虽生之日,犹死之年,很可

---

1. 轨范:法则,模范。
2. 北京城上日日旋绕的飞机:1926年4月,冯玉祥的国民军和奉系军阀张作霖、李景林所部作战期间,国民军驻守北京,奉军飞机曾多次飞临轰炸。
3. 《一觉》:散文诗。最初发表于北京《语丝》周刊第七十五期(1926年4月19日),后收入《野草》。
4. 水横枝:一种盆景。在广州等南方暖和地区,取栀子的一段浸植于水钵中,能长绿叶,可供观赏。

以驱除炎热的。

前天，已将《野草》编定了；这回便轮到陆续载在《莽原》[5]上的《旧事重提》，我还替他改了一个名称：《朝花夕拾》。带露折花，色香自然要好得多，但是我不能够。便是现在心目中的离奇和芜杂，我也还不能使他即刻幻化，转成离奇和芜杂的文章。或者，他日仰看流云时，会在我的眼前一闪烁罢。

我有一时，曾经屡次忆起儿时在故乡所吃的蔬果：菱角，罗汉豆，茭白，香瓜。凡这些，都是极其鲜美可口的；都曾是使我思乡的蛊惑。后来，我在久别之后尝到了，也不过如此；惟独在记忆上，还有旧来的意味存留。他们也许要哄骗我一生，使我时时反顾。

这十篇就是从记忆中抄出来的，与实际内容或有些不同，然而我现在只记得是这样。文体大概很杂乱，因为是或作或辍，经了九个月之多。环境也不一：前两篇写于北京寓所[6]的东壁下；中三篇是流离中[7]所作，地方是医院和木匠房；后五篇却在厦门大学的图书馆的楼上，已经是被学者们[8]挤出集团之后了。

> 1927年5月1日，鲁迅于广州白云楼[9]。
> （本文最初发表于1927年5月25日北京《莽原》半月刊第2卷第10期）

---

5. 《莽原》：鲁迅在北京编辑的文艺刊物。1926年8月鲁迅离京后，改由韦素园接编。1927年12月25日出至第四十八期停刊。

6. 北京寓所：指作者在北京阜成门内西三条胡同二十一号的寓所。现为鲁迅博物馆的一部分。

7. 流离中：1926年"三一八惨案"后，北洋军阀政府曾拟通缉当时北京文教界人士鲁迅等五十人（参看《而已集·大衍发微》），因此作者曾先后避居山本医院、德国医院、法国医院等处。避居德国医院时因病房已满，只得住入一间堆积杂物兼作木匠作场的房子。

8. 学者们：指当时在厦门大学任教的顾颉刚等人。

9. 白云楼：在广州东堤白云路。

狗·猫·鼠

　　从去年起，仿佛听得有人说我是仇猫的。那根据自然是在我的那一篇《兔和猫》[1]；这是自画招供，当然无话可说，——但倒也毫不介意。一到今年，我可很有点担心了。我是常不免于弄弄笔墨的，写了下来，印了出去，对于有些人似乎总是搔着痒处的时候少，碰着痛处的时候多。万一不谨，甚而至于得罪了名人或名教授[2]，或者更甚而至于得罪了"负有指导青年责任的前辈"[3]之流，可就危险已极。为什么呢？因为这些大脚色是"不好惹"[4]的。怎地"不好惹"呢？就是怕要浑身发热之后，做一封信登在报纸上，广告道："看哪！狗不是仇猫的么？鲁迅先生却自己承认是仇猫的，而他还说要打'落水狗'！"[5]这"逻辑"的奥义，即在用我的话，来证明我倒是狗，于是而凡有言说，全都根本推翻，即使我说二二得四，三三见九，也没有一字不错。这些既然都错，则绅士口头的二二得七，三三见千等

---

1. 《兔和猫》：短篇小说，后收入《呐喊》。
2. 名人或名教授：指当时现代评论派陈西滢等人。
3. "负有指导青年责任的前辈"：指徐志摩、陈西滢等。
4. "不好惹"：这是徐志摩恫吓作者的话。
5. 这是陈西滢《致志摩》一文中的话。本文以及《朝花夕拾》中的其他篇章都多处引用陈西滢文章中的语句讥讽陈西滢。

等，自然就不错了。

我于是就间或留心着查考它们成仇的"动机"。这也并非敢妄学现下的学者以动机来褒贬作品[6]的那些时髦，不过想给自己预先洗刷洗刷。据我想，这在动物心理学家，是用不着费什么力气的，可惜我没有这学问。后来，在覃哈特[7]博士（Dr.O.Dähnhardt）的《自然史底国民童话》里，总算发现了那原因了。据说，是这么一回事：动物们因为要商议要事，开了一个会议，鸟、鱼、兽都齐集了，单是缺了象。大家议定，派伙计去迎接它，拈到了当这差使的阄的就是狗。"我怎么找到那象呢？我没有见过它，也和它不认识。"它问。"那容易，"大众说，"它是驼背的。"狗去了，遇见一匹猫，立刻弓起脊梁来，它便招待，同行，将弓着脊梁的猫介绍给大家道："象在这里！"但是大家都嗤笑它了。从此以后，狗和猫便成了仇家。

日尔曼人走出森林虽然还不很久，学术文艺却已经很可观，便是书籍的装潢，玩具的工致，也无不令人心爱。独有这一篇童话却实在不漂亮；结怨也结得没有意思。猫的弓起脊梁，并不是希图冒充，故意摆架子的，其咎却在狗的自己没眼力。然而原因也总可以算作一个原因。我的仇猫，是和这大大两样的。

其实人禽之辨，本不必这样严。在动物界，虽然并不如古人所幻想的那样舒适自由，可是噜苏做作的事总比人间少。它们适性任情，对就对，错就错，不说一句分辩话。虫蛆也许是不干净的，但它们并没有自命清高；鸷禽猛兽以较弱的动物为饵，不妨说是凶残的罢，但它们从来就没有竖过"公理""正义"[8]的旗子，使牺牲者直到被吃的时候为止，还是一味佩服赞叹它们。人呢，能直立了，自然是一大进步；能说话了，自然又是一大进步；能写字作文了，自然

---

6. 以动机来褒贬作品：是讽刺陈西滢的。

7. 覃哈特（1870—1915）：今译德恩哈尔特，德国文史学家、民俗学者。

8. "公理""正义"：这是陈西滢等常用的字眼，具有讽刺意味。

又是一大进步。然而也就堕落，因为那时也开始了说空话。说空话尚无不可，甚至于连自己也不知道说着违心之论，则对于只能嗥叫的动物，实在免不得"颜厚有忸怩"[9]。假使真有一位一视同仁的造物主，高高在上，那么，对于人类的这些小聪明，也许倒以为多事，正如我们在万生园里，看见猴子翻筋斗，母象请安，虽然往往破颜一笑，但同时也觉得不舒服，甚至于感到悲哀，以为这些多余的聪明，倒不如没有的好罢。然而，既经为人，便也只好"党同伐异"，学着人们的说话，随俗来谈一谈，——辩一辩了。

现在说起我仇猫的原因来，自己觉得是理由充足，而且光明正大的。一、它的性情就和别的猛兽不同，凡捕食雀鼠，总不肯一口咬死，定要尽情玩弄，放走，又捉住，捉住，又放走，直待自己玩厌了，这才吃下去，颇与人们的幸灾乐祸，慢慢地折磨弱者的坏脾气相同。二、它不是和狮虎同族的么？可是有这么一副媚态！但这也许是限于天分之故罢，假使它的身材比现在大十倍，那就真不知道它所取的是怎么一种态度。然而，这些口实，仿佛又是现在提起笔来的时候添出来的，虽然也像是当时涌上心来的理由。要说得可靠一点，或者倒不如说不过因为它们配合时候的嗥叫，手续竟有这么繁重，闹得别人心烦，尤其是夜间要看书，睡觉的时候。当这些时候，我便要用长竹竿去攻击它们。狗们在大道上配合时，常有闲汉拿了木棍痛打；我曾见大勃吕该尔[10]（P.Bruegel d.Ä）的一张铜版画 Allegorie der Wollust[11] 上，也画着这回事，可见这样的举动，是中外古今一致的。自从那执拗的奥国学者弗罗特[12]（S.Freud）提倡了精

9. 颜厚有忸怩：意思是脸皮虽厚，内心也感到惭愧。

10. 大勃吕该尔：通译勃鲁盖尔（约1525—1569），欧洲文艺复兴时期法兰德斯的讽刺画家。

11. Allegorie der Wollust：意为情欲的喻言。

12. 弗罗特：通译弗洛伊德（1856—1939），奥地利精神病学家，精神分析学说的创立者。

狗·猫·鼠

神分析说——psychoanalysis，听说章士钊[13]先生是译作"心解"的，虽然简古，可是实在难解得很——以来，我们的名人名教授也颇有隐隐约约，检来应用的了，这些事便不免又要归宿到性欲上去。打狗的事我不管，至于我的打猫，却只因为它们嚷嚷，此外并无恶意，我自信我的嫉妒心还没有这么博大，当现下"动辄获咎"之秋，这是不可不预先声明的。例如人们当配合之前，也很有些手续，新的是写情书，少则一束，多则一捆；旧的是什么"问名""纳采"[14]，磕头作揖，去年海昌蒋氏在北京举行婚礼，拜来拜去，就十足拜了三天，还印有一本红面子的《婚礼节文》，《序论》里大发议论道："平心论之，既名为礼，当必繁重。专图简易，何用礼为？……然则世之有志于礼者，可以兴矣！不可退居于礼所不下之庶人矣！"然而我毫不生气，这是因为无须我到场；因此也可见我的仇猫，理由实在简简单单，只为了它们在我的耳朵边尽嚷嚷的缘故。人们的各种礼式，局外人可以不见不闻，我就满不管，但如果当我正要看书或睡觉的时候，有人来勒令朗诵情书，奉陪作揖，那是为自卫起见，还要用长竹竿来抵御的。还有，平素不大交往的人，忽而寄给我一个红帖子，上面印着"为舍妹出阁"，"小儿完姻"，"敬请观礼"或"阖第光临"这些含有"阴险的暗示"[15]的句子，使我不花钱便总觉得有些过意不去的，我也不十分高兴。

　　但是，这都是近时的话。再一回忆，我的仇猫却远在能够说出这些理由之前，也许是还在十岁上下的时候了。至今还分明记得，那原因是极其简单的：只因为它吃老鼠，——吃了我饲养着的可爱的小小的隐鼠。

---

13. 章士钊（1882—1973）：字行严，湖南长沙人。著名民主人士、学者、作家、教育家。

14. "问名""纳采"：中国旧时议婚中的仪式。"问名"是男方通过媒妁问女方的姓名和出生年月日；"纳采"是向女方送订婚的礼物。

15. "阴险的暗示"：这也是陈西滢的话。

听说西洋是不很喜欢黑猫的，不知道可确；但 Edgar Allan Poe[16]的小说里的黑猫，却实在有点骇人。日本的猫善于成精，传说中的"猫婆"[17]，那食人的惨酷确是更可怕。中国古时候虽然曾有"猫鬼"[18]，近来却很少听到猫的兴妖作怪，似乎古法已经失传，老实起来了。只是我在童年，总觉得它有点妖气，没有什么好感。那是一个我的幼时的夏夜，我躺在一株大桂树下的小板桌上乘凉，祖母摇着芭蕉扇坐在桌旁，给我猜谜，讲古事。忽然，桂树上沙沙地有趾爪的爬搔声，一对闪闪的眼睛在暗中随声而下，使我吃惊，也将祖母讲着的话打断，另讲猫的故事了——

"你知道么？猫是老虎的先生。"她说。"小孩子怎么会知道呢，猫是老虎的师父。老虎本来是什么也不会的，就投到猫的门下来。猫就教给它扑的方法，捉的方法，吃的方法，像自己的捉老鼠一样。这些教完了；老虎想，本领都学到了，谁也比不过它了，只有老师的猫还比自己强，要是杀掉猫，自己便是最强的脚色了。它打定主意，就上前去扑猫。猫是早知道它的来意的，一跳，便上了树，老虎却只能眼睁睁地在树下蹲着。它还没有将一切本领传授完，还没有教给它上树。"

这是侥幸的，我想，幸而老虎很性急，否则从桂树上就会爬下一匹老虎来。然而究竟很怕人，我要进屋子里睡觉去了。夜色更加黯然；桂叶瑟瑟地作响，微风也吹动了，想来草席定已微凉，躺着也不至于烦得翻来复去了。

---

16. Edgar Allan Poe：即爱伦·坡（1809-1849），美国诗人和小说家。代表作有小说《黑猫》等。

17. 猫婆：日本民间传说中的一个妖怪。传说一个老太婆养了一只猫，因为养得久了，猫成了精怪。猫成了精怪后，吃了老太婆，又以老太婆的模样去害人。

18. 猫鬼：古代行巫术者蓄养的猫。谓有鬼物附着其身，可以咒语驱使害人，因称。《北史·独孤信传》中记有猫鬼杀人的情节。

几百年的老屋中的豆油灯的微光下，是老鼠跳梁的世界，飘忽地走着，吱吱地叫着，那态度往往比"名人名教授"还轩昂。猫是饲养着的，然而吃饭不管事。祖母她们虽然常恨鼠子们啮破了箱柜，偷吃了东西，我却以为这也算不得什么大罪，也和我不相干，况且这类坏事大概是大个子的老鼠做的，决不能诬陷到我所爱的小鼠身上去。这类小鼠大抵在地上走动，只有拇指那么大，也不很畏惧人，我们那里叫它"隐鼠"，与专住在屋上的伟大者是两种。我的床前就贴着两张花纸，一是"八戒招赘"，满纸长嘴大耳，我以为不甚雅观；别的一张"老鼠成亲"[19]却可爱，自新郎、新妇以至傧相[20]、宾客、执事，没有一个不是尖腮细腿，像煞读书人的，但穿的都是红衫绿裤。我想，能举办这样大仪式的，一定只有我所喜欢的那些隐鼠。现在是粗俗了，在路上遇见人类的迎娶仪仗，也不过当作性交的广告看，不甚留心；但那时的想看"老鼠成亲"的仪式，却极其神往，即使象海昌蒋氏似的连拜三夜，怕也未必会看得心烦。正月十四的夜，是我不肯轻易便睡，等候它们的仪仗从床下出来的夜。然而仍然只看见几个光着身子的隐鼠在地面游行，不像正在办着喜事。直到我敖不住了，快快睡去，一睁眼却已经天明，到了灯节了。也许鼠族的婚仪，不但不分请帖，来收罗贺礼，虽是真的"观礼"，也绝对不欢迎的罢，我想，这是它们向来的习惯，无法抗议的。

老鼠的大敌其实并不是猫。春后，你听到它"咋！咋咋咋咋！"地叫着，大家称为"老鼠数铜钱"的，便知道它的可怕的屠伯[21]已经光临了。这声音是表现绝望的惊恐的，虽然遇见猫，还不至于这样叫。猫自然也可怕，但老鼠只要窜进一个小洞去，它也就奈何不得，

---

19. 老鼠成亲：民间传说，是传统民俗文化中影响较大的题目之一，是在正月举行的祀鼠活动，其情节"版本"不一。

20. 傧相：举行婚礼时陪伴新郎新娘的人。

21. 屠伯：嗜杀成性之人称为屠伯。此处指蛇。

逃命的机会还很多。独有那可怕的屠伯——蛇，身体是细长的，圆径和鼠子差不多，凡鼠子能到的地方，它也能到，追逐的时间也格外长，而且万难幸免，当"数钱"的时候，大概是已经没有第二步办法的了。

有一回，我就听得一间空屋里有着这种"数钱"的声音，推门进去，一条蛇伏在横梁上，看地上，躺着一匹隐鼠，口角流血，但两胁还是一起一落的。取来给躺在一个纸盒子里，大半天，竟醒过来了，渐渐地能够饮食，行走，到第二日，似乎就复了原，但是不逃走。放在地上，也时时跑到人面前来，而且缘腿而上，一直爬到膝髁。给放在饭桌上，便捡吃些菜渣，舔舔碗沿；放在我的书桌上，则从容地游行，看见砚台便舐吃了研着的墨汁。这使我非常惊喜了。我听父亲说过的，中国有一种墨猴，只有拇指一般大，全身的毛是漆黑而且发亮的。它睡在笔筒里，一听到磨墨，便跳出来，等着，等到人写完字，套上笔，就舐尽了砚上的余墨，仍旧跳进笔筒里去了。我就极愿意有这样的一个墨猴，可是得不到；问那里有，那里买的呢，谁也不知道。"慰情聊胜无"[22]，这隐鼠总可以算是我的墨猴了罢，虽然它舐吃墨汁，并不一定肯等到我写完字。

现在已经记不分明，这样地大约有一两月；有一天，我忽然感到寂寞了，真所谓"若有所失"。我的隐鼠，是常在眼前游行的，或桌上，或地上。而这一日却大半天没有见，大家吃午饭了，也不见它走出来，平时，是一定出现的。我再等着，再等它一半天，然而仍然没有见。

长妈妈，一个一向带领着我的女工，也许是以为我等得太苦了罢，轻轻地来告诉我一句话。这即刻使我愤怒而且悲哀，决心和猫们为敌。她说：隐鼠是昨天晚上被猫吃去了！

狗·猫·鼠

---

22. "慰情聊胜无"：语出陶渊明诗《和刘柴桑》："弱女虽非男，慰情良胜无。"原为宽慰柴桑令刘程元有女无男之语，后以此为典，亦谓聊以自慰。

当我失掉了所爱的，心中有着空虚时，我要充填以报仇的恶念！

我的报仇，就从家里饲养着的一匹花猫起手，逐渐推广，至于凡所遇见的诸猫。最先不过是追赶，袭击；后来却愈加巧妙了，能飞石击中它们的头，或诱入空屋里面，打得它垂头丧气。这作战继续得颇长久，此后似乎猫都不来近我了。但对于它们纵使怎样战胜，大约也算不得一个英雄；况且中国毕生和猫打仗的人也未必多，所以一切韬略、战绩，还是全都省略了罢。

但许多天之后，也许是已经经过了大半年，我竟偶然得到一个意外的消息：那隐鼠其实并非被猫所害，倒是它缘着长妈妈的腿要爬上去，被她一脚踏死了。

这确是先前所没有料想到的。现在我已经记不清当时是怎样一个感想，但和猫的感情却终于没有融和；到了北京，还因为它伤害了兔的儿女们，便旧隙夹新嫌，使出更辣的辣手。"仇猫"的话柄，也从此传扬开来。然而在现在，这些早已是过去的事了，我已经改变态度，对猫颇为客气，倘其万不得已，则赶走而已，决不打伤它们，更何况杀害。这是我近几年的进步。经验既多，一旦大悟，知道猫的偷鱼肉，拖小鸡，深夜大叫，人们自然十之九是憎恶的，而这憎恶是在猫身上。假如我出而为人们驱除这憎恶，打伤或杀害了它，它便立刻变为可怜，那憎恶倒移在我身上了。所以，目下的办法，是凡遇猫们捣乱，至于有人讨厌时，我便站出去，在门口大声叱曰："嘘！滚！"小小平静，即回书房，这样，就长保着御侮保家的资格。其实这方法，中国的官兵就常在实做的，他们总不肯扫清土匪或扑灭敌人，因为这么一来，就要不被重视，甚至于因失其用处而被裁汰。我想，如果能将这方法推广应用，我大概也总可望成为所谓"指导青年"的"前辈"的罢，但现下也还未决心实践，正在研究而且推敲。

1926年2月21日。

（本文最初发表于1926年3月10日《莽原》半月刊第1卷第5期）

阿长与《山海经》

　　长妈妈，已经说过，是一个一向带领着我的女工，说得阔气一点，就是我的保姆。我的母亲和许多别的人都这样称呼她，似乎略带些客气的意思。只有祖母叫她阿长。我平时叫她"阿妈"，连"长"字也不带；但到憎恶她的时候，——例如知道了谋死我那隐鼠[1]的却是她的时候，就叫她阿长。

　　我们那里没有姓长的；她生得黄胖而矮，"长"也不是形容词。又不是她的名字，记得她自己说过，她的名字是叫作什么姑娘的，什么姑娘，我现在已经忘却了，总之不是长姑娘；也终于不知道她姓什么。记得她也曾告诉过我这个名称的来历：先前的先前，我家有一个女工，身材生得很高大，这就是真阿长。后来她回去了，我那什么姑娘才来补她的缺，然而大家因为叫惯了，没有再改口，于是她从此也就成为长妈妈了。

　　虽然背地里说长短不是好事情，但倘使要我说句真心话，我可只得说：我实在不大佩服她。最讨厌的是常喜欢切切察察[2]，向人们低声絮说些什么事，还竖起第二个手指，在空中上下摇动，或者点

1．隐鼠：鼠类最小的一种，约一个大拇指大。

2．切切察察：形容细碎的说话声。现多作"嘁嘁喳喳"。

着对手或自己的鼻尖。我的家里一有些小风波，不知怎的我总疑心和这"切切察察"有些关系。又不许我走动，拔一株草，翻一块石头，就说我顽皮，要告诉我的母亲去了。一到夏天，睡觉时她又伸开两脚两手，在床中间摆成一个"大"字，挤得我没有余地翻身，久睡在一角的席子上，又已经烤得那么热。推她呢，不动；叫她呢，也不闻。

"长妈妈生得那么胖，一定很怕热罢？晚上的睡相，怕不见得很好罢？……"

母亲听到我多回诉苦之后，曾经这样地问过她，我也知道这意思是要她多给我一些空席。她不开口。但到夜里，我热得醒来的时候，却仍然看见满床摆着一个"大"字，一条臂膊还搁在我的颈子上。我想，这实在是无法可想了。

但是她懂得许多规矩；这些规矩，也大概是我所不耐烦的。一年中最高兴的时节，自然要数除夕了。辞岁之后，从长辈得到压岁钱，红纸包着，放在枕边，只要过一宵，便可以随意使用。睡在枕上，看着红包，想到明天买来的小鼓，刀枪，泥人，糖菩萨……。然而她进来，又将一个福橘放在床头了。

"哥儿，你牢牢记住！"她极其郑重地说。"明天是正月初一，清早一睁开眼睛，第一句话就得对我说：'阿妈，恭喜恭喜！'记得么？你要记着，这是一年的运气的事情。不许说别的话！说过之后，还得吃一点福橘。"她又拿起那橘子来在我的眼前摇了两摇，"那么，一年到头，顺顺流流……。"

梦里也记得元旦的，第二天醒得特别早，一醒，就要坐起来。她却立刻伸出臂膊，一把将我按住。我惊异地看她时，只见她惶急地看着我。

她又有所要求似的，摇着我的肩。我忽而记得了——

"阿妈，恭喜……。"

"恭喜恭喜！大家恭喜！真聪明！恭喜恭喜！"她于是十分喜欢似的，笑将起来，同时将一点冰冷的东西，塞在我的嘴里。我大吃一惊之后，也就忽而记得，这就是所谓福橘，元旦辟头[3]的磨难，总算已经受完，可以下床玩耍去了。

她教给我的道理还很多，例如说人死了，不该说死掉，必须说"老掉了"；死了人，生了孩子的屋子里，不应该走进去；饭粒落在地上，必须拣起来，最好是吃下去；晒裤子用的竹竿底下，是万不可钻过去的……。此外，现在大抵忘却了，只有元旦的古怪仪式记得最清楚。总之：都是些烦琐之至，至今想起来还觉得非常麻烦的事情。

然而我有一时也对她发生过空前的敬意。她常常对我讲"长毛"。她之所谓"长毛"者，不但洪秀全[4]军，似乎连后来一切土匪强盗都在内，但除却革命党，因为那时还没有。她说得长毛非常可怕，他们的话就听不懂。她说先前长毛进城的时候，我家全都逃到海边去了，只留一个门房和年老的煮饭老妈子看家。后来长毛果然进门来了，那老妈子便叫他们"大王"，——据说对长毛就应该这样叫，——诉说自己的饥饿。长毛笑道："那么，这东西就给你吃了罢！"将一个圆圆的东西掷了过来，还带着一条小辫子，正是那门房的头。煮饭老妈子从此就骇破了胆，后来一提起，还是立刻面如土色，自己轻轻地拍着胸脯道："阿呀，骇死我了，骇死我了……。"

我那时似乎倒并不怕，因为我觉得这些事和我毫不相干的，我不是一个门房。但她大概也即觉到了，说道："像你似的小孩子，长毛也要掳的，掳去做小长毛。还有好看的姑娘，也要掳。"

"那么，你是不要紧的。"我以为她一定最安全了，既不做门房，又不是小孩子，也生得不好看，况且颈子上还有许多灸疮疤。

"那里的话？！"她严肃地说。"我们就没有用么？我们也要被掳去。城外有兵来攻的时候，长毛就叫我们脱下裤子，一排一排地站

---

3. 辟头：开头。

4. 洪秀全（1814—1864）：广东花县人，太平天国创建者及思想指导者，主张建立远古"天下为公"盛世。

阿长与《山海经》

在城墙上，外面的大炮就放不出来；再要放，就炸了！"

这实在是出于我意想之外的，不能不惊异。我一向只以为她满肚子是麻烦的礼节罢了，却不料她还有这样伟大的神力。从此对于她就有了特别的敬意，似乎实在深不可测；夜间的伸开手脚，占领全床，那当然是情有可原的了，倒应该我退让。

这种敬意，虽然也逐渐淡薄起来，但完全消失，大概是在知道她谋害了我的隐鼠之后，那时就极严重地诘问，而且当面叫她阿长。我想我又不真做小长毛，不去攻城，也不放炮，更不怕炮炸，我惧惮她什么呢！

但当我哀悼隐鼠，给它复仇的时候，一面又在渴慕着绘图的《山海经》了。这渴慕是从一个远房的叔祖惹起来的。他是一个胖胖的，和蔼的老人，爱种一点花木，如珠兰，茉莉之类，还有极其少见的，据说从北边带回去的马缨花。他的太太却正相反，什么也莫名其妙，曾将晒衣服的竹竿搁在珠兰的枝条上，枝折了，还要愤愤地咒骂道："死尸！"这老人是个寂寞者，因为无人可谈，就很爱和孩子们往来，有时简直称我们为"小友"。在我们聚族而居的宅子里，只有他书多，而且特别。制艺[5]和试帖诗[6]，自然也是有的；但我却只在他的书斋里，看见过陆玑的《毛诗草木鸟兽虫鱼疏》[7]，还有许多名目很生的书籍。我那时最爱看的是《花镜》[8]，上面有许多图，他说给我听，曾经有过一部绘图的《山海经》，画着人面的兽，九头的蛇，三脚的鸟，生着翅膀的人，没有头而以两乳当作眼睛的怪物，……可惜现在不知

---

5. 制艺：指八股文。

6. 试帖诗：中国古代一种诗体，常用于科举考试。也叫"赋得体"，以题前常冠以"赋得"二字得名。

7. 《毛诗草木鸟兽虫鱼疏》：《隋书·经籍志》、《经典释文·序录》俱著录，皆谓三国吴陆玑撰。

8. 《花镜》：陈淏子著，我国较早的园艺学专著，阐述了花卉栽培及园林动物养殖的知识。成书于清康熙二十七年（公元1688年）。

道放在那了。

我很愿意看看这样的图画，但不好意思力逼他去寻找，他是很疏懒的。问别人呢，谁也不肯真实地回答我。压岁钱还有几百文，买罢，又没有好机会。有书买的大街离我家远得很，我一年中只能在正月间去玩一趟，那时候，两家书店都紧紧地关着门。

玩的时候倒是没有什么的，但一坐下，我就记得绘图的《山海经》。

大概是太过于念念不忘了，连阿长也来问《山海经》是怎么一回事。这是我向来没有和她说过的，我知道她并非学者，说了也无益；但既然来问，也就都对她说了。

过了十多天，或者一个月罢，我还很记得，是她告假回家以后的四五天，她穿着新的蓝布衫回来了，一见面，就将一包书递给我，高兴地说道：

"哥儿，有画儿的'三哼经'，我给你买来了！"

我似乎遇着了一个霹雳，全体都震惊起来；赶紧去接过来，打开纸包，是四本小小的书，略略一翻，人面的兽，九头的蛇，……果然都在内。

这又使我发生新的敬意了，别人不肯做，或不能做的事，她却能够做成功。她确有伟大的神力。谋害隐鼠的怨恨，从此完全消灭了。

这四本书，乃是我最初得到，最为心爱的宝书。

书的模样，到现在还在眼前。可是从还在眼前的模样来说，却是一部刻印都十分粗拙的本子。纸张很黄；图像也很坏，甚至于几乎全用直线凑合，连动物的眼睛也都是长方形的。但那是我最为心爱的宝书，看起来，确是人面的兽；九头的蛇；一脚的牛；袋子似的帝江[9]；没有头而"以乳为目，以脐为口"，还要"执干戚而舞"的刑天。

---

9. 帝江：《山海经》中记载的西方天山上的一只神鸟，形状像个黄布口袋，红得像一团红火，六只脚四只翅膀，耳目口鼻都没有，但却懂得歌舞。

此后我就更其搜集绘图的书，于是有了石印的《尔雅音图》和《毛诗品物图考》，又有了《点石斋丛画》和《诗画舫》[10]。《山海经》也另买了一部石印的，每卷都有图赞，绿色的画，字是红的，比那木刻的精致得多了。这一部直到前年还在，是缩印的郝懿行疏。木刻的却已经记不清是什么时候失掉了。

我的保姆，长妈妈即阿长，辞了这人世，大概也有了三十年了罢。我终于不知道她的姓名，她的经历；仅知道有一个过继的儿子，她大约是青年守寡的孤孀[11]。

仁厚黑暗的地母呵，愿在你怀里永安她的魂灵！

3月10日。

（本篇最初发表于1926年3月25日《莽原》半月刊第1卷第6期）

---

10. 《尔雅音图》、《毛诗品物图考》、《点石斋丛画》与《诗画舫》都是配有大量版图的图文书。

11. 孤孀：寡妇。

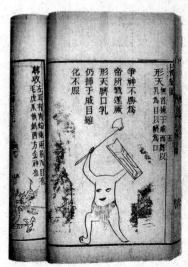

本家的一位老人告诉鲁迅，有一部叫《山海经》的书上画有很多怪物，很有趣，鲁迅极想得到。后来保姆长妈妈设法为他买来。

二十四孝图

　　我总要上下四方寻求，得到一种最黑，最黑，最黑的咒文，先来诅咒一切反对白话，妨害白话者。即使人死了真有灵魂，因这最恶的心，应该堕入地狱，也将决不改悔，总要先来诅咒一切反对白话，妨害白话者。

　　自从所谓"文学革命"[1]以来，供给孩子的书籍，和欧，美，日本的一比较，虽然很可怜，但总算有图有说，只要能读下去，就可以懂得的了。可是一班别有心肠的人们，便竭力来阻遏它，要使孩子的世界中，没有一丝乐趣。北京现在常用"马虎子"这一句话来恐吓孩子们。或者说，那就是《开河记》[2]上所载的，给隋炀帝开河，蒸死小儿的麻叔谋；正确地写起来，须是"麻胡子"。那么，这麻叔谋乃是胡人了。但无论他是甚么人，他的吃小孩究竟也还有限，不过尽他的一生。妨害白话者的流毒却甚于洪水猛兽，非常广大，也非常长久，能使全中国化成一个麻胡，凡有孩子都死在他肚子里。

1.　"文学革命"：指"新文化运动"时期反对旧文学、提倡新文学的运动。

2.　《开河记》：宋代传奇小说，著者不详。鲁迅推定是北宋人所作。鲁迅校辑《唐宋传奇集》收入此篇。作品主要叙述麻叔谋奉隋炀帝诏书开河的故事。麻叔谋任开河都护，虐待民夫，挖掘坟墓，收受贿赂，甚至蒸食小儿。最后以死亡300万人的代价开通了河道。事发后被腰斩。

只要对于白话来加以谋害者，都应该灭亡！

这些话，绅士们自然难免要掩住耳朵的，因为就是所谓"跳到半天空，骂得体无完肤，——还不肯罢休。"[3] 而且文士们一定也要骂，以为大悖于"文格"，亦即大损于"人格"。岂不是"言者心声也"[4] 么？"文"和"人"当然是相关的，虽然人间世本来千奇百怪，教授们中也有"不尊敬"作者的人格而不能"不说他的小说好"[5] 的特别种族。但这些我都不管，因为我幸而还没有爬上"象牙之塔"[6] 去，正无须怎样小心。倘若无意中竟已撞上了，那就即刻跌下来罢。然而在跌下来的中途，当还未到地之前，还要说一遍：

只要对于白话来加以谋害者，都应该灭亡！

每看见小学生欢天喜地地看着一本粗拙的《儿童世界》[7] 之类，另想到别国的儿童用书的精美，自然要觉得中国儿童的可怜。但回忆起我和我的同窗小友的童年，却不能不以为他幸福，给我们的永逝的韶光一个悲哀的吊唁[8]。我们那时有什么可看呢，只要略有图画的本子，就要被塾师，就是当时的"引导青年的前辈"禁止，呵斥，甚而至于打手心。我的小同学因为专读"人之初性本善"[9] 读得要枯

二十四孝图

---

3. "跳到半天空"等语，是陈西滢在1926年1月30日《晨报副刊》发表的《致志摩》中攻击鲁迅的话。

4. "言者心声也"：意思是说，语言和文章是人思想情感的反映。汉·扬雄《法言·问神》："故言，心声也；书，心画也。声画形，君子小人见矣。"中国古代文论中一直有"文如其人"之说。

5. 不能"不说他的小说好"：陈西滢在《现代评论》的《闲话》中说："我不能因为我不尊敬鲁迅先生的人格，就不说他的小说好，我也不能因为佩服他的小说，就称赞他其余的文章。"

6. "象牙之塔"：比喻脱离现实生活的艺术家的小天地。

7. 《儿童世界》：创刊于1922年，是商务印书馆出版的第一个儿童文艺刊物，由著名学者郑振铎创办。小32开，每周出一期。

8. 吊唁（yàn）：祭奠死者并慰问其家属。

9. "人之初性本善"：旧时学塾通用的初级读物《三字经》的首二句。

燥而死了，只好偷偷地翻开第一叶，看那题着"文星高照"四个字的恶鬼一般的魁星[10]像，来满足他幼稚的爱美的天性。昨天看这个，今天也看这个，然而他们的眼睛里还闪出苏醒和欢喜的光辉来。

在书塾以外，禁令可比较的宽了，但这是说自己的事，各人大概不一样。我能在大众面前，冠冕堂皇地阅看的，是《文昌帝君阴骘文图说》[11]和《玉历钞传》[12]，都画着冥冥之中赏善罚恶的故事，雷公电母站在云中，牛头马面布满地下，不但"跳到半天空"是触犯天条的，即使半语不合，一念偶差，也都得受相当的报应。这所报的也并非"睚眦之怨"[13]，因为那地方是鬼神为君，"公理"作宰，请酒下跪，全都无功，简直是无法可想。在中国的天地间，不但做人，便是做鬼，也艰难极了。然而究竟很有比阳间更好的处所：无所谓"绅士"，也没有"流言"。

阴间，倘要稳妥，是颂扬不得的。尤其是常常好弄笔墨的人，在现在的中国，流言的治下，而又大谈"言行一致"[14]的时候。前车可鉴，听说阿尔志跋绥夫[15]曾答一个少女的质问说，"惟有在人生的事实这本身中寻出欢喜者，可以活下去。倘若在那里什么也不见，他们其实倒不如死。"于是乎有一个叫作密哈罗夫的，寄信嘲骂他道，"……所以我完全诚实地劝你自杀来祸福你自己的生命，因为这第一是合于逻辑，第二是你的言语和行为不至于背驰。"

---

10. 魁星：奎星的俗称，我国古代天文学中二十八星宿之一。

11. 《文昌帝君阴骘文图说》：是宣传因果报应的画集。阴骘即阴德。

12. 《玉历钞传》：全称《玉历至宝钞传》，是一部宣传迷信的书。作者的《无常》中也曾提到此书。

13. "睚眦之怨"：指小小的仇恨。

14. 大谈"言行一致"：陈西滢曾说："言行不相顾本没有多大稀罕，世界上多的是这样的人。讲革命的做官僚，讲言论自由的烧报馆。"

15. 阿尔志跋绥夫（1878—1927）：俄国颓废主义最著名的作家之一，标榜个人享乐主义。

其实这论法就是谋杀，他就这样地在他的人生中寻出欢喜来。阿尔志跋绥夫只发了一大通牢骚，没有自杀。密哈罗夫先生后来不知道怎样，这一个欢喜失掉了，或者另外又寻到了"什么"了罢。诚然，"这些时候，勇敢，是安稳的；情热，是毫无危险的。"

然而，对于阴间，我终于已经颂扬过了，无法追改；虽有"言行不符"之嫌，但确没有受过阎王或小鬼的半文津贴，则差可以自解。总而言之，还是仍然写下去罢：

我所看的那些阴间的图画，都是家藏的老书，并非我所专有。我所收得的最先的画图本子，是一位长辈的赠品：《二十四孝图》[16]。这虽然不过薄薄的一本书，但是下图上说，鬼少人多，又为我一人所独有，使我高兴极了。那里面的故事，似乎是谁都知道的；便是不识字的人，例如阿长，也只要一看图画便能够滔滔地讲出这一段的事迹。但是，我于高兴之余，接着就是扫兴，因为我请人讲完了二十四个故事之后，才知道"孝"有如此之难，对于先前痴心妄想，想做孝子的计划，完全绝望了。

"人之初，性本善"么？这并非现在要加研究的问题。但我还依稀记得，我幼小时候实未尝蓄意忤逆[17]，对于父母，倒是极愿意孝顺的。不过年幼无知，只用了私见来解释"孝顺"的做法，以为无非是"听话"，"从命"，以及长大之后，给年老的父母好好地吃饭罢了。自从得了《孝子》这一本教科书以后，才知道并不然，而且还要难到几十几百倍。其中自然也有可以勉力仿效的，如"子路负米"[18]，"黄香扇枕"[19]之类。"陆绩怀桔"[20]也并不难，只要有阔人请我吃饭。"鲁迅先生作宾客而怀橘乎？"我便跪答云，"吾母性之所爱，欲归以遗母。"阔人

16.《二十四孝图》：一本讲中国古代二十四个孝子故事的书，配有图画，主要目的是宣扬封建的孝道。

17. 忤（wǔ）逆：不孝敬父母。

18. 19. 20.（转下页）

十分佩服，于是孝子就做稳了，也非常省事。"哭竹生笋"[21]就可疑，怕我的精诚未必会这样感动天地。但是哭不出笋来，还不过抛脸而已，到"卧冰求鲤"[22]，可就有性命之虞了。我乡的天气是温和的，严冬中，水面也只结一层薄冰，即使孩子的重量怎样小，躺上去，也一定哗喇一声，冰破落水，鲤鱼还不及游过来。自然，必须不顾性命，这才孝感神明，会有出乎意料之外的奇迹，但那时我还小，实在不明白这些。

其中最使我不解，甚至于发生反感的，是"老莱娱亲"[23]和"郭巨埋儿"[24]两件事。

---

18. 子路负米：子路，姓仲名由，春秋时鲁国卞（在今山东泗水）人。孔子的学生。子路为了赡养父母双亲，常常到百里以外的地方背回米来，尽到自己的孝心。父母去世以后，子路南游到楚国。楚王非常敬佩恭慕他的学问和人品，将子路加封到拥有百辆车马的官位。家中积余下来的粮食达到万钟之多。但是子路仍然不忘父母的劳苦，感叹说，虽然希望再同以前一样生活，吃藜藿等野菜，到百里之外的地方背回米来赡养父母双亲，可惜没有办法如愿以偿了。

19. 黄香扇枕：黄香，东汉安陆（今属湖北）人。九岁丧母，《东观汉记》中说他对父亲"尽心供养……暑即扇床枕，寒即以身温席"。

20. 陆绩怀桔：陆绩，三国时吴国人。故事讲陆绩拜见袁术时，见橘子很甜，就把袁术招待客人的橘子藏在怀中，想拿回家给母亲吃。

21. 哭竹生笋：三国时吴国孟宗的故事。孟宗少年父亡，母亲年老病重，医生嘱用鲜竹笋做汤。适值严冬，没有鲜笋，孟宗无计可施，独自一人跑到竹林里，扶竹哭泣。少顷，他忽然听到地裂声，只见地上长出数茎嫩笋。孟宗大喜，采回做汤，母亲喝了后果然病愈。

22. 卧冰求鲤：晋代王祥的故事。最早出自干宝的《搜神记》，讲述晋人王祥冬天为继母捕鱼的事情，被后世奉为奉行孝道的经典故事。

23. 老莱娱亲：又称戏彩娱亲。老莱，传说是春秋时楚国隐士。《艺文类聚·人部》记有他七十岁时穿五色彩衣诈跌"娱亲"的故事。

24. 郭巨埋儿：又名埋儿奉母、为母埋儿。故事最早见东晋干宝所著《搜神记》。讲郭巨家贫，为节省粮食奉养母亲，欲把儿子埋掉的故事。

我至今还记得，一个躺在父母跟前的老头子，一个抱在母亲手上的小孩子，是怎样地使我发生不同的感想呵。他们一手都拿着"摇咕咚"。这玩意儿确是可爱的，北京称为小鼓，盖即鼗也，朱熹曰："鼗[25]，小鼓，两旁有耳；持其柄而摇之，则旁耳还自击，"咕咚咕咚地响起来。然而这东西是不该拿在老莱子手里的，他应该扶一枝拐杖。现在这模样，简直是装佯，侮辱了孩子。我没有再看第二回，一到这一页，便急速地翻过去了。

　　那时的《二十四孝图》，早已不知去向了，目下所有的只是一本日本小田海僊[26]所画的本子，叙老莱子事云："行年七十，言不称老，常著五色斑斓之衣，为婴儿戏于亲侧。又常取水上堂，诈跌仆地，作婴儿啼，以娱亲意。"大约旧本也差不多，而招我反感的便是"诈跌"。无论忤逆，无论孝顺，小孩子多不愿意"诈"作，听故事也不喜欢是谣言，这是凡有稍稍留心儿童心理的都知道的。

　　然而在较古的书上一查，却还不至于如此虚伪。师觉授[27]《孝子传》云，"老莱子……常衣斑斓之衣，为亲取饮，上堂脚跌，恐伤父母之心，僵仆为婴儿啼。"（《太平御览》[28]四百十三引）较之今说，似稍近于人情。不知怎地，后之君子却一定要改得他"诈"起来，心里才能舒服。邓伯道弃子救侄[29]，想来也不过"弃"而已矣，昏妄人也必须说他将

---

25. 鼗（táo）：长柄的摇鼓，俗称"拨浪鼓"。

26. 小田海僊（1785—1862）：日本江户幕府末期的文人画家。

27. 师觉授：南朝宋涅阳（今河南镇平一带）人。

28. 《太平御览》：宋代一部著名的类书，为北宋李昉、李穆、徐铉等学者奉敕编纂，始于太平兴国二年（977）三月，成书于太平兴国八年（983）十月。全书以天、地、人、事、物为序，分成五十五部，包罗古今万象。

29. 邓伯道弃子救侄：邓伯道，名攸，晋代平阳襄陵（今属山西）人。据《晋书·邓攸传》载，石勒攻晋的战乱中，他全家出外逃难，途中曾弃子救侄。

儿子捆在树上，使他追不上来才肯歇手。正如将"肉麻当作有趣"一般，以不情为伦纪，诬蔑了古人，教坏了后人。老莱子即是一例，道学先生以为他白璧无瑕时，他却已在孩子的心中死掉了。

至于玩着"摇咕咚"的郭巨的儿子，却实在值得同情。他被抱在他母亲的臂膊上，高高兴兴地笑着；他的父亲却正在掘窟窿，要将他埋掉了。说明云，"汉郭巨家贫，有子三岁，母尝减食与之。巨谓妻曰，贫乏不能供母，子又分母之食。盍埋此子？"但是刘向[30]《孝子传》所说，却又有些不同：巨家是富的，他都给了两弟；孩子是才生的，并没有到三岁。结末又大略相像了，"及掘坑二尺，得黄金一釜，上云：天赐郭巨，官不得取，民不得夺！"

我最初实在替这孩子捏一把汗，待到掘出黄金一釜，这才觉得轻松。然而我已经不但自己不敢再想做孝子，并且怕我父亲去做孝子了。家景正在坏下去，常听到父母愁柴米；祖母又老了，倘使我的父亲竟学了郭巨，那么，该埋的不正是我么？如果一丝不走样，也掘出一釜黄金来，那自然是如天之福，但是，那时我虽然年纪小，似乎也明白天下未必有这样的巧事。

现在想起来，实在很觉得傻气。这是因为现在已经知道了这些老玩意，本来谁也不实行。整饬伦纪的文电是常有的，却很少见绅士赤条条地躺在冰上面，将军跳下汽车去负米。何况现在早长大了，看过几部古书，买过几本新书，什么《太平御览》咧，《古孝子传》[31]咧，《人口问题》[32]咧，《节制生育》咧，《二十世纪是儿童的世界》

---

30. 刘向（公元前77—前6年）：字子政，西汉沛（今江苏沛县）人，经学家、目录学家、文学家。

31. 《古孝子传》：清代茅泮林编，是从"类书"中辑录刘向、萧广济、王歆、王韶之、周景式、师觉授、宋躬、虞盘佑、郑辑等已散佚的《孝子传》成书，收笔记《梅瑞轩十种古逸书》中。

32. 《人口问题》：中国社会学家陈达的有关人口学的专著。1934年完稿，由商务印书馆作为大学丛书正式出版。

唎，可以抵抗被埋的理由多得很。不过彼一时，此一时，彼时我委实有点害怕：掘好深坑，不见黄金，连"摇咕咚"一同埋下去，盖上土，踏得实实的，又有什么法子可想呢。我想，事情虽然未必实现，但我从此总怕听到我的父母愁穷，怕看见我的白发的祖母，总觉得她是和我不两立，至少，也是一个和我的生命有些妨碍的人。后来这印象日见其淡了，但总有一些留遗，一直到她去世——这大概是送给《二十四孝图》的儒者所万料不到的罢。

1926年5月10日。

（本篇最初发表于1926年5月25日《莽原》半月刊第1卷第10期）

二十四孝图

五 猖 会

　　孩子们所盼望的，过年过节之外，大概要数迎神赛会[1]的时候了。但我家的所在很偏僻，待到赛会的行列经过时，一定已在下午，仪仗之类，也减而又减，所剩的极其寥寥，往往伸着颈子等候多时，却只见十几个人抬着一个金脸或蓝脸红脸的神像匆匆地跑过去。于是，完了。

　　我常存着这样的一个希望：这一次所见的赛会，比前一次繁盛些。可是结果总是一个"差不多"；也总是只留下一个纪念品，就是当神像还未抬过之前，花一文钱买下的，用一点烂泥，一点颜色纸，一枝竹签和两三枝鸡毛所做的，吹起来会发出一种刺耳的声音的哨子，叫作"吹都都"的，吡吡地吹它两三天。

　　现在看看《陶庵梦忆》[2]，觉得那时的赛会，真是豪奢极了，虽然明人的文章，怕难免有些夸大。因为祷雨而迎龙王，现在也还有的，但办法却已经很简单，不过是十多人盘旋着一条龙，以及村童们扮

---

1. 迎神赛会：旧时的一种迷信习俗，用仪仗鼓乐和杂戏迎神出庙，周游街巷，以酬神祈福。
2. 《陶庵梦忆》：小品文集，共八卷。明代张岱（号陶庵）著。其中所记大多是作者亲身经历过的杂事，将种种世相展现在人们面前，如茶楼酒肆、说书演戏、斗鸡养鸟、放灯迎神以及山水风景、工艺书画等等，构成了明代社会生活的一幅风俗画卷。

些海鬼。那时却还要扮故事，而且在奇拔得可观。他记扮《水浒传》中人物云："……于是分头四出，寻黑矮汉，寻梢长大汉，寻头陀³，寻胖大和尚，寻茁壮妇人，寻姣长妇人，寻青面，寻歪头，寻赤须，寻美髯⁴，寻黑大汉，寻赤脸长须。大索城中；无，则之郭，之村，之山僻，之邻府州县。用重价聘之，得三十六人，梁山泊好汉，个个呵活，臻臻至至⁵，人马称娖⁶而行。……"这样的白描的活古人，谁能不动一看的雅兴呢？可惜这种盛举，早已和明社⁷一同消灭了。

赛会虽然不像现在上海的旗袍⁸，北京的谈国事⁹，为当局所禁止，然而妇孺们是不许看的，读书人即所谓士子，也大抵不肯赶去看。只有游手好闲的闲人，这才跑到庙前或衙门前去看热闹；我关于赛会的知识，多半是从他们的叙述上得来的，并非据家所贵重的"眼学"¹⁰。然而记得有一回，也亲见过较盛的赛会。开首是一个孩子骑马先来，称为"塘报"¹¹；过了许久，"高照"¹²到了，长竹竿

3. 头陀：出自梵语，原意为抖擞浣洗烦恼，佛教僧侣所修的苦行。后世也用以指行脚乞食的僧人。

4. 髯（rán）：两腮的胡子，亦泛指胡子。

5. 臻臻至至：齐备的意思。

6. 称娖（chēng chuò）：行列齐整貌。

7. 明社：即明王朝。社，这里指社稷，旧时用作国家的代称。

8. 上海的旗袍：当时盘踞江浙等地的北洋直系军阀孙传芳认为妇女穿了旗袍，与男子就没有多大区别（那时男子通行穿长袍），是伤风败俗的，因此曾下令禁止。

9. 北京的谈国事：当时北京的军阀为了束缚人民的思想，压制人民的反抗，禁止谈论国事，因此饭铺茶馆等处都贴有"莫谈国事"的纸条。

10. 眼学：谓亲自阅读研习。语见北齐颜之推《颜氏家训·勉学》："谈说制文，援引古昔，必须眼学，勿信耳受。"

11. 塘报：即驿报，古代驿站用快马急行传递的公文。浙东一带赛会时，由一个化装的孩子骑马先行，预示赛会队伍即将到来，也叫"塘报"。

12. 高照：高挂在长竹竿上的通告。"照"就是通告。绍兴赛会中的"高照"长二三丈，用绸缎刺绣而成。

揭起一条很长的旗，一个汗流浃背的胖大汉用两手托着；他高兴的时候，就肯将竿头放在头顶或牙齿上，甚而至于鼻尖。其次是所谓"高跷"、"抬阁"[13]、"马头"了；还有扮犯人的，红衣枷锁，内中也有孩子。我那时觉得这些都是有光荣的事业，与闻其事的即全是大有运气的人，——大概羡慕他们的出风头罢。我想，我为什么不生一场重病，使我的母亲也好到庙里去许下一个"扮犯人"的心愿的呢？……然而我到现在终于没有和赛会发生关系过。

要到东关[14]看五猖会去了。这是我儿时所罕逢的一件盛事，因为那会是全县中最盛的会，东关又是离我家很远的地方，出城还有六十多里水路，在那里有两座特别的庙。一是梅姑庙，就是《聊斋志异》所记，室女守节，死后成神，却篡取别人的丈夫的；现在神座上确塑着一对少年男女，眉开眼笑，殊与"礼教"有妨。其一便是五猖庙了，名目就奇特。据有考据癖的人说：这就是五通神[15]。然而也并无确据。神像是五个男人，也不见有什么猖獗之状；后面列坐着五位太太，却并不"分坐"，远不及北京戏园里界限之谨严。其实呢，这也是殊与"礼教"有妨的，——但他们既然是五猖，便也无法可想，而且自然也就"又作别论"了。

因为东关离城远，大清早大家就起来。昨夜预定好的三道明瓦窗的大船，已经泊在河埠头，船椅，饭菜，茶炊，点心盒子，都在陆续搬下去了。我笑着跳着，催他们要搬得快。忽然，工人的脸色很谨肃了，我知道有些蹊跷，四面一看，父亲就站在我背后。

---

13. 抬阁：旧时民间迎神赛会中的一种游艺项目。在木制的四方形小阁里有两三个人扮饰戏曲故事中的人物，由别人抬着游行。抬阁已被列入国家级非物质文化遗产名录。

14. 东关：绍兴旧属的一个大集镇，在绍兴城东约六十里，今属绍兴地区上虞县。

15. 五通神：旧时南方乡村中供奉的妖邪之神。唐末已有香火，庙号"五通"。据传为兄弟五人，俗称五圣。

"去拿你的书来。"他慢慢地说。

这所谓的"书",是指我开蒙时候所读的《鉴略》[16],因为我再没有第二本了,我们那里上学的岁数是多拣单数的,所以这使我记住我其时是七岁。

我忐忑着,拿着书来了。他使我同坐在堂中央的桌子前,教我一句一句地读下去。我担着心,一句一句地读下去。

两句一行,大约读了二三十行罢,他说:

"给我读熟,背不出,就不准去看会。"

他说完,便站起来,走进房里去了。

我似乎从头上浇了一盆冷水。但是,有什么法子呢?自然是读着,读着,强记着,——而且要背出来。

粤自盘古,生于太荒,

首出御世,肇开混茫。

就是这样的书,我现在只记得前四句,别的都忘却了;那时所强记的二三十行,自然也一齐忘却在里面了。记得那时所听人说,读《鉴略》比读《千字文》[17],《百家姓》[18]有用得多,因为可以知道从古到今的大概。知道从古到今的大概,那当然是很好的,然而我一字也不懂。"粤自盘古"就是"粤自盘古",读下去,记住它,"粤自盘古"呵!"生于太荒"呵!……

应用的物件已经搬完,家中由忙乱转成静肃了。朝阳照着西墙,天气很清朗。母亲,工人,长妈妈即阿长,都无法营救,只默默地

五
猖
会

16.《鉴略》:清代王仕云著,是旧时学塾所用的一种初级历史读物,四言韵语,上起盘古,下迄明代弘光。

17.《千字文》:旧时学塾所用的初级读物。相传是南朝梁武帝时期周兴嗣作,用一千个不同的字编成四言韵语。

18.《百家姓》:《三字经》、《千字文》并称为三大蒙学读物。《百家姓》成书于北宋初年,原收集中文姓氏411个,后增补到504个,其中单姓444个,复姓60个。

静候着我读熟，而且背出来。在百静中，我似乎头里要伸出许多铁钳，将什么"生于太荒"之流夹住；也听到自己急急诵读的声音发着抖，仿佛深秋的蟋蟀，在夜中鸣叫似的。

他们都等候着；太阳也升得更高了。

我忽然似乎已经很有把握，便即站了起来，拿书走进父亲的书房，一气背将下去，梦似的就背完了。

"不错。去罢。"父亲点着头，说。

大家同时活动起来，脸上都露出笑容，向河埠走去。工人将我高高地抱起，仿佛在祝贺我的成功一般，快步走在最前头。

我却并没有他们那么高兴。开船以后，水路中的风景，盒子里的点心，以及到了东关的五猖会的热闹，对于我似乎都没有什么大意思。

直到现在，别的完全忘却，不留一点痕迹了，只有背诵《鉴略》这一段，却还分明如昨日事。

我至今一想起，还诧异我的父亲何以要在那时候叫我来背书。

5月25日。

（本篇最初发表于1926年6月10日《莽原》半月刊第1卷第11期）

无　常

　　迎神赛会这一天出巡的神，如果是掌握生杀之权的，——不，这生杀之权四个字不大妥，凡是神，在中国仿佛都有些随意杀人的权柄似的，倒不如说是职掌人民的生死大事的罢，就如城隍[1]和东岳大帝[2]之类，那么，他的卤簿[3]中间就另有一群特别的脚色：鬼卒，鬼王，还有活无常。

　　这些鬼物们，大概都是由粗人和乡下人扮演的，鬼卒和鬼王是红红绿绿的衣裳，赤着脚；蓝脸，上面又画些鱼鳞，也许是龙鳞或别的什么鳞罢，我不大清楚。鬼卒拿着钢叉，叉环振得琅琅地响，鬼王拿的是一块小小的虎头牌。据传说，鬼王是只用一只脚走路的；但他究竟是乡下人，虽然脸上已经画上些鱼鳞或者别的什么鳞，却仍然只得用了两只脚走路。所以看客对于他们不很敬畏，也不大留心，除了念佛老姬和她的孙子们为面面圆到起见，也照例给他们一个"不胜屏营待命之至"[4]的仪节。

---

1. 城隍：产生于古代祭祀而经道教演衍的地方守护神。
2. 东岳大帝：道教所奉的泰山神，具有主生死的重要职能。
3. 卤簿：古代帝王勋贵出行时扈从的仪仗队。
4. "不胜屏营待命之至"：旧时官府对上级呈文结束处的套语；这里用作肃立敬畏的意思。

至于我们——我相信：我和许多人——所最愿意看的，却在活无常。他不但活泼而诙谐，单是那浑身雪白这一点，在红红绿绿中就有"鹤立鸡群"之概。只要望见一顶白纸的高帽子和他手里的破芭蕉扇的影子，大家就都有些紧张，而且高兴起来了。

人民之于鬼物，惟独与他最为稔熟[5]，也最为亲密，平时也常常可以遇见他。譬如城隍庙或东岳庙中，大殿后面就有一间暗室，叫作"阴司间"，在才可辨色的昏暗中，塑着各种鬼：吊死鬼，跌死鬼，虎伤鬼，科场鬼，……而一时门口所看见的长而白的东西就是他。我虽然也曾瞻仰过一回这"阴司间"，但那时胆子小，没有看明白。听说他一手还拿着铁索，因为他是勾摄生魂的使者。相传樊江[6]东岳庙的"阴司间"的构造，本来是极其特别的：门口是一块活板，人一进门，踏着活板的这一端，塑在那一端的他便扑过来，铁索正套在你脖子上，后来吓死了一个人，钉实了，所以在我幼小的时候，这就已不能动。

倘使要看个分明，那么，《玉历钞传》上就画着他的像，不过《玉历钞传》也有繁简不同的本子的，倘是繁本，就一定有。身上穿的是斩衰凶服[7]，腰间束的是草绳，脚穿草鞋，项挂纸锭；手上是破芭蕉扇，铁索，算盘；肩膀是耸起的，头发却披下来；眉眼的外梢都向下，像一个"八"字。头上一顶长方帽，下大顶小，按比例一算，该有二尺来高罢；在正面，就是遗老遗少们所戴瓜皮小帽的缀一粒珠子或一块宝石的地方，直写着四个字道："一见有喜"。有一种本子却写的是"你也来了"。这四个字，是有时也见于包公殿[8]的扁额上的，

---

5. 稔（rěn）熟：熟悉。

6. 樊（fán）江：绍兴县城东二十里的一个乡镇。

7. 斩衰凶服：封建丧制中规定的重孝丧服，用粗麻布裁制，不缝下边。

8. 包公殿：供奉宋代包拯（999—1062）的庙宇。旧时迷信传说，包拯死后做了阎罗十殿中第五殿的阎罗王，东岳庙或城隍庙中供有他的神像。

至于他的帽上是何人所写，他自己还是阎罗王，我可没有研究出。

《玉历钞传》上还有一种和活无常相对的鬼物，装束也相仿，叫作"死有分"。这在迎神时候也有的，但名称却讹作死无常了，黑脸，黑衣，谁也不爱看。在"阴司间"里也有的，胸口靠着墙壁，阴森森地站着；那才真真是"碰壁"[9]。凡有进去烧香的人们，必须摩一摩他的脊梁，据说可以摆脱了晦气；我小时也曾摩过这脊梁来，然而晦气似乎终于没有脱，——也许那时不摩，现在的晦气还要重罢。这一节也还是没有研究出。

我也没有研究过小乘佛教[10]的经典，但据耳食之谈[11]，则在印度的佛经里，焰摩天[12]是有的，牛首阿旁[13]也有的，都在地狱里做主任。至于勾摄生魂的使者的这无常先生，却似乎于古无征，耳所习闻的只有什么"人生无常"之类的话。大概这意思传到中国之后，人们便将他具象化了。这实在是我们中国人的创作。

然而人们一见他，为什么就都有些紧张，而且高兴起来呢？

凡有一处地方，如果出了文士学者或名流，他将笔头一扭，就很容易变成"模范县"[14]。我的故乡，在汉末虽曾经虞仲翔[15]先生揄

---

9. "碰壁"：在女师大学生反对校长杨荫榆的事件中，有教员阻挠学生，说"你们做事不要碰壁"。作者这里用这个词含有讽刺的意思。

10. 小乘佛教：早期佛教的主要流派，注重修行持戒，自我解脱，自认为是佛教的正统派。

11. 耳食之谈：没有经过思考轻信传言的话，指听来的没有根据的话。

12. 焰摩天：佛教传说"欲界诸天"中的一天。佛经中又有"焰摩界"，即所谓轮回六道中的饿鬼道，它的主宰者是琰魔王，也就是阎罗王。这里所说的"焰摩天"，当是地狱的"焰摩界"。

13. 牛首阿旁：佛教中指地狱牛头、牛脚的鬼卒。

14. "模范县"：这里是对陈西滢的讽刺。陈西滢是无锡人，他在《闲话》中曾说"无锡是中国的模范县"。

15. 虞(yú)仲翔（164—233）：名翻，三国吴会稽余姚（今属浙江）人，经学家。

扬过，但是那究竟太早了，后来到底免不了产生所谓"绍兴师爷"，不过也并非男女老小全是"绍兴师爷"，别的"下等人"也不少。这些"下等人"，要他们发什么"我们现在走的是一条狭窄险阻的小路，左面是一个广漠无际的泥潭，右面也是一片广漠无际的浮砂，前面是遥遥茫茫荫在薄雾的里面的目的地"[16]那样热昏似的妙语，是办不到的，可是在无意中，看得往这"荫在薄雾的里面的目的地"的道路很明白：求婚，结婚，养孩子，死亡。但这自然是专就我的故乡而言，若是"模范县"里的人民，那当然又作别论。他们——敝同乡"下等人"——的许多，活着，苦着，被流言，被反噬，因了积久的经验，知道阳间维持"公理"的只有一个会[17]，而且这会的本身就是"遥遥茫茫"，于是乎势不得不发生对于阴间的神往。人是大抵自以为衔些冤抑的；活的"正人君子"们只能骗鸟，若问愚民，他就可以不假思索地回答你：公正的裁判是在阴间！

想到生的乐趣，生固然可以留恋；但想到生的苦趣，无常也不一定是恶客。无论贵贱，无论贫富，其时都是"一双空手见阎王"[18]，有冤的得伸，有罪的就得罚。然而虽说是"下等人"，也何尝没有反省？自己做了一世人，又怎么样呢？未曾"跳到半天空"么？没有"放冷箭"[19]么？无常的手里就拿着大算盘，你摆尽臭架子也无益。对付别人要滴水不羼[20]的公理。以自己总还不如虽在阴司里也还能够寻

---

16. 语出陈西滢的《致志摩》。

17. 一个会：指1925年12月陈西滢等为压迫北京女师大学生和教育界进步人士而组织的"教育界公理维持会"。可参看《华盖集·"公理"的把戏》。

18. "一双空手见阎王"：语见《何典》（一部用吴方言写的借鬼说事的清代讽刺小说）："卖嘴郎中无好药，一双空手见阎王。"

19. "放冷箭"：这也是陈西滢在《致志摩》中攻击作者的话："他没有一篇文章里不放几支冷箭。"

20. 滴水不羼（chàn）：形容十分纯正。

到一点私情。然而那又究竟是阴间，阎罗天子，牛首阿旁，还有中国人自己想出来的马面，都是并不兼差，真正主持公理的脚色，虽然他们并没有在报上发表过什么大文章。当还未做鬼之前，有时先不欺心的人们，遥想着将来，就又不能不想在整块的公理中，来寻一点情面的末屑，这时候，我们的活无常先生便见得可亲爱了，利中取大，害中取小，我们的古哲墨翟[21]先生谓之"小取"云。

在庙里泥塑的，在书上墨印的模样上，是看不出他那可爱来的。最好是去看戏。但看普通的戏也不行，必须看"大戏"或者"目连戏"[22]。目连戏的热闹，张岱在《陶庵梦忆》上也曾夸张过，说是要连演两三天。在我幼小时候可已经不然了，也如大戏一样，始于黄昏，到次日的天明便完结。这都是敬神禳灾[23]的演剧，全本里一定有一个恶人，次日的将近天明便是这恶人的收场的时候，"恶贯满盈"，阎王出票来勾摄了，于是乎这活的活无常便在戏台上出现。

我还记得自己坐在这一种戏台下的船上的情形，看客的心情和普通是两样的。平常愈夜深愈懒散，这时却愈起劲。他所戴的纸糊的高帽子，本来是挂在台角上的，这时预先拿进去了；一种特别乐器，也准备使劲地吹。这乐器好像喇叭，细而长，可有七八尺，大约是鬼物所爱听的罢，和鬼无关的时候就不用；吹起来，Nhatu, nhatu, nhatututuu 地响，所以我们叫它"目连嗐头"[24]。

在许多人期待着恶人的没落的凝望中，他出来了，服饰比画上还简单，不拿铁索，也不带算盘，就是雪白的一条莽汉，粉面朱唇，眉黑如漆，蹩着，不知道是在笑还是在哭。但他一出台就须打一百

---

21. 墨翟：墨子（前468－前376），名翟（dí），墨家学说创始人。

22. "大戏"或者"目连戏"：都是绍兴的地方戏。"目连戏"演目连救母事。

23. 禳灾（ráng zāi）：指行使法术解除面临的灾难。禳原为古代祭祀名。

24. 嗐（hài）头：绍兴方言，即号筒。

零八个嚏，同时也放一百零八个屁，这才自述他的履历。可惜我记不清楚了，其中有一段大概是这样：

> "⋯⋯⋯⋯
> 大王出了牌票，叫我去拿隔壁的癞子。
> 问了起来呢，原来是我堂房的阿侄。
> 生的是什么病？伤寒，还带痢疾。
> 看的是什么郎中？下方桥的陈念义[25]la 儿子。
> 开的是怎样的药方？附子、肉桂，外加牛膝。
> 第一煎吃下去，冷汗发出；
> 第二煎吃下去，两脚笔直。
> 我道 nga 阿嫂哭得悲伤，暂放他还阳半刻。
> 大王道我是得钱买放，就将我捆打四十！"

这叙述里的"子"字都读作入声。陈念义是越中的名医，俞仲华[26]曾将他写入《荡寇志》里，拟为神仙；可是一到他的令郎，似乎便不大高明了。la 者"的"也；"儿"读若"倪"，倒是古音罢；nga 者，"我的"或"我们的"之意也。

他口里的阎罗天子仿佛也不大高明，竟会误解他的人格，——不，鬼格。但连"还阳半刻"都知道，究竟还不失其"聪明正直之谓神"[27]。不过这惩罚，却给了我们的活无常以不可磨灭的冤苦的印象，一提起，就使他更加蹙紧双眉，捏定破芭蕉扇，脸向着地，鸭子浮水似的跳舞起来。

---

25. 陈念义：清代嘉庆道光年间绍兴的名医。
26. 俞仲华（1794—1849）：名万春，浙江绍兴人。他著的《荡寇志》初刻本名《结水浒传》，共七十回（又结子一回），从《水浒传》七十一回写起，杜撰出一大篇宋江等如何"被张叔夜擒拿正法"的故事。
27. "聪明正直之谓神"：语见《左传》庄公三十二年。

Nhatu，nhatu，nhatu — nhatu — nhatututuu！目连嘻头也冤苦不堪似的吹着。

他因此决定了：

> "难是弗放者个！
> 那怕你，铜墙铁壁！
> 那怕你，皇亲国戚！
> ……………"

"难"者，"今"也；"者个"者"的了"之意，词之决也。"虽有忮心，不怨飘瓦"[28]，他现在毫不留情了，然而这是受了阎罗老子的督责之故，不得已也。一切鬼众中，就是他有点人情；我们不变鬼则已，如果要变鬼，自然就只有他可以比较的相亲近。

我至今还确凿记得，在故乡时候，和"下等人"一同，常常这样高兴地正视过这鬼而人，理而情，可怖而可爱的无常；而且欣赏他脸上的哭或笑，口头的硬语与谐谈……。

迎神时候的无常，可和演剧上的又有些不同了。他只有动作，没有言语，跟定了一个捧着一盘饭菜的小丑似的脚色走，他要去吃；他却不给他。另外还加添了两名角色，就是"正人君子"[29]之所谓"老婆儿女"[30]。凡"下等人"，都有一种通病：常喜欢以己之所欲，施

---

28. "虽有忮心，不怨飘瓦"：语出《庄子·达生》："虽有忮心者，不怨飘瓦。"此处意为心里虽有愤恨，却也不好怨谁了。

29. "正人君子"：这里的"正人君子"和下文的"教授先生"，指当时现代评论派中的某些人。

30. "老婆儿女"：陈西滢在《闲话》中说："家累日重，需要日多，才智之士，也没法可想，何况一般普通人。因此，依附军阀和依附洋人便成了许多人唯一的路径，就是有些志士，也常常未能免俗。……他们自己可以挨饿，老婆子女却不能不吃饭啊！就是那些直接或间接用苏俄金钱的人，也何尝不是如此。"

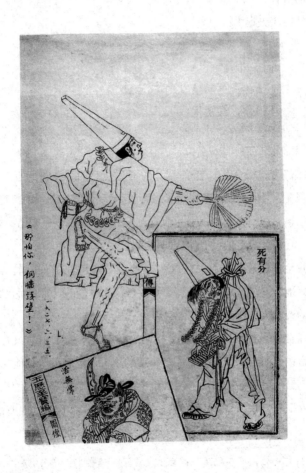

鲁迅于 1927 年为回忆散文《无常》手绘的《活无常图》。

之于人。虽是对于鬼，也不肯给他孤寂，凡有鬼神，大概总要给他们一对一对地配起来。无常也不在例外。所以，一个是漂亮的女人，只是很有些村妇样，大家都称她无常嫂；这样看来，无常是和我们平辈的，无怪他不摆教授先生的架子。一个是小孩子，小高帽，小白衣；虽然小，两肩却已经耸起了，眉目的外梢也向下。这分明是无常少爷了，大家却叫他阿领[31]，对于他似乎都不很表敬意；猜起来，仿佛是无常嫂的前夫之子似的。但不知何以相貌又和无常有这么像？吁！鬼神之事，难言之矣，只得姑且置之弗论。至于无常何以没有亲儿女，到今年可很容易解释了；鬼神能前知，他怕儿女一多，爱说闲话的就要旁敲侧击地锻成他拿卢布，所以不但研究，还早已实行了"节育"了。

这捧着饭菜的一幕，就是"送无常"。因为他是勾魂使者，所以民间凡有一个人死掉之后，就得用酒饭恭送他。至于不给他吃，那是赛会时候的开玩笑，实际上并不然。但是，和无常开玩笑，是大家都有此意的，因为他爽直，爱发议论，有人情，——要寻真实的朋友，倒还是他妥当。

有人说，他是生人走阴，就是原是人，梦中却入冥去当差的，所以很有些人情。我还记得住在离我家不远的小屋子里的一个男人，便自称是"走无常"，门外常常燃着香烛。但我看他脸上的鬼气反而多。莫非入冥做了鬼，倒会增加人气的么？吁！鬼神之事，难言之矣，这也只得姑且置之弗论了。

6月23日。

（本篇最初发表于1926年7月10日《莽原》半月刊第1卷第13期）

---

31. 阿领：妇女再嫁时带来的同前夫所生的孩子。

从百草园到三味书屋

　　我家的后面有一个很大的园，相传叫作百草园。现在是早已并屋子一起卖给朱文公[1]的子孙了，连那最末次的相见也已经隔了七八年，其中似乎确凿只有一些野草；但那时却是我的乐园。

　　不必说碧绿的菜畦，光滑的石井栏，高大的皂荚树，紫红的桑椹；也不必说鸣蝉在树叶里长吟，肥胖的黄蜂伏在菜花上，轻捷的叫天子（云雀）忽然从草间直窜向云霄里去了。单是周围的短短的泥墙根一带，就有无限趣味。油蛉[2]在这里低唱，蟋蟀们在这里弹琴，翻开断砖来，有时会遇见蜈蚣；还有斑蝥[3]，倘若用手指按住它的脊梁，便会拍的一声，从后窍喷出一阵烟雾。何首乌藤和木莲藤缠络着，木莲有莲房一般的果实，何首乌有拥肿的根。有人说，何首乌根是有像人形的，吃了便可以成仙，我于是常常拔它起来，牵连不断地拔起来，也曾因此弄坏了泥墙，却从来没有见过有一块根像人样。

----

1. 朱文公：即朱熹（1130—1200），南宋著名的理学家。谥号"文"，因此称为朱文公。

2. 油蛉（líng）：一种昆虫，俗名金钟儿，形似西瓜籽，黑褐色，能发出好听的鸣声。

3. 斑蝥（máo）：一种昆虫，体长六七厘米，颜色美丽，爱捕食小虫。这里说的斑蝥是类似斑蝥的"夜行虫"，俗称"放屁虫"。

如果不怕刺，还可以摘到覆盆子，像小珊瑚珠攒成的小球，又酸又甜，色味都比桑椹要好得远。

长的草里是不去的，因为相传这园里有一条很大的赤练蛇。

长妈妈曾经讲给我一个故事听：先前，有一个读书人住在古庙里用功，晚间，在院子里纳凉的时候，突然听到有人在叫他。答应着，四面看时，却见一个美女的脸露在墙头上，向他一笑，隐去了。他很高兴；但竟给那走来夜谈的老和尚识破了机关。说他脸上有些妖气，一定遇见"美女蛇"了；这是人首蛇身的怪物，能唤人名，倘一答应，夜间便要来吃这人的肉的。他自然吓得要死，而那老和尚却道无妨，给他一个小盒子，说只要放在枕边，便可高枕而卧。他虽然照样办，却总是睡不着，——当然睡不着的。到半夜，果然来了，沙沙沙！门外像是风雨声。他正抖作一团时，却听得豁的一声，一道金光从枕边飞出，外面便什么声音也没有了，那金光也就飞回来，敛在盒子里。后来呢？后来，老和尚说，这是飞蜈蚣，它能吸蛇的脑髓，美女蛇就被它治死了。

结末的教训是：所以倘有陌生的声音叫你的名字，你万不可答应他。

这故事很使我觉得做人之险，夏夜乘凉，往往有些担心，不敢去看墙上，而且极想得到一盒老和尚那样的飞蜈蚣。走到百草园的草丛旁边时，也常常这样想。但直到现在，总还是没有得到，但也没有遇见过赤练蛇和美女蛇。叫我名字的陌生声音自然是常有的，然而都不是美女蛇。

冬天的百草园比较的无味；雪一下，可就两样了。拍雪人（将自己的全形印在雪上）和塑雪罗汉需要人们鉴赏，这是荒园，人迹罕至，所以不相宜，只好来捕鸟。薄薄的雪，是不行的；总须积雪盖了地面一两天，鸟雀们久已无处觅食的时候才好。扫开一块雪，露出地面，用一枝短棒支起一面大的竹筛来，下面撒些秕谷，棒上系一条长绳，人远远地牵着，看鸟雀下来啄食，走到竹筛底下的时候，将绳子一拉，便罩住了。但所得的是麻雀居多,也有白颊的"张飞鸟"[4],性子很躁,养不过夜的。

这是闰土的父亲所传授的方法,我却不大能用。明明见它们进去了,拉了绳,跑去一看,却什么都没有,费了半天力,捉住的不过三四只。闰土的父亲是小半天便能捕获几十只,装在叉袋里叫着撞着的。我曾经问他得失的缘由,他只静静地笑道:你太性急,来不及等它走到中间去。

我不知道为什么家里的人要将我送进书塾里去了,而且还是全城中称为最严厉的书塾。也许是因为拔何首乌毁了泥墙罢,也许是因为将砖头抛到间壁[5]的梁家去了罢,也许是因为站在石井栏上跳了下来罢,……都无从知道。总而言之:我将不能常到百草园了。Ade[6],我的蟋蟀们! Ade,我的覆盆子们和木莲们!……

出门向东,不上半里,走过一道石桥,便是我的先生的家了。从一扇黑油的竹门进去,第三间是书房。中间挂着一块扁道:三味书屋;扁下面是一幅画,画着一只很肥大的梅花鹿伏在古树下。没有孔子牌位,我们便对着那扁和鹿行礼。第一次算是拜孔子,第二次算是拜先生。

第二次行礼时,先生便和蔼地在一旁答礼。他是一个高而瘦的老人,须发都花白了,还戴着大眼镜。我对他很恭敬,因为我早听到,他是本城中极方正,质朴,博学的人。

不知从那里听来的,东方朔[7]也很渊博,他认识一种虫,名曰"怪

---

4. 张飞鸟:即白鹡鸰(jí líng),小型鸣禽,体羽为黑白二色。

5. 间壁:即隔壁。

6. Ade:德语中再见的意思。

7. 东方朔(前154年—前93年),本姓张,字曼倩,西汉著名辞赋家,在政治方面也颇具天赋,他曾言政治得失,陈农战强国之计,但汉武帝始终把他当俳优看待,不得重用。东方朔一生著述甚丰,后人汇为《东方太中集》。

哉"，冤气所化，用酒一浇，就消释了。我很想详细地知道这故事，但阿长是不知道的，因为她毕竟不渊博。现在得到机会了，可以问先生。

"先生，'怪哉'这虫，是怎么一回事？……"我上了生书[8]，将要退下来的时候，赶忙问。

"不知道！"他似乎很不高兴，脸上还有怒色了。

我才知道做学生是不应该问这些事的，只要读书，因为他是渊博的宿儒[9]，决不至于不知道，所谓不知道者，乃是不愿意说。年纪比我大的人，往往如此，我遇见过好几回了。

我就只读书，正午习字，晚上对课。先生最初这几天对我很严厉，后来却好起来了，不过给我读的书渐渐加多，对课也渐渐地加上字去，从三言到五言，终于到七言。

三味书屋后面也有一个园，虽然小，但在那里也可以爬上花坛去折蜡梅花，在地上或桂花树上寻蝉蜕[10]。最好的工作是捉了苍蝇喂蚂蚁，静悄悄地没有声音。然而同窗们到园里的太多，太久，可就不行了，先生在书房里便大叫起来：

"人都到那里去了？！"

人们便一个一个陆续走回去；一同回去，也不行的。他有一条戒尺，但是不常用，也有罚跪的规则，但也不常用，普通总不过瞪几眼，大声道：

"读书！"

于是大家放开喉咙读一阵书，真是人声鼎沸。有念"仁远乎哉我欲仁斯仁至矣"的，有念"笑人齿缺曰狗窦大开"的，有念"上

---

8. 生书：未读过的书，亦指新课。

9. 宿儒：书念得很多的老学者。宿，年老的；长久从事某种工作的意思。儒，指读书人。

10. 蝉蜕（tuì）：蝉蜕下的壳。

九潜龙勿用"的，有念"厥土下上上错厥贡苞茅橘柚"的……。先生自己也念书。后来，我们的声音便低下去，静下去了，只有他还大声朗读着：

"铁如意，指挥倜傥，一座皆惊呢……；金叵罗[11]，颠倒淋漓噫，千杯未醉嗬……"

我疑心这是极好的文章，因为读到这里，他总是微笑起来，而且将头仰起，摇着，向后面拗过去，拗过去。

先生读书入神的时候，于我们是很相宜的。有几个便用纸糊的盔甲套在指甲上做戏。我是画画儿，用一种叫作"荆川纸"[12]的，蒙在小说的绣像上一个个描下来，像习字时候的影写一样。读的书多起来，画的画也多起来；书没有读成，画的成绩却不少了，最成片段的是《荡寇志》和《西游记》的绣像，都有一大本。后来，因为要钱用，卖给一个有钱的同窗了。他的父亲是开锡箔店的；听说现在自己已经做了店主，而且快要升到绅士的地位了。这东西早已没有了罢。

9月18日。

（本篇最初发表于1926年10月10日《莽原》半月刊第1卷第19期）

---

11. 叵（pǒ）罗：古代饮酒用的一种敞口的浅杯。

12. 荆川纸：一种竹子制成的纸，薄而略透明，类似桃花纸。可蒙在绣像上描。

父 亲 的 病

大约十多年前罢，S城[1]中曾经盛传过一个名医的故事：

他出诊原来是一元四角，特拔十元，深夜加倍，出城又加倍。有一夜，一家城外人家的闺女生急病，来请他了，因为他其时已经阔得不耐烦，便非一百元不去。他们只得都依他。待去时，却只是草草地一看，说道"不要紧的"，开一张方，拿了一百元就走。那病家似乎很有钱，第二天又来请了。他一到门，只见主人笑面承迎，道，"昨晚服了先生的药，好得多了，所以再请你来复诊一回。"仍旧引到房里，老妈子便将病人的手拉出帐外来。他一按，冷冰冰的，也没有脉，于是点点头道，"唔，这病我明白了。"从从容容走到桌前，取了药方纸，提笔写道：

"凭票付英洋[2]壹百元正。"下面是署名，画押。

"先生，这病看来很不轻了，用药怕还得重一点罢。"主人在背后说。

"可以，"他说。于是另开了一张方：

"凭票付英洋贰百元正。"下面仍是署名，画押。

---

1. S城：这里指浙江绍兴城，鲁迅的故乡。
2. 英洋：即"鹰洋"，墨西哥银元，币面铸有鹰的图案。鸦片战争后曾大量流入我国。

这样，主人就收了药方，很客气地送他出来了。

我曾经和这名医周旋过两整年，因为他隔日一回，来诊我的父亲的病。那时虽然已经很有名，但还不至于阔得这样不耐烦；可是诊金却已经是一元四角。现在的都市上，诊金一次十元并不算奇，可是那时是一元四角已是巨款，很不容易张罗的了；又何况是隔日一次。他大概的确有些特别，据舆论说，用药就与众不同，我不知道药品，所觉得的，就是"药引"的难得，新方一换，就得忙一大场。先买药，再寻药引。"生姜"两片，竹叶十片去尖，他是不用的了。起码是芦根，须到河边去掘；一到经霜三年的甘蔗，便至少也得搜寻两三天。可是说也奇怪，大约后来总没有购求不到的。

据舆论说，神妙就在这地方。先前有一个病人，百药无效；待到遇见了什么叶天士[3]先生，只在旧方上加了一味药引：梧桐叶。只一服，便霍然而愈了。"医者，意也。"[4]其时是秋天，而梧桐先知秋气。其先百药不投，今以秋气动之，以气感气，所以……。我虽然并不了然，但也十分佩服，知道凡有灵药，一定是很不容易得到的，求仙的人，甚至于还要拼了性命，跑进深山里去采呢。

这样有两年，渐渐地熟识，几乎是朋友了。父亲的水肿是逐日利害，将要不能起床；我对于经霜三年的甘蔗之流也逐渐失了信仰，采办药引似乎再没有先前一般踊跃了。正在这时候，他有一天来诊，问过病状，便极其诚恳地说：

---

3. 叶天士（1667—1746）：名桂，号香岩，江苏吴县（今苏州市）人。清乾隆时名医，四大温病学家之一。他的门生曾搜集其药方编成《临证指南医案》十卷。

4. "医者，意也"：语出《后汉书·郭玉传》："医之为言，意也。腠理至微，随气用巧。"又宋代祝穆编《古今事文类聚》前集："唐许胤宗善医。或劝其著书，答曰：'医言意也。思虑精则得之，吾意所解，口不能宣也。'"强调行医治病，贵在思考。

"我所有的学问，都用尽了。这里还有一位陈莲河[5]先生，本领比我高。我荐他来看一看，我可以写一封信。可是，病是不要紧的，不过经他的手，可以格外好得快……。"

这一天似乎大家都有些不欢，仍然由我恭敬地送他上轿。进来时，看见父亲的脸色很异样，和大家谈论，大意是说自己的病大概没有希望的了；他因为看了两年，毫无效验，脸又太熟了，未免有些难以为情，所以等到危急的时候，便荐一个生手自代，和自己完全脱了干系。但另外有什么法子呢？本城的名医，除他之外，实在也只有一个陈莲河了。明天就请陈莲河。

陈莲河的诊金也是一元四角。但前回的名医的脸是圆而胖的，他却长而胖了：这一点颇不同。还有用药也不同。前回的名医是一个人还可以办的，这一回却是一个人有些办不妥帖了，因为他一张药方上，总兼有一种特别的丸散和一种奇特的药引。

芦根和经霜三年的甘蔗，他就从来没有用过。最平常的是"蟋蟀一对"，旁注小字道："要原配，即本在一窠中者。"似乎昆虫也要贞节，续弦或再醮[6]，连做药资格也丧失了。但这差使在我并不为难，走进百草园，十对也容易得，将它们用线一缚，活活地掷入沸汤中完事。然而还有"平地木[7]十株"呢，这可谁也不知道是什么东西了，问药店，问乡下人，问卖草药的，问老年人，问读书人，问木匠，都只是摇摇头，临末才记起了那远房的叔祖，爱种一点花木的老人，跑去一问，他果然知道，是生在山中树下的一种小树，能结红子如小珊瑚珠的，普通都称为"老弗大"。

"踏破铁鞋无觅处，得来全不费工夫。"药引寻到了，然而还有一种特别的丸药：败鼓皮丸。这"败鼓皮丸"就是用打破的旧鼓皮做成；

---

5. 陈莲河：指何廉臣（1860—1929），当时绍兴的中医，出身于世医家庭。

6. 再醮（jiào）：寡妇改嫁。

7. 平地木：即紫金牛，常绿小灌木，一种药用植物。

水肿一名鼓胀；一用打破的鼓皮自然就可以克伏他。清朝的刚毅因为憎恨"洋鬼子"，预备打他们，练了些兵称作"虎神营"[8]，取虎能食羊，神能伏鬼的意思，也就是这道理。可惜这一种神药，全城中只有一家出售的，离我家就有五里，但这却不像平地木那样，必须暗中摸索了，陈莲河先生开方之后，就恳切详细地给我们说明。

"我有一种丹，"有一回陈莲河先生说，"点在舌上，我想一定可以见效。因为舌乃心之灵苗……。价钱也并不贵，只要两块钱一盒……。"

我父亲沉思了一会，摇摇头。

"我这样用药还会不大见效，"有一回陈莲河先生又说，"我想，可以请人看一看，可有什么冤愆[9]……。医能医病，不能医命，对不对？自然，这也许是前世的事……。"

我的父亲沉思了一会，摇摇头。

凡国手，都能够起死回生的，我们走过医生的门前，常可以看见这样的匾额。现在是让步 点了，连医生自己也说道："西医长于外科，中医长于内科。"但是 S 城那时不但没有西医，并且谁也还没有想到天下有所谓西医，因此无论什么，都只能由轩辕岐伯[10]的嫡派门徒包办。轩辕时候是巫医不分的，所以直到现在，他的门徒就还见鬼，而且觉得"舌乃心之灵苗"。这就是中国人的"命"，连名医也无从医治的。

不肯用灵丹点在舌头上，又想不出"冤愆"来，自然，单吃了

---

8. "虎神营"：义和团起义时，清政府在北京编募的禁卫军，由端郡王载漪（文中说是刚毅，似误记）创设和率领。李希圣在《庚子国变记》中说："虎神营者，虎食羊而神治鬼，所以诅之也。"

9. 冤愆（qiān）：迷信说法，冤鬼作祟，要求偿债索命之类。

10. 轩辕岐伯：指古代名医。轩辕，即黄帝，传说中的三皇五帝之一，华夏族先祖；岐伯，传说中的上古名医。今所传著名医学古籍《黄帝内经》，是战国秦汉时医家托名黄帝与岐伯所作。

一百多天的"败鼓皮丸"有什么用呢？依然打不破水肿，父亲终于躺在床上喘气了。还请一回陈莲河先生，这回是特拔，大洋十元。他仍旧泰然的开了一张方，但已停止败鼓皮丸不用，药引也不很神妙了，所以只消半天，药就煎好，灌下去，却从口角上回了出来。

从此我便不再和陈莲河先生周旋，只在街上有时看见他坐在三名轿夫的快轿里飞一般抬过；听说他现在还康健，一面行医，一面还做中医什么学报[11]，正在和只长于外科的西医奋斗哩。

中西的思想确乎有一点不同。听说中国的孝子们，一到将要"罪孽深重祸延父母"[12]的时候，就买几斤人参，煎汤灌下去，希望父母多喘几天气，即使半天也好。我的一位教医学的先生却教给我医生的职务道：可医的应该给他医治，不可医的应该给他死得没有痛苦。——但这先生自然是西医。

父亲的喘气颇长久，连我也听得很吃力，然而谁也不能帮助他。我有时竟至于电光一闪似的想道："还是快一点喘完了罢……。"立刻觉得这思想就不该，就是犯了罪；但同时又觉得这思想实在是正当的，我很爱我的父亲。便是现在，也还是这样想。

早晨，住在一门里的衍太太进来了。她是一个精通礼节的妇人，说我们不应该空等着。于是给他换衣服；又将纸锭[13]和一种什么《高王经》[14]烧成灰，用纸包了给他捏在拳头里……。

"叫呀，你父亲要断气了。快叫呀！"衍太太说。

---

11. 中医什么学报：指《绍兴医药月报》。1924年春创刊，何廉臣与绍兴医界同仁一起创办，何任副编辑。

12. "罪孽深重祸延父母"：旧时一些人在父母死后印发的讣闻中，常有"不孝男××罪孽深重不自殒灭祸延显考（或显妣）……"等一类套话。

13. 纸锭（dìng）：用纸或锡箔折成的"元宝"，纸钱的一种。

14. 《高王经》：即《高王观世音》。旧俗在人死时，把《高王经》烧成灰，捏在死者手里，期望死者到"阴间"如受刑时可减少痛苦。

父亲的病

"父亲！父亲！"我就叫起来。

"大声！他听不见。还不快叫？！"

"父亲！父亲！！"

他已经平静下去的脸，忽然紧张了，将眼微微一睁，仿佛有一些苦痛。

"叫呀！快叫呀！"她催促说。

"父亲！！"

"什么呢？……。不要嚷……。不……。"他低低地说，又较急地喘着气，好一会，这才复了原状，平静下去了。

"父亲！！"我还叫他，一直到他咽了气。

我现在还听到那时的自己的这声音，每听到时，就觉得这却是我对于父亲的最大的错处。

10月7日。

（本篇最初发表于1926年11月10日《莽原》半月刊第1卷第21期）

琐　记

　　衍太太现在是早已经做了祖母，也许竟做了曾祖母了；那时却还年青，只有一个儿子比我大三四岁。她对自己的儿子虽然狠，对别家的孩子却好的，无论闹出什么乱子来，也决不去告诉各人的父母，因此我们就最愿意在她家里或她家的四近 [1] 玩。

　　举一个例说罢，冬天，水缸里结了薄冰的时候，我们大清早起一看见，便吃冰。有一回给沈四太太 [2] 看到了，大声说道："莫吃呀，要肚子疼的呢！"这声音又给我母亲听到了，跑出来我们都挨了一顿骂，并且有大半天不准玩。我们推论祸首，认定是沈四太太，于是提起她就不用尊称了，给她另外起了一个绰号，叫作"肚子疼"。

　　衍太太却决不如此。假如她看见我们吃冰，一定和蔼地笑着说，"好，再吃一块。我记着，看谁吃的多。"

　　但我对于她也有不满足的地方。一回是很早的时候了，我还很小，偶然走进她家去，她正在和她的男人看书。我走近去，她便将书塞在我的眼前道，"你看，你知道这是什么？"我看那书上画着房屋，有两个人光着身子仿佛在打架，但又不很像。正迟疑间，他们便大

1.　四近：犹附近、四周。
2.　沈四太太：周家的房客。

笑起来了。这使我很不高兴，似乎受了一个极大的侮辱，不到那里去大约有十多天。一回是我已经十多岁了，和几个孩子比赛打旋子³，看谁旋得多。她就从旁计着数，说道，"好，八十二个了！再旋一个，八十三！好，八十四！……"但正在旋着的阿祥，忽然跌倒了，阿祥的婶母也恰恰走进来。她便接着说道，"你看，不是跌了么？不听我的话。我叫你不要旋，不要旋……。"

虽然如此，孩子们总还喜欢到她那里去。假如头上碰得肿了一大块的时候，去寻母亲去罢，好的是骂一通，再给擦一点药；坏的是没有药擦，还添几个栗凿⁴和一通骂。衍太太却决不埋怨，立刻给你用烧酒调了水粉，搽在疙瘩上，说这不但止痛，将来还没有瘢痕。

父亲故去之后，我也还常到她家里去，不过已不是和孩子们玩耍了，却是和衍太太或她的男人谈闲天。我其时觉得很有许多东西要买，看的和吃的，只是没有钱。有一天谈到这里，她便说道，"母亲的钱，你拿来用就是了，还不就是你的么？"我说母亲没有钱，她就说可以拿首饰去变卖；我说没有首饰，她却道，"也许你没有留心。到大厨的抽屉里，角角落落去寻去，总可以寻出一点珠子这类东西……。"

这些话我听去似乎很异样，便又不到她那里去了，但有时又真想去打开大厨，细细地寻一寻。大约此后不到一月，就听到一种流言，说我已经偷了家里的东西去变卖了，这实在使我觉得有如掉在冷水里。流言的来源，我是明白的，倘是现在，只要有地方发表，我总要骂出流言家的狐狸尾巴来，但那时太年青，一遇流言，便连自己也仿佛觉得真是犯了罪，怕遇见人们的眼睛，怕受到母亲的爱抚。

好。那么，走罢！

但是，那里去呢？S城人的脸早经看熟，如此而已，连心肝也

---

3. 旋子：即陀螺。

4. 栗凿：方言，用食指和中指的骨节敲打别人的头部。

似乎有些了然。总得寻别一类人们去，去寻为 S 城人所诟病的人们，无论其为畜生或魔鬼。那时为全城所笑骂的是一个开得不久的学校，叫作中西学堂[5]，汉文之外，又教些洋文和算学。然而已经成为众矢之的了；熟读圣贤书的秀才们，还集了《四书》[6]的句子，做一篇八股来嘲诮它，这名文便即传遍了全城，人人当作有趣的话柄。我只记得那"起讲"的开头是：

"徐子以告夷子曰：吾闻用夏变夷者，未闻变于夷者也。今也不然：鴃舌之音，闻其声，皆雅言也。……"

以后可忘却了，大概也和现今的国粹保存大家的议论差不多。但我对于这中西学堂，却也不满足，因为那里面只教汉文、算学、英文和法文。功课较为别致的，还有杭州的求是书院[7]，然而学费贵。

无须学费的学校在南京，自然只好往南京去。第一个进去的学校[8]，目下不知道称为什么了，光复[9]以后，似乎有一时称为雷电学堂，很像《封神榜》上"太极阵"、"混元阵"一类的名目。总之，一进仪凤门[10]，便可以看见它那二十丈高的桅杆和不知多高的烟通。功课也简单，一星期中，几乎四整天是英文："It is a cat." "Is it a cat？"一整天是读汉文："君子曰，颍考叔可谓纯孝也已矣，爱其母，施及庄公。"[11]一整天是做汉文：《知己知彼百战百胜论》，《颍考叔论》，《云

---

5. 中西学堂：全称"绍郡中西学堂"，绍兴徐树兰创办的一所私立学校，1897年（清光绪二十三年）成立。1899年秋改为绍兴府学堂。

6. 四书：即儒家经典《大学》、《中庸》、《论语》、《孟子》。

7. 求是书院：当时浙江的一所新式高等学校，创办于1897年（清光绪二十三年）。

8. 第一个进去的学校：指江南水师学堂，1913年改为海军军官学校，1915年又改为海军雷电学校。

9. 光复：指1911年的辛亥革命。

10. 仪凤门：当时南京城北的一个城门。

11. 这段话出自《左传》隐公元年，原文是："君子曰，颍考叔，纯孝也。爱其母，施及庄公。"

从龙凤从虎论》,《咬得菜根则百事可做论》。

初进去当然只能做三班生,卧室里是一桌一凳一床,床板只有两块。头二班学生就不同了,二桌二凳或三凳一床,床板多至三块。不但上讲堂时挟着一堆厚而且大的洋书,气昂昂地走着,决非只有一本"泼赖妈"[12]和四本《左传》[13]的三班生所敢正视;便是空着手,也一定将肘弯撑开,像一只螃蟹,低一班的在后面总不能走出他之前。这一种螃蟹式的名公巨卿,现在都阔别得很久了,前四五年,竟在教育部的破脚躺椅上,发现了这姿势,然而这位老爷却并非雷电学堂出身的,可见螃蟹态度,在中国也颇普遍。

可爱的是桅杆。但并非如"东邻"的"支那通"[14]所说,因为它"挺然翘然",又是什么的象征。乃是因为它高,乌鸦喜鹊,都只能停在它的半途的木盘上。人如果爬到顶,便可以近看狮子山,远眺莫愁湖,——但究竟是否真可以眺得那么远,我现在可委实有点记不清楚了。而且不危险,下面张着网,即使跌下来,也不过如一条小鱼落在网了里;况且自从张网以后,听说也还没有人曾经跌下来。

原先还有一个池,给学生学游泳的,这里面却淹死了两个年幼的学生。当我进去时,早填平了,不但填平,上面还造了一所小小的关帝庙。庙旁是一座焚化字纸的砖炉,炉口上方横写着四个大字道:

---

12. 泼赖妈:英语primer的音译,意即初级读本。

13. 《左传》:即《春秋左氏传》,相传为春秋时左丘明所撰,是一部用史实补充、解释《春秋》的书。

14. 支那通:支那,近代日本侵略者对中国的蔑称。支那通,指研究和通晓中国情况的日本人。这里是讽刺日本作家安冈秀夫。安冈秀夫曾撰文《从小说看来的支那民族性》,从中国古典小说如《金瓶梅》、《水浒传》、《聊斋志异》等作品的人物描写中来发现和归纳"支那国民性",称中国人为"好色的国民"。下文提到的"'挺然翘然',又是什么的象征"也是在讽刺安冈秀夫看到竹笋,"挺然翘然"像男根,想入非非了。

"敬惜字纸"。只可惜那两个淹死鬼失了池子，难讨替代 [15]，总在左近徘徊，虽然已有"伏魔大帝关圣帝君"镇压着。办学的人大概是好心肠的，所以每年七月十五，总请一群和尚到雨天操场来放焰口 [16]，一个红鼻而胖的大和尚戴上毗卢帽 [17]，捏诀，念咒："回资罗，普弥耶吽！唵耶吽！唵！耶！吽！！！" [18]

我的前辈同学被关圣帝君镇压了一整年，就只在这时候得到一点好处，——虽然我并不深知是怎样的好处。所以当这些时，我每每想：做学生总得自己小心些。

总觉得不大合适，可是无法形容出这不合适来。现在是发现了大致相近的字眼了，"乌烟瘴气"，庶几乎其可也。只得走开。近来是单是走开也就不容易，"正人君子"者流 [19] 会说你骂人骂到聘书，或者是发"名士"脾气 [20]，给你几句正经的俏皮话。不过那时还不打紧，学生所得的津贴，第一年不过二两银子，最初三个月的试习期内是零用五百文。于是毫无问题，去考矿路学堂 [21] 去了，也许是矿路学堂，已经有些记不真，文凭又不在手头，更无从查考。试验并不难，录取的。

这回不是 It is a cat 了，是 Der Mann，Das Weib，Das Kind [22]。汉

---

15. 讨替代：即找替死鬼。旧时迷信认为横死的人所变的"鬼"，必须设法使别人也以同样方式死亡，这样他才得投生，叫做讨替代。

16. 放焰口：旧俗于夏历七月十五日（中元节，俗称鬼节）晚上请和尚结盂兰盆会，诵经施食，称为放焰口。盂兰盆，梵语音译，"救倒悬"的意思；焰口，饿鬼名。

17. 毗卢帽：放焰口时，主座大和尚所戴的一种绣有毗卢佛像的帽子。

18. "回资罗，普弥耶吽！唵耶吽！唵！耶！吽！！！"：《瑜伽焰口施食要集》中咒文的梵语音译。

19. "正人君子"者流：指陈西滢等人。

20. 发"名士"脾气：这是顾颉刚挖苦作者的话，当时他们同在厦门大学教书。可参看《两地书·四十八》。

21. 矿路学堂：1899年1月，鲁迅改入南京的江南陆师学堂附设的矿务铁路学堂。

22. 初级德语读本上的单词，意思是："男人，女人，孩子"。

文仍旧是"颖考叔可谓纯孝也已矣",但外加《小学集注》[23]。论文题目也小有不同,譬如《工欲善其事必先利其器论》,是先前没有做过的。

此外还有所谓格致[24],地学,金石学,……都非常新鲜。但是还得声明:后两项,就是现在之所谓地质学和矿物学,并非讲舆地[25]和钟鼎碑版[26]的。只是画铁轨横断面图却有些麻烦,平行线尤其讨厌。但第二年的总办是一个新党[27],他坐在马车上的时候大抵看着《时务报》[28],考汉文也自己出题目,和教员出的很不同。有一次是《华盛顿[29]论》,汉文教员反而惴惴地来问我们道:"华盛顿是什么东西呀?……"

看新书的风气便流行起来,我也知道了中国有一部书叫《天演论》[30]。星期日跑到城南去买了来,白纸石印[31]的一厚本,价五百文

---

23. 《小学集注》:共六卷,宋代朱熹辑,明代陈选注,旧时学塾中常用的一种初级读物。内容系辑录古书中的片段,分类编成四内篇:《立教》、《明伦》、《敬身》、《稽古》;二外篇:《嘉言》、《善行》。

24. 格致:"格物致知"的简称。《礼记·大学》有"致知在格物,物格而后知至"的话。格,推究。清末曾用"格致"统称物理、化学等学科。

25. 舆地:即地,这里指地理学。

26. 钟鼎碑版:指古代铜器、石刻;研究这些文物的形制、文字或图画的,叫金石学。

27. 新党:指清末戊戌变法前后主张或倾向维新的人;这里指当时矿务铁路学堂总办俞明震。

28. 《时务报》:旬刊,梁启超等主编,当时宣传变法维新的主要期刊之一。1896年8月创办于上海,1898年7月停刊。

29. 华盛顿(1732—1799):即乔治·华盛顿,领导美国独立战争,胜利后,任美国第一任总统。

30. 《天演论》:英国赫胥黎(1825—1895)著《进化论与伦理学及其他论文》中的前两篇,严复翻译。

31. 石印:平版印刷的一种方法。版面能够根据需要随意缩放,给读者带来了极大的便利。自清末到民国,中国出现的大、小石印书局多达百余家,以上海为中心遍布全国。

正。翻开一看，是写得很好的字，开首便道：

> "赫胥黎独处一室之中，在英伦之南，背山而面野，槛外诸境，历历如在机下。乃悬想二千年前，当罗马大将恺彻[32] 未到时，此间有何景物？计惟有天造草昧……"

哦，原来世界上竟还有一个赫胥黎坐在书房里那么想，而且想得那么新鲜？一口气读下去，"物竞""天择"也出来了，苏格拉第[33]、柏拉图[34] 也出来了，斯多葛[35] 也出来了。学堂里又设立了一个阅报处，《时务报》不待言，还有《译学汇编》[36]，那书面上的张廉卿[37] 一流的四个字，就蓝得很可爱。

"你这孩子有点不对了，拿这篇文章去看去，抄下来去看去。"一位本家的老辈严肃地对我说，而且递过一张报纸来。接来看时，"臣许应骙[38] 跪奏……"，那文章现在是一句也不记得了，总之是参康有为[39] 变法的，也不记得可曾抄了没有。

---

32. 恺彻（公元前100—前44年）：通译凯撒，古罗马统帅，曾两次渡海侵入不列颠（英国）。

33. 苏格拉第（公元前469—前399年）：通译苏格拉底，古希腊哲学家。

34. 柏拉图（公元前427—前347年）：古希腊哲学家，苏格拉底的弟子。

35. 斯多葛：指斯多噶派，约公元前4世纪产生于古希腊，经传播演变，存在到公元2世纪的一个哲学派别。创始人是芝诺（约公元前336—前264）。斯多噶学派思想最终为基督教所吸收。

36. 《译学汇编》：当为《译书汇编》，月刊，1900年在日本创刊，是我国留日学生最早出版的一种杂志，分期译载东西各国政治法律名著，后改名《政治学报》。

37. 张廉卿（1823—1894）：名裕钊，字廉卿，湖北武昌人。清代古文家、书法家。入曾国藩幕府，为"曾门四弟子"之一。

38. 许应骙（1832—1903）：广东番禺人，清末大臣。官至礼部尚书，闽浙总督。当时反对维新运动的顽固分子之一。

39. 康有为（1858—1927）：字广厦，号长素，广东南海人，清末维新运动的领袖。主张变法维新，改君主专制制为君主立宪制。

仍然自己不觉得有什么"不对"，一有闲空，就照例地吃侉饼[40]、花生米、辣椒，看《天演论》。

但我们也曾经有过一个很不平安的时期。那是第二年，听说学校就要裁撤了。这也无怪，这学堂的设立，原是因为两江总督[41]（大约是刘坤一罢）听到青龙山的煤矿[42]出息[43]好，所以开手的。待到开学时，煤矿那面却已将原先的技师辞退，换了一个不甚了然的人了。理由是：一、先前的技师薪水太贵；二、他们觉得开煤矿并不难。于是不到一年，就连煤在那里也不甚了然起来，终于是所得的煤，只能供烧那两架抽水机之用，就是抽了水掘煤，掘出煤来抽水，结一笔出入两清的账。既然开矿无利，矿路学堂自然也就无须乎开了，但是不知怎的，却又并不裁撤。到第三年我们下矿洞去看的时候，情形实在颇凄凉，抽水机当然还在转动，矿洞里积水却有半尺深，上面也点滴而下，几个矿工便在这里面鬼一般工作着。

毕业，自然大家都盼望的，但一到毕业，却又有些爽然若失。爬了几次桅，不消说不配做半个水兵；听了几年讲，下了几回矿洞，就能掘出金银铜铁锡来么？实在连自己也茫无把握，没有做《工欲善其事必先利其器论》的那么容易。爬上天空二十丈和钻下地面二十丈，结果还是一无所能，学问是"上穷碧落下黄泉，两处茫茫皆不见"了。所余的还只有一条路：到外国去。

留学的事，官僚也许可了，派定五名到日本去。其中的一个因

---

40. 侉（kuǎ）饼：一种用白面烙成的大而厚的饼。

41. 两江总督：清朝九位最高级的封疆大臣之一，总管江苏、安徽和江西三省的军民政务。历代两江总督皆为清代重臣。下文提到的刘坤一（1830—1902）为湘军宿将，字岘庄，湖南新宁人，1879年至1901年间数任两江总督，是当时官僚中倾向维新的人物之一。

42. 青龙山的煤矿：在今南京官塘煤矿象山矿区。作者等当年所下的故洞即今象山矿区的古井。

43. 出息：获利。

为祖母哭得死去活来，不去了，只剩了四个。日本是同中国很两样的，我们应该如何准备呢？有一个前辈同学在，比我们早一年毕业，曾经游历过日本，应该知道些情形。跑去请教之后，他郑重地说：

"日本的袜是万不能穿的，要多带些中国袜。我看纸票也不好，你们带去的钱不如都换了他们的现银。"

四个人都说遵命。别人不知其详，我是将钱都在上海换了日本的银元，还带了十双中国袜——白袜。

后来呢？后来，要穿制服和皮鞋，中国袜完全无用；一元的银圆日本早已废置不用了，又赔钱换了半元的银圆和纸票。

10月8日。

（本篇最初发表于1926年11月25日《莽原》半月刊第1卷第22期）

琐记

藤 野 先 生

　　东京也无非是这样。上野的樱花烂漫的时节，望去确也像绯红的轻云，但花下也缺不了成群结队的"清国留学生"的速成班，头顶上盘着大辫子，顶得学生制帽的顶上高高耸起，形成一座富士山。也有解散辫子，盘得平的，除下帽来，油光可鉴，宛如小姑娘的发髻一般，还要将脖子扭几扭。实在标致极了。

　　中国留学生会馆的门房里有几本书买，有时还值得去一转；倘在上午，里面的几间洋房里倒也还可以坐坐的。但到傍晚，有一间的地板便常不免要咚咚咚地响得震天，兼以满房烟尘斗乱；问问精通时事的人，答道，"那是在学跳舞。"

　　到别的地方去看看，如何呢？

　　我就往仙台的医学专门学校去。从东京出发，不久便到一处驿站，写道：日暮里。不知怎地，我到现在还记得这名目。其次却只记得水户了，这是明的遗民朱舜水[1]先生客死的地方。仙台是一个市镇，并不大；冬天冷得利害；还没有中国的学生。

1.　朱舜水：即朱之瑜（1600—1682），号舜水，浙江余姚人。明末思想
　　家。明亡后曾进行反清复明活动，事败后长住日本讲学，客死水户。
　　他忠于明朝，所以说是"明的遗民"。

大概是物以希为贵罢。北京的白菜运往浙江，便用红头绳系住菜根，倒挂在水果店头，尊为"胶菜"；福建野生着的芦荟，一到北京就请进温室，且美其名曰"龙舌兰"。我到仙台也颇受了这样的优待，不但学校不收学费，几个职员还为我的食宿操心。我先是住在监狱旁边一个客店里的，初冬已经颇冷，蚊子却还多，后来用被盖了全身，用衣服包了头脸，只留两个鼻孔出气。在这呼吸不息的地方，蚊子竟无从插嘴，居然睡安稳了。饭食也不坏。但一位先生却以为这客店也包办囚人的饭食，我住在那里不相宜，几次三番，几次三番地说。我虽然觉得客店兼办囚人的饭食和我不相干，然而好意难却，也只得别寻相宜的住处了。于是搬到别一家，离监狱也很远，可惜每天总要喝难以下咽的芋梗汤。

　　从此就看见许多陌生的先生，听到许多新鲜的讲义。解剖学是两个教授分任的。最初是骨学。其时进来的是一个黑瘦的先生，八字须，戴着眼镜，挟着一叠大大小小的书。一将书放在讲台上，便用了缓慢而很有顿挫的声调，向学生介绍自己道：

　　"我就是叫作藤野严九郎的……。"

　　后来有几个人笑起来了。他接着便讲述解剖学在日本发达的历史，那些大大小小的书，便是从最初到现今关于这一门学问的著作。起初有几本是线装的；还有翻刻中国译本的，他们的翻译和研究新的医学，并不比中国早。

　　那坐在后面发笑的是上学年不及格的留级学生，在校已经一年，掌故[2]颇为熟悉的了。他们便给新生讲演每个教授的历史。这藤野先生，据说是穿衣服太模胡了，有时竟会忘记带领结；冬天是一件旧外套，寒颤颤的，有一回上火车去，致使管车的疑心他是扒手，叫车里的客人大家小心些。

藤野先生

2.　掌故：原指旧制、旧例，后泛指关于历史人物、典章制度等的遗闻轶事。

他们的话大概是真的，我就亲见他有一次上讲堂没有带领结。

过了一星期，大约是星期六，他使助手来叫我了。到得研究室，见他坐在人骨和许多单独的头骨中间，——他其时正在研究着头骨，后来有一篇论文在本校的杂志上发表出来。

"我的讲义，你能抄下来么？"他问。

"可以抄一点。"

"拿来我看！"

我交出所抄的讲义去，他收下了，第二三天便还我，并且说，此后每一星期要送给他看一回。我拿下来打开看时，很吃了一惊，同时也感到一种不安和感激。原来我的讲义已经从头到末，都用红笔添改过了，不但增加了许多脱漏的地方，连文法的错误，也都一一订正。这样一直继续到教完了他所担任的功课：骨学，血管学，神经学。

可惜我那时太不用功，有时也很任性。还记得有一回藤野先生将我叫到他的研究室里去，翻出我那讲义上的一个图来，是下臂的血管，指着，向我和蔼的说道：

"你看，你将这条血管移了一点位置了。——自然，这样一移，的确比较的好看些，然而解剖图不是美术，实物是那么样的，我们没法改换它。现在我给你改好了，以后你要全照着黑板上那样的画。"

但是我还不服气，口头答应着，心里却想道：

"图还是我画的不错；至于实在的情形，我心里自然记得的。"

学年试验完毕之后，我便到东京玩了一夏天，秋初再回学校，成绩早已发表了，同学一百余人之中，我在中间，不过是没有落第。这回藤野先生所担任的功课，是解剖实习和局部解剖学。

解剖实习了大概一星期，他又叫我去了，很高兴地，仍用了极有抑扬的声调对我说道：

"我因为听说中国人是很敬重鬼的，所以很担心，怕你不肯解剖尸体。现在总算放心了，没有这回事。"

但他也偶有使我很为难的时候。他听说中国的女人是裹脚的，但不知道详细，所以要问我怎么裹法，足骨变成怎样的畸形，还叹息道，"总要看一看才知道。究竟是怎么一回事呢？"

有一天，本级的学生会干事到我寓里来了，要借我的讲义看。我检出来交给他们，却只翻检了一通，并没有带走。但他们一走，邮差就送到一封很厚的信，拆开看时，第一句是：

"你改悔罢！"

这是《新约》上的句子罢，但经托尔斯泰[3]新近引用过的。其时正值日俄战争[4]，托老先生便写了一封信给俄国和日本的皇帝的信，开首便是这一句。日本报纸上很斥责他的不逊，爱国青年也愤然，然而暗地里却早受了他的影响了。其次的话，大略是说上年解剖学试验的题目，是藤野先生在讲义上做了记号，我预先知道的，所以能有这样的成绩。末尾是匿名。

我这才回忆到前几天的一件事。因为要开同级会，干事便在黑板上写广告，末一句是"请全数到会勿漏为要"，而且在"漏"字旁边加了一个圈。我当时虽然觉到圈得可笑，但是毫无介意，这回才悟出那字也在讥刺我了，犹言我得了教员漏泄出来的题目。

我便将这事告知了藤野先生；有几个和我熟识的同学也很不平，一同去诘责干事托辞检查的无礼，并且要求他们将检查的结果，发表出来。终于这流言消灭了，干事却又竭力运动，要收回那一封匿名信去。结末是我便将这托尔斯泰式的信退还了他们。

---

3. 托尔斯泰（1828—1910）：俄国作家、思想家，19世纪末20世纪初最伟大的文学家，19世纪俄国伟大的批判现实主义作家。代表作有长篇小说《战争与和平》、《安娜·卡列尼娜》、《复活》等。

4. 日俄战争：是指1904至1905年间，日本与沙皇俄国为了侵占中国东北和朝鲜，在中国东北的土地上进行的一场帝国主义战争，以沙皇俄国的失败而告终。

中国是弱国，所以中国人当然是低能儿，分数在六十分以上，便不是自己的能力了：也无怪他们疑惑。但我接着便有参观枪毙中国人的命运了。第二年添教霉菌学，细菌的形状是全用电影来显示的，一段落已完而还没有到下课的时候，便影几片时事的片子，自然都是日本战胜俄国的情形。但偏有中国人夹在里边：给俄国人做侦探，被日本军捕获，要枪毙了，围着看的也是一群中国人；在讲堂里的还有一个我。

"万岁！"他们都拍掌欢呼起来。

这种欢呼，是每看一片都有的，但在我，这一声却特别听得刺耳。此后回中国来，我看见那些闲看枪毙犯人的人们，他们也何尝不酒醉似的喝采，——呜呼，无法可想！但在那时那地，我的意见却变化了。

到第二学年的终结，我便去寻藤野先生，告诉他我将不学医学，并且离开这仙台。他的脸色仿佛有些悲哀，似乎想说话，但竟没有说。

"我想去学生物学，先生教给我的学问，也还有用的。"其实我并没有决意要学生物学，因为看得他有些凄然，便说了一个慰安他的谎话。

"为医学而教的解剖学之类，怕于生物学也没有什么大帮助。"他叹息说。

将走的前几天，他叫我到他家里去，交给我一张照相，后面写着两个字道："惜别"，还说希望将我的也送他。但我这时适值没有照相了；他便叮嘱我将来照了寄给他，并且时时通信告诉他此后的状况。

我离开仙台之后，就多年没有照过相，又因为状况也无聊，说起来无非使他失望，便连信也怕敢写了。经过的年月一多，话更无从说起，所以虽然有时想写信，却又难以下笔，这样的一直到现在，竟没有寄过一封信和一张照片。从他那一面看起来，是一去之后，杳无消息了。

但不知怎地，我总还时时记起他，在我所认为我师的之中，他是最使我感激，给我鼓励的一个。有时我常常想：他的对于我的热心的希望，不倦的教诲，小而言之，是为中国，就是希望中国有新的医学；大而言之，是为学术，就是希望新的医学传到中国去。他的性格，在我的眼里和心里是伟大的，虽然他的姓名并不为许多人所知道。

他所改正的讲义，我曾经订成三厚本，收藏着的，将作为永久的纪念。不幸七年前迁居的时候，中途毁坏了一口书箱，失去半箱书，恰巧这讲义也遗失在内了。责成运送局去找寻，寂无回信。只有他的照相至今还挂在我北京寓居的东墙上，书桌对面。每当夜间疲倦，正想偷懒时，仰面在灯光中瞥见他黑瘦的面貌，似乎正要说出抑扬顿挫的话来，便使我忽又良心发现，而且增加勇气了，于是点上一枝烟，再继续写些为"正人君子"之流所深恶痛疾的文字。

10月12日。

（本篇最初发表于1926年12月10日《莽原》半月刊第1卷第23期）

藤野先生

范 爱 农

在东京的客店里，我们大抵一起来就看报。学生所看的多是《朝日新闻》和《读卖新闻》，专爱打听社会上琐事的就看《二六新闻》[1]。一天早晨，辟头就看见一条从中国来的电报，大概是：

"安徽巡抚[2]恩铭被 Jo Shiki Rin 刺杀，刺客就擒。"

大家一怔之后，便容光焕发地互相告语，并且研究这刺客是谁，汉字是怎样三个字。但只要是绍兴人，又不专看教科书的，却早已明白了。这是徐锡麟[3]，他留学回国之后，在做安徽候补道[4]，办着巡警事物，正合于刺杀巡抚的地位。

---

1. 《朝日新闻》和《读卖新闻》：都是日本资产阶级报纸。《二六新闻》应为《二六新报》，以刊载耸人听闻的新闻报道著称。1907年7月8日和9日东京的《朝日新闻》，都载有报道徐锡麟刺杀恩铭的新闻。

2. 巡抚：清代省级最高官员。

3. 徐锡麟（1873—1907）：字伯荪，浙江绍兴人，清末革命团体光复会的重要成员。1907年7月6日，他以安徽巡警处会办兼巡警学堂监督身份为掩护，乘巡警学堂举行毕业典礼之机，刺杀安徽巡抚恩铭，并率少数学生攻占军械局，弹尽被捕，当天即遭杀害。

4. 候补道：即候补道员。据清代官制，通过科举或捐纳等途径都可以取得道员官衔，但不一定有实际职务。一般没有实际职务的道员，由吏部抽签分发到某部或某省，听候差委，称为候补道。

大家接着就预测他将被极刑，家族将被连累。不久，秋瑾[5]姑娘在绍兴被杀的消息也传来了，徐锡麟是被挖了心，给恩铭的亲兵炒食净尽。人心很愤怒。有几个人便秘密地开一个会，筹集川资[6]；这时用得着日本浪人[7]了，撕乌贼鱼下酒，慷慨一通之后，他便登程去接徐伯荪的家属去。

照例还有一个同乡会，吊烈士，骂满洲；此后便有人主张打电报到北京，痛斥满政府的无人道。会众即刻分成两派：一派要发电，一派不要发。我是主张发电的，但当我说出之后，即有一种钝滞[8]的声音跟着起来：

"杀的杀掉了，死的死掉了，还发什么屁电报呢。"

这是一个高大身材，长头发，眼球白多黑少的人，看人总像在渺视。他蹲在席子上，我发言大抵就反对；我早觉得奇怪，注意着他的了，到这时才打听别人：说这话的是谁呢，有那么冷？认识的人告诉我说：他叫范爱农[9]，是徐伯荪的学生。

我非常愤怒了，觉得他简直不是人，自己的先生被杀了，连打一个电报还害怕，于是便坚执地主张要发电，同时争起来。结果是主张发电的居多数，他屈服了。其次要推出人来拟电稿。

---

5. 秋瑾（1875—1907）：字璇卿，号竞雄，别署鉴湖女侠，浙江绍兴人。1904年赴日本留学，积极参加留日学生的革命活动，先后加入光复会、同盟会。1906年春回国。1907年在绍兴主持大通师范学堂，组织光复军，和徐锡麟分头准备在安徽、浙江两省起义。徐锡麟起义失败后，秋瑾亦被清政府逮捕，同年7月15日在绍兴轩亭口就义。

6. 川资：路费、旅费、盘缠。

7. 日本浪人：指日本幕府时代失去禄位、四处流浪的武士。江户时代（1603—1867），随着幕府体制的瓦解，一时浪人激增。他们无固定职业，常受雇于人，从事各种好勇斗狠的活动，日本帝国主义向外侵略时，就常以浪人为先锋。

8. 钝滞：迟钝呆滞。

9. 范爱农：名肇基，字斯年，鲁迅同乡，清末革命团体光复会成员。

"何必推举呢？自然是主张发电的人罗……。"他说。

我觉得他的话又在针对我，无理倒也并非无理的；但我便主张这一篇悲壮的文章必须深知烈士生平的人做，因为他比别人关系更密切，心里更悲愤，做出来就一定更动人。于是又争起来。结果是他不做，我也不做，不知谁承认做去了；其次是大家走散，只留下一个拟稿的和一两个干事，等候做好之后去拍发。

从此我总觉得这范爱农离奇，而且很可恶。天下可恶的人，当初以为是满人，这时才知道还在其次；第一倒是范爱农。中国不革命则已，要革命，首先就必须将范爱农除去。

然而这意见后来似乎逐渐淡薄，到底忘却了，我们从此也没有再见面。直到革命的前一年，我在故乡做教员，大概是春末时候罢，忽然在熟人的客座上看见了一个人，互相熟视了不过两三秒钟，我们便同时说：

"哦哦，你是范爱农！"

"哦哦，你是鲁迅！"

不知怎地我们便都笑了起来，是互相的嘲笑和悲哀。他眼睛还是那样，然而奇怪，只这几年，头上却有了白发了，但也许本来就有，我先前没有留心到。他穿着很旧的布马褂，破布鞋，显得很寒素[10]。谈起自己的经历来，他说他后来没有了学费，不能再留学，便回来了。回到故乡之后，又受着轻蔑，排斥，迫害，几乎无地可容。现在是躲在乡下，教着几个小学生糊口。但因为有时觉得很气闷，所以也趁了航船进城来。

他又告诉我现在爱喝酒，于是我们便喝酒。从此他每一进城，必定来访我，非常相熟了。我们醉后常谈些愚不可及的疯话，连母亲偶然听到了也发笑。一天我忽而记起在东京开同乡会时的旧事，便问他：

10. 寒素：清苦简朴。

"那一天你专门反对我，而且故意似的，究竟是什么缘故呢？"

"你还不知道？我一向就讨厌你的，——不但我，我们。"

"你那时之前，早知道我是谁么？"

"怎么不知道。我们到横滨，来接的不就是子英¹¹和你么？你看不起我们，摇摇头，你自己还记得么？"

我略略一想，记得的，虽然是七八年前的事。那时是子英来约我的，说到横滨去接新来留学的同乡。汽船一到，看见一大堆，大概一共有十多人，一上岸便将行李放到税关上去候查检，关吏在衣箱中翻来翻去，忽然翻出一双绣花的弓鞋来，便放下公事，拿着仔细地看。我很不满，心里想，这些鸟男人，怎么带这东西来呢。自己不注意，那时也许就摇了摇头。检验完毕，在客店小坐之后，即须上火车。不料这一群读书人又在客车上让起坐位来了，甲要乙坐在这位上，乙要丙去坐，揖让未终，火车已开，车身一摇，即刻跌倒了三四个。我那时也很不满，暗地里想：连火车上的坐位，他们也要分出尊卑来……。自己不注意，也许又摇了摇头。然而那群雍容揖让的人物中就有范爱农，却直到这一天才想到。岂但他呢，说起来也惭愧，这一群里，还有后来在安徽战死的陈伯平¹²烈士，被害的马宗汉¹³烈士；被囚在黑狱里，到革命后才见天日而身上永带着匪刑的伤痕的也还有一两人。而我都茫无所知，摇着头将他们一并运上东京了。徐伯荪虽然和他们同船来，却不在这车上，因为他在神户就和他的夫人坐车走了陆路了。

---

11. 子英：姓陈名浚（1882—1950），浙江绍兴人，清末光复会重要成员。

12. 陈伯平（1882—1907）：名渊，自号"光复子"，辛亥革命先烈，浙江绍兴人。1907年与徐锡麟一起发动起义，率巡警学堂学生攻占军械局，在与清军作战中牺牲。

13. 马宗汉（1884-1907）：原名纯昌，字子畦，别号宗汉子，辛亥革命先烈，浙江余姚（今慈溪）人。1907年6月赴安徽参加徐锡麟的起义活动；起事中据守军械局，弹尽被捕，于同年8月24日就义。

范爱农

　　我想我那时摇头大约有两回，他们看见的不知道是那一回。让坐时喧闹，检查时幽静，一定是在税关上的那一回了，试问爱农，果然是的。

　　"我真不懂你们带这东西做什么，是谁的？"

　　"还不是我们师母的？"他瞪着他多白的眼。

　　"到东京就要假装大脚，又何必带这东西呢？"

　　"谁知道呢？你问她去。"

　　到冬初，我们的景况更拮据了，然而还喝酒，讲笑话。忽然是武昌起义[14]，接着是绍兴光复[15]。第二天爱农就上城来，戴着农夫常用的毡帽，那笑容是从来没有见过的。

　　"老迅，我们今天不喝酒了。我要去看看光复的绍兴。我们同去。"

　　我们便到街上去走了一通，满眼是白旗。然而貌虽如此，内骨子是依旧的，因为还是几个旧乡绅所组织的军政府，什么铁路股东是行政司长，钱店掌柜是军械司长……。这军政府也到底不长久，几个少年一嚷，王金发[16]带兵从杭州进来了，但即使不嚷或者也会来。他进来以后，也就被许多闲汉和新进的革命党所包围，大做王都督[17]。在衙门里的人物，穿布衣来的，不上十天也大概换上皮袍子了，天气还并不冷。

---

14. 武昌起义：即辛亥革命，1911年10月10日在武昌由同盟会等领导的推翻清王朝的武装起义。

15. 绍兴光复：据《中国革命记》第三册（1911年上海自由社编印）记载：辛亥九月十四日（1911年11月4日）"绍兴府闻杭州为民军占领，即日宣布光复"。

16. 王金发（1882—1915）：名逸，字季高，浙江嵊县人。原为浙东洪门会党平阳党的首领，后由光复会创始人陶成章介绍加入该会。1911年11月10日，他率领光复军进入绍兴，11日成立绍兴军政分府，自任都督。"二次革命"失败后，在1915年7月13日被袁世凯的走狗、浙江督军朱瑞杀害于杭州。

17. 都督：辛亥革命时为地方最高军政长官。以后改称督军。

我被摆在师范学校校长的饭碗旁边，王都督给了我校款二百元。爱农做监学，还是那件布袍子，但不大喝酒了，也很少有工夫谈闲天。他办事，兼教书，实在勤快得可以。

"情形还是不行，王金发他们。"一个去年听过我的讲义的少年来访问我，慷慨地说，"我们要办一种报 [18] 来监督他们。不过发起人要借用先生的名字。还有一个是子英先生，一个是德清 [19] 先生。为社会，我们知道你决不推却的。"

我答应他了。两天后便看见出报的传单，发起人诚然是三个。五天后便见报，开首便骂军政府和那里面的人员；此后是骂都督，都督的亲戚，同乡，姨太太……。

这样地骂了十多天，就有一种消息传到我的家里来，说都督因为你们诈取了他的钱，还骂他，要派人用手枪来打死你们了。

别人倒还不打紧，第一个着急的是我的母亲，叮嘱我不要再出去。但我还是照常走，并且说明，王金发是不来打死我们的，他虽然绿林大学 [20] 出身，而杀人却不很轻易。况且我拿的是校款，这一点他还能明白的，不过说说罢了。

果然没有来杀。写信去要经费，又取了二百元。但仿佛有些怒意，同时传令道：再来要，没有了！不过爱农得到了一种新消息，使我很为难，原来所谓"诈取"者，并非指学校经费而言，是指另有送给

---

18. 指《越铎日报》，1912年1月3日在绍兴创刊，1912年8月1日被捣毁。作者是该报发起人之一，并曾撰写《〈越铎〉出世辞》（收入《集外集拾遗补编》）。

19. 德清：孙德卿（1866—1932），浙江绍兴人。当时的一个开明绅士，"同盟会"与"光复会"成员，曾参加反清革命运动。绍兴光复后曾任《越铎日报》社社长。

20. 绿林大学：西汉末年王匡、王凤等率领农民在绿林山（今湖北当阳县东北）起义，号"绿林兵"；"绿林"的名称即起源于此，后来用以泛指聚集山林反抗官府或抢劫财物的人们。王金发曾领导浙东洪门会党平阳党，号称万人，故作者在这里戏称他是"绿林大学出身"。

报馆的一笔款。报纸上骂了几天之后,王金发便叫人送去了五百元。于是乎我们的少年们便开起会议来,第一个问题是:收不收?决议曰:收。第二个问题是:收了之后骂不骂?决议曰:骂。理由是:收钱之后,他是股东;股东不好,自然要骂。

我即刻到报馆去问这事的真假。都是真的。略说了几句不该收他钱的话,一个名为会计的便不高兴了,质问我道:

"报馆为什么不收股本?"

"这不是股本……。"

"不是股本是什么?"

我就不再说下去了,这一点世故是早已知道的,倘我再说出连累我们的话来,他就会面斥我太爱惜不值钱的生命,不肯为社会牺牲,或者明天在报上就可以看见我怎样怕死发抖的记载。

然而事情很凑巧,季茀 [21] 写信来催我往南京了。爱农也很赞成,但颇凄凉,说:

"这里又是那样,仵不得,你快去罢……。"

我懂得他无声的话,决计往南京。先到都督府去辞职,自然照准,派来了一个拖鼻涕的接收员,我交出账目和余款一角又两铜元,不是校长了。后任是孔教会 [22] 会长傅力臣。

---

21. 季茀:许寿裳(1882—1948年),字季茀,浙江绍兴人,教育家。作者留学日本弘文学院时的同学,后又在教育部、北京女子师范大学、广东中山大学等处同事多年。与作者交谊甚笃。著有《我所认识的鲁迅》、《亡友鲁迅印象记》等。抗日战争胜利后,在台湾大学任教。由于他倾向民主和宣传鲁迅,致遭国民党反动派所忌,在1948年2月18日深夜被刺杀于台北。此处所说"写信来催我往南京",是指他受当时教育总长蔡元培之托,邀作者去南京教育部任职。

22. 孔教会:一个为袁世凯窃国复辟服务的尊孔派组织,1912年10月在上海成立,次年迁北京。当时各地封建势力亦纷纷筹建此类组织。绍兴的孔教会会长傅力臣是前清举人,他同时兼任绍兴教育会会长和绍兴师范学校校长。

报馆案[23]是我到南京后两三个星期了结的，被一群兵们捣毁。子英在乡下，没有事；德清适值在城里，大腿上被刺了一尖刀。他大怒。自然，这是很有些痛的，怪他不得。他大怒之后，脱下衣服，照了一张照片，以显示一寸来宽的刀伤，并且做一篇文章叙述情形，向各处分送，宣传军政府的横暴。我想，这种照片现在是大约未必还有人收藏着了，尺寸太小，刀伤缩小到几乎等于无，如果不加说明，看见的人一定以为是带些疯气的风流人物的裸体照片，倘遇见孙传芳[24]大帅，还怕要被禁止的。

我从南京移到北京的时候，爱农的学监也被孔教会会长的校长设法去掉了。他又成了革命前的爱农。我想为他在北京寻一点小事做，这是他非常希望的，然而没有机会。他后来便到一个熟人的家里去寄食，也时时给我信，景况愈困穷，言辞也愈凄苦。终于又非走出这熟人的家不可，便在各处飘浮。不久，忽然从同乡那里得到一个消息，说他已经掉在水里，淹死了。

我疑心他是自杀。因为他是浮水的好手，不容易淹死的。

夜间独坐在会馆里，十分悲凉，又疑心这消息并不确，但无端又觉得这是极其可靠的，虽然并无证据。一点法子都没有，只做了四首诗[25]，后来曾在一种日报上发表，现在是将要忘记完了。只记得一首里的六句，起首四句是："把酒论天下，先生小酒人，大圜犹酩酊，

范爱农

---

23. 报馆案：指王金发所部士兵捣毁《越铎日报》一案。时在1912年8月一日，作者早已于五月离开南京，随教育部迁到北京。这里说"是我到南京后两三个星期了结的"，记忆有误。

24. 孙传芳（1885—1935）：山东历城人，北洋直系军阀。1926年夏他盘踞江浙等地时，曾以保卫礼教为由，下令禁止上海美术专门学校采用裸体模特儿。

25. 作者悼范爱农的诗，实际上是三首。最初发表于1912年8月21日绍兴《民兴日报》，署名黄棘，后收入《集外集》。下面说的"一首"指第三首，其五六句是"此别成终古，从兹绝绪言"。

微醉合沉沦。"中间忘掉两句，末了是"旧朋云散尽，余亦等轻尘。"

后来我回故乡去，才知道一些较为详细的事。爱农先是什么事也没得做，因为大家讨厌他。他很困难，但还喝酒，是朋友请他的。他已经很少和人们来往，常见的只剩下几个后来认识的较为年青的人了，然而他们似乎也不愿意多听他的牢骚，以为不如讲笑话有趣。

"也许明天就收到一个电报，拆开来一看，是鲁迅来叫我的。"他时常这样说。

一天，几个新的朋友约他坐船去看戏，回来已过夜半，又是大风雨，他醉着，却偏要到船舷上去小解。大家劝阻他，也不听，自己说是不会掉下去的。但他掉下去了，虽然能浮水，却从此不起来。

第二天打捞尸体，是在菱荡里找到的，直立着。

我至今不明白他究竟是失足还是自杀。

他死后一无所有，遗下一个幼女和他的夫人。有几个人想集一点钱作他女孩将来的学费的基金，因为一经提议，即有族人来争这笔款的保管权，——其实还没有这笔款，——大家觉得无聊，便无形消散了。

现在不知他唯一的女儿景况如何？倘在上学，中学已该毕业了罢。

11月18日。

（本篇最初发表于1926年12月25日《莽原》半月刊第1卷第24期）

后 记

我在第三篇讲《二十四孝》的开头，说北京恐吓小孩的"马虎子"应作"麻胡子"，是指麻叔谋，而且以他为胡人。现在知道是错了，"胡"应作"祜"，是叔谋之名，见唐人李济翁[1]做的《资暇集》卷下，题云《非麻胡》。原文如次：

"俗怖婴儿曰：麻胡来！不知其源者，以为多髯之神而验刺者，非也。隋将军麻祜，性酷虐[2]，炀帝令开汴河[3]，威棱[4]既盛，至稚童望风而畏，互相恐吓曰：麻祜来！稚童语不正，转祜为胡。只如宪宗朝泾将郝玭[5]，蕃中皆畏惮，其国婴儿啼者，以玭怖之则止。又，武宗朝，

---

1. 李济翁：名匡文，所著《资暇集》共三卷，是一部考证古物、记述史事的书。
2. 酷虐：残酷凶狠。
3. 汴河：亦即通济渠。隋炀帝时，发河南淮北诸郡民众，开掘了名为通济渠的大运河。运河主干在汴水一段，习惯上称之为汴河。
4. 威棱：威力；威势。
5. 郝玭（pín）：《旧唐书》作郝玭，唐名将，镇守西北边疆。唐贞元、元和年间，为临泾（今甘肃镇元县之南）镇将（后升为刺史）。他在边疆三年，每次征战都不带粮草，取之于敌，威镇吐蕃。

闾阎[6]孩孺相胁云：薛尹[7]来！咸类此也。况《魏志》载张文远辽[8]来之明证乎？"（原注：麻祜庙在睢阳[9]。鄜方[10]节度李丕即其后。丕为重建碑。）

原来我的识见，就正和唐朝的"不知其源者"相同，贻讥于千载之前，真是咎有应得，只好苦笑。但又不知麻祜庙碑或碑文，现今尚在睢阳或存于方志中否？倘在，我们当可以看见和小说《开河记》所载相反的他的功业。

因为想寻几张插画，常维钧[11]兄给我在北京搜集了许多材料，有几种是为我所未曾见过的。如光绪己卯（1879）肃州胡文炳[12]作的《二百卌孝图》——原书有注云："卌读如习。"我真不解他何以不直称四十，而必须如此麻烦——即其一。我所反对的"郭巨埋儿"，他于我还未出世的前几年，已经删去了。序有云：

"……坊间所刻《二十四孝》，善矣。然其中郭巨埋儿一事，揆[13]之天理人情，殊不可以训。……炳窃不自量，

6. 闾阎：民间。闾泛指门户，人家。中国古代以二十五家为闾。阎指街巷的门。

7. 薛尹：指薛元赏，唐武宗会昌年间，曾任京兆尹。

8. 张文远辽：张辽（169—222），字文远，三国雁门马邑（今山西朔县）人。曹操部将，屡建战功。建安二十年（215）孙权攻合肥，他率敢死士八百人大破权军，名震江东。

9. 睢（suī）阳：地名，是中华民族的重要发祥地、著名古都，在今河南商丘一带。

10. 鄜（fū）方：在今陕西延安一带。

11. 常维钧：名惠，河北宛平（今北京丰台区）人。北京大学法文系毕业，曾任北大《歌谣》周刊编辑。

12. 胡文炳：字虎臣，甘肃金塔县人。清末官员，长年讲学于金塔、酒泉、玉门等县书院。著有《二百卌孝图》等。

13. 揆：衡量。

妄为编辑。凡矫枉过正而刻意求名者，概从割爱；惟择
其事之不诡于正，而人人可为者，类为六门。……"

这位肃州胡老先生的勇决，委实令我佩服了。但这种意见，恐
怕是怀抱者不乏其人，而且由来已久的，不过大抵不敢毅然删改，
笔之于书。如同治十一年（1872）刻的《百孝图》[14]，前有纪常郑绩
[15] 序，就说：

"……况迩来世风日下，沿习浇漓[16]，不知孝出天性
自然，反以孝作另成一事。且择古人投炉[17]埋儿为忍心
害理，指割股抽肠为损亲遗体。殊未审孝只在乎心，不
在乎迹。尽孝无定形，行孝无定事。古之孝者非在今所宜，
今之孝者难泥古之事。因此时此地不同，而其人其事各
异，求其所以尽孝之心则一也。子夏[18]曰：事父母能竭
其力。故孔门问孝，所答何尝有同然乎？……"

则同治年间就有人以埋儿等事为"忍心害理"，灼然可知。至于这

---

14. 《百孝图》：即《百孝图说》。共四卷，另附诗一卷，清代俞葆真编
    辑，俞泰绘图。
15. 纪常郑绩（1813—1874）：郑绩，字纪常，号鬓士，广东新会人。
    清末画家、诗人。
16. 浇漓：亦作"浇醨"。谓浮艳不实。
17. 投炉：三国时吴国李娥的故事。《太平御览》卷四一五引《纪闻》
    说："娥父吴大帝时为铁官冶，以铸军器；一夕炼金，竭炉而金不
    出。时吴方草创，法令至严，诸耗折官物十万，即坐斩；倍又没入其
    家，而娥父所损折数过千万。娥年十五，痛伤之，因火烈，遂自投入
    炉中，赫然烛天。于是金液沸涌，溢于炉口，娥所蹑二履浮出于炉，
    身则化矣。"
18. 子夏（前507—？）：孔子的著名弟子，"孔门十哲"之一。对儒家
    文献的流传和学术思想的发展作出了重大的贡献，被后世誉为传经之
    鼻祖。

一位"纪常郑绩"先生的意思，我却还是不大懂，或者像是说：这些事现在可以不必学，但也不必说他错。

这部《百孝图》的起源有点特别，是因为见了"粤东颜子"的《百美新咏》[19]而作的。人重色而己重孝，卫道之盛心可谓至矣。虽然是"会稽俞葆真兰浦编辑"，与不佞有同乡之谊，但我还只得老实说：不大高明。例如木兰从军[20]的出典，他注云："隋史"。这样名目的书，现今是没有的；倘是《隋书》，那里面又没有木兰从军的事。

而"中华民国"九年（1920），上海的书店却偏偏将它用石印翻印了，书名的前后各添了两个字：《男女百孝图全传》。第一叶上还有一行小字道：家庭教育的好模范。又加了一篇"吴下大错王鼎谨识"的序，开首先发同治年间"纪常郑绩"先生一流的感慨：

> "慨自欧化东渐，海内承学之士，嚣嚣然侈谈自由平等之说，致道德日就沦胥[21]，人心日益浇漓，寡廉鲜耻，无所不为，侥幸行险，人思幸进，求所谓砥砺廉隅[22]，束身自爱者，世不多睹焉。……起观斯世之忍心害理，几全如陈叔宝[23]之无心肝。长此滔滔，伊何底止？……"

其实陈叔宝模胡到好像"全无心肝"，或者有之，若拉他来配"忍心害理"，却未免有些冤枉。这是有几个人以评"郭巨埋儿"和"李

19.《百美新咏》：清代乾隆时广东颜希源编著的诗画集，内收关于古代美女潘妃、窅（yǎo）娘等百人的诗和画像。

20. 木兰从军：木兰代父从军的故事，见北朝时民间产生的《木兰诗》，不见于"正史"。

21. 沦胥：沦丧。

22. 砥砺廉隅：指磨炼节操。宋苏轼《刘有方可昭宣使依旧嘉州刺史内侍押班制》："砥砺廉隅，有搢绅之风。"

23. 陈叔宝：即南朝陈后主。

娥投炉"的事的。

至于人心,有几点确也似乎正在浇漓起来。自从《男女之秘密》,《男女交合新论》出现后,上海就很有些书名喜欢用"男女"二字冠首。现在是连"以正人心而厚风俗"的《百孝图》上也加上了。这大概为因不满于《百美新咏》而教孝的"会稽俞葆真兰浦"先生所不及料的罢。

从说"百行之先"[24]的孝而忽然拉到"男女"上去,仿佛也近乎不庄重,——浇漓。但我总还想趁便说几句,——自然竭力来减省。

我们中国人即使对于"百行之先",我敢说,也未必就不想到男女上去的。太平无事,闲人很多,偶有"杀身成仁舍生取义"的,本人也许忙得不暇检点,而活着的旁观者总会加以绵密的研究。曹娥的投江觅父[25],淹死后抱父尸出,是载在正史[26],很有许多人知道的。但这一个"抱"字却发生过问题。

我幼小时候,在故乡曾经听到老年人这样讲:

> "……死了的曹娥,和她父亲的尸体,最初是面对面抱着浮上来的。然而过往行人看见的都发笑了,说:哈哈!这么一个年青姑娘抱着这么一个老头子!于是那两个死尸又沉下去了;停了一刻又浮起来,这回是背对背的负着。"

---

24. 百行之先:语出《旧唐书·刘君良附宋兴贵传》所引唐高祖诏:"士有百行,孝敬为先。"

25. 曹娥的投江觅父:《后汉书·列女传》载:"孝女曹娥者,会稽上虞人也。父盱,能弦歌,为巫祝。汉安二年五月五日,于县江涛婆婆迎神,溺死,不得尸骸。娥年十四,乃沿江号哭,昼夜不绝声,旬有七日,遂投江而死。"在三国魏邯郸郭淳作的《曹娥碑》文中才有曹娥"经五日抱父尸出"的话。

26. 正史:历代封建王朝组织编写或认可的史书。清高宗(乾隆)时规定从《史记》到《明史》共二十四部史书为"正史"。

好！在礼义之邦里，连一个年幼——呜呼，"娥年十四"而已——的死孝女要和死父亲一同浮出，也有这么艰难！

我检查《百孝图》和《二百卅孝图》，画师都很聪明，所画的是曹娥还未跳入江中，只在江干啼哭。但吴友如[27]画的《女二十四孝图》（1892）却正是两尸一同浮出的这一幕，而且也正画作"背对背"，如第一图的上方。我想，他大约也知道我所听到的那故事的。还有《后二十四孝图说》，也是吴友如画，也有曹娥，则画作正在投江的情状，如图下。

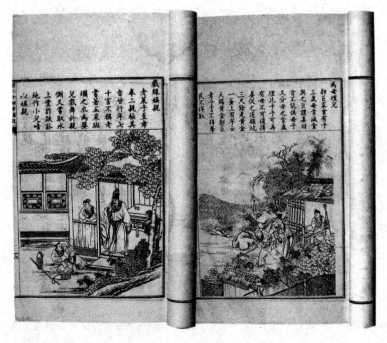

鲁迅收藏的《二十四孝图》

---

27. 吴友如（？—约1893年）：名猷，字友如，江苏元和（今吴县）人，清末画家。

就我现今所见的教孝的图说而言，古今颇有许多遇盗，遇虎，遇火，遇风的孝子，那应付的方法，十之九是"哭"和"拜"。

中国的哭和拜，什么时候才完呢？

至于画法，我以为最简古的倒要算日本的小田海僊本，这本子早已印入《点石斋丛画》里，变成国货，很容易入手的了。吴友如画的最细巧，也最能引动人。但他于历史画其实是不大相宜的；他久居上海的租界里，耳濡目染，最擅长的倒在作"恶鸨虐妓"，"流氓拆梢"[28]一类的时事画，那真是勃勃有生气，令人在纸上看出上海的洋场来。但影响殊不佳，近来许多小说和儿童读物的插画中，往往将一切女性画成妓女样，一切孩童都画得像一个小流氓，大半就因为太看了他的画本的缘故。

而孝子的事迹也比较地更难画，因为总是惨苦的多。譬如"郭巨埋儿"，无论如何总难以画到引得孩子眉飞色舞，自愿躺到坑里去。还有"尝粪心忧"[29]，也不容易引人入胜。还有老莱子的"戏彩娱亲"，题诗上虽说"喜色满庭帏"，而图画上却绝少有有趣的家庭的气息。

我现在选取了三种不同的标本，合成第二图。上方的是《百孝图》中的一部分，"陈村何云梯"画的，画的是"取水上堂诈跌卧地作婴儿啼"这一段。也带出"双亲开口笑"来。中间的一小块是我从"直北李锡彤"画的《二十四孝图诗合刊》上描下来的，画的是"著五色斑斓之衣为婴儿戏于亲侧"这一段；手里捏着"摇咕咚"，就是"婴儿戏"这三个字的点题。但大约李先生觉得一个高大的老头子玩这样的把戏究竟不像样，将他的身子竭力收缩，画成一个有胡子的小孩子了。然而仍然无趣。至于线的错误和缺少，那是不能怪作者的，

后 记

---

28. 拆梢：上海方言。指流氓制造事端诈取财物的行为。

29. 尝粪心忧：梁代庾黔娄的故事。见《梁书·庾黔娄传》，庾黔娄的父亲庾易重病时，医云："欲知差（瘥）剧，但尝粪甜苦。易泄痢，黔娄辄取尝之"。

也不能埋怨我，只能去骂刻工。查这刻工当前清同治十二年（1873）时，是在"山东省布政司街南首路西鸿文堂刻字处"。下方的是"民国壬戌"（1922）慎独山房刻本，无画人姓名，但是双料画法，一面"诈跌卧地"，一面"为婴儿戏"，将两件事合起来，而将"斑斓之衣"忘却了。吴友如画的一本，也合两事为一，也忘了斑斓之衣，只是老莱子比较的胖一些，且绾着双丫髻，——不过还是无趣味。

人说，讽刺和冷嘲只隔一张纸，我以为有趣和肉麻也一样。孩子对父母撒娇可以看得有趣，若是成人，便未免有些不顺眼。放达的夫妻在人面前的互相爱怜的态度，有时略一跨出有趣的界线，也容易变为肉麻。老莱子的作态的图，正无怪谁也画不好。像这些图画上似的家庭里，我是一天也住不舒服的，你看这样一位七十岁的老太爷整年假惺惺地玩着一个"摇咕咚"。

汉朝人在宫殿和墓前的石室里，多喜欢绘画或雕刻古来的帝王、孔子弟子、列士、列女、孝子之类的图。宫殿当然一椽不存了；石室却偶然还有，而最完全的是山东嘉祥县的武氏石室[30]。我仿佛记得那上面就刻着老莱子的故事。但现在手头既没有拓本[31]，也没有《金石萃编》[32]，不能查考了；否则，将现时的和约一千八百年前的图画比较起来，也是一种颇有趣味的事。

关于老莱子的，《百孝图》上还有这样的一段：

---

30. 武氏石室：指东汉武氏家族墓葬的四个石室，四壁有石刻画像，其中以武梁祠为最早，故一般称《武梁祠画像》。

31. 拓本：凡摹拓金石、碑碣、印章之本，皆称为"拓本"，即用纸紧覆在碑帖或金石等器物的文字或花纹上，用墨或其他颜色打出其文字、图形来的印刷品。

32. 《金石萃编》：共一六〇卷，清代王昶（chǎng）编。辑录夏、商、周至宋末的金石文字一千五百余件，《武梁祠画像》也收入在内。

"……莱子又有弄雏娱亲之事：尝弄雏于双亲之侧，欲亲之喜。（原注：《高士传³³》）"

谁做的《高士传》呢？嵇康的，还是皇甫谧的？也还是手头没有书，无从查考。只在新近因为白得了一个月的薪水，这才发狠买来的《太平御览》上查了一通，到底查不着，倘不是我粗心，那就是出于别的唐宋人的类书里的了。但这也没有什么大关系。我所觉得特别的，是文中的那"雏"字。

我想，这"雏"未必一定是小禽鸟。孩子们喜欢弄来玩耍的，用泥和绸或布做成的人形，日本也叫 Hina，写作"雏"。他们那里往往存留中国的古语；而老莱子在父母面前弄孩子的玩具，也比弄小禽鸟更自然。所以英语的 Doll，即我们现在称为"洋囡囡"或"泥人儿"，而文字上只好写作"傀儡"的，说不定古人就称"雏"，后来中绝，便只残存于日本了。但这不过是我一时的臆测，此外也并无什么坚实的凭证。

这弄雏的事，似乎也还没有人画过图。

我所搜集的另一批，是内有"无常"的画像的书籍。一曰《玉历钞传警世》（或无下二字），一曰《玉历至宝钞》（或作编）。其实是两种都差不多的。关于搜集的事，我首先仍要感谢常维钧兄，他寄给我北京龙光斋本，又鉴光斋本；天津思过斋本，又石印局本；南京李光明庄本。其次是章矛尘³⁴兄，给我杭州玛瑙经房本，绍兴许

---

33. 《高士传》：共三卷，晋代皇甫谧撰。记录上古至魏晋高士九十六人。据南宋李石《续博物志》，皇甫原书记述高士七十二人，今本系后人抄录《太平御览》所引嵇康《高士传》、《后汉书》等增益而成。

34. 章矛尘(1901—1981)：名廷谦，字矛尘，笔名川岛，浙江绍兴人。曾参与发起和编辑《语丝》，与鲁迅来往甚密，著有《和鲁迅相处的日子》等。

广记本，最近石印本。又其次是我自己，得到广州宝经阁本，又翰元楼本。

这些《玉历》，有繁简两种，是和我的前言相符的。但我调查了一切无常的画像之后，却恐慌起来了。因为书上的"活无常"是花袍、纱帽、背后插刀；而拿算盘，戴高帽子的却是"死有分"！虽然面貌有凶恶和和善之别，脚下有草鞋和布（？）鞋之殊，也不过画工偶然的随便，而最关紧要的题字，则全体一致，曰："死有分"。呜呼，这明明是专在和我为难。

然而我还不能心服。一者因为这些书都不是我幼小时候所见的那一部，二者因为我还确信我的记忆并没有错。不过撕下一叶来做插画的企图，却被无声无臭地打得粉碎了。只得选取标本各一——南京本的死有分和广州本的活无常——之外，还自己动手，添画一个我所记得的目连戏或迎神赛会中的"活无常"来塞责[35]，如第三图上方。好在我并非画家，虽然太不高明，读者也许不至于嗔责罢。先前想不到后来，曾经对于吴友如先生辈颇说过几句蹊跷话，不料曾几何时，即须自己出丑了，现在就预先辩解几句在这里存案。但是，如果无效，那也只好直抄徐（印世昌）大总统的哲学：听其自然[36]。

还有不能心服的事，是我觉得虽是宣传《玉历》的诸公，于阴间的事情其实也不大了然。例如一个人初死时的情状，那图像就分成两派。一派是只来一位手执钢叉的鬼卒，叫作"勾魂使者"，此外什么都没有；一派是一个马面，两个无常——阳无常和阴无常——而并非活无常和死有分。倘说，那两个就是活无常和死有分罢，则和单个的画像又不一致。如第四图版上的 A，阳无常何尝是花袍纱帽？

---

35. 塞责（sè zé）：尽责。

36. 徐世昌（1855—1939）：字菊人，天津人。清宣统时任内阁协理大臣；1918年至1922年任北洋政府总统。他是一个老于世故的圆滑的官僚，"听其自然"是他常说的处世方法的一句话。

只有阴无常却和单画的死有分颇相像的，但也放下算盘拿了扇。这还可以说大约因为其时是夏天，然而怎么又长了那么长的络腮胡子了呢？难道夏天时疫多，他竟忙得连修刮的工夫都没有了么？这图的来源是天津思过斋的本子，合并声明；还有北京和广州本上的，也相差无几。

B是从南京的李光明庄刻本上取来的，图画和A相同，而题字则正相反了：天津本指为阴无常者，它却道是阳无常。但和我的主张是一致的。那么，倘有一个素衣高帽的东西，不问他胡子之有无，北京人，天津人，广州人只管去称为阴无常或死有分，我和南京人则叫他活无常，各随自己的便罢。"名者，实之宾也"[37]，不关什么紧要的。

不过我还要添上一点C图，是绍兴许广记刻本中的一部分，上面并无题字，不知宣传者之意云何。我幼小时常常走过许广记的门前，也闲看他们刻图画，是专爱用弧线和直线，不大肯作曲线的，所以无常先生的真相，在这里也难以判然。只是他身边另有一个小高帽，却还能分明看出，为别的本子上所无。这就是我所说过的在赛会时候出现的阿领。他连办公时间也带着儿子（？）走，我想，大概是在叫他跟随学习，预备长大之后，可以"无改于父之道"[38]的。

除勾摄人魂外，十殿阎罗王中第四殿五官王的案桌旁边，也什九站着一个高帽脚色。如D图，1取自天津的思过斋本，模样颇漂亮；2是南京本，舌头拖出来了，不知何故；3是广州的宝经阁本，扇子破了；4是北京龙光斋本，无扇，下巴之下一条黑，我看不透它是胡子还是舌头；5是天津石印局本，也颇漂亮，然而站到第七殿泰山王

---

37. "名者，实之宾也"：语见《庄子·逍遥游》。这里的意思是说，事物的本身是主要的，名称是从属的。
38. "无改于父之道"：语见《论语·学而》："三年无改于父之道，可谓孝矣。"

的公案桌边去了：这是很特别的。

又，老虎噬人的图上，也一定画有一个高帽的脚色，拿着纸扇子暗地里在指挥。不知道这也就是无常呢，还是所谓"伥鬼"[39] 但我乡戏文上的伥鬼都不戴高帽子。

研究这一类三魂渺渺，七魄茫茫，"死无对证"的学问，是很新颖，也极占便宜的。假使征集材料，开始讨论，将各种往来的信件都编印起来，恐怕也可以出三四本颇厚的书，并且因此升为"学者"。但是，"活无常学者"，名称不大冠冕，我不想干下去了，只在这里下一个

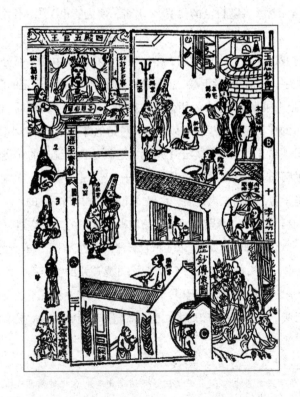

---

39. 伥（chāng）鬼：旧时迷信传说，谓人死于虎，其鬼魂受虎役使者为
    "伥鬼"。

武断：

《玉历》式的思想是很粗浅的："活无常"和"死有分"，合起来是人生的象征。人将死时，本只须死有分来到。因为他一到，这时候，也就可见"活无常"。

但民间又有一种自称"走阴"或"阴差"的，是生人暂时入冥，帮办公事的脚色。因为他帮同勾魂摄魄，大家也就称之为"无常"；又以其本是生魂也，则别之曰"阳"，但从此便和"活无常"隐然相混了。如第四图版之 A，题为"阳无常"的，是平常人的普通装束，足见明明是阴差，他的职务只在领鬼卒进门，所以站在阶下。

既有了生魂入冥的"阳无常"，便以"阴无常"来称职务相似而并非生魂的死有分了。

做目连戏和迎神赛会虽说是祷祈，同时也等于娱乐，扮演出来的应该是阴差，而普通状态太无趣，无所谓扮演，不如奇特些好，于是就将"那一个无常"的衣装给他穿上了；自然原也没有知道得清楚。然而从此也更传讹下去。所以南京人和我之所谓活无常，是阴差而穿着死有分的衣冠，顶着真的活无常的名号，大背经典，荒谬得很的。

不知海内博雅君子，以为何如？

我本来并不准备做什么后记，只想寻几张旧画像来做插图，不料目的不达，便变成一面比较，剪贴，一面乱发议论了。那一点本文或作或辍地几乎做了一年，这一点后记也作或辍地几乎做了两个月。天热如此，汗流浃背，是亦不可以已乎：爰为结[40]。

1927 年 7 月 11 日，写完于广州东堤寓楼之西窗下。

（本篇最初发表于1927年8月10日《莽原》半月刊第2卷第15期）

---

40. 爰为结：于是写此后记，作为全书的总结。爰：于是。

书 名

　　这十幅木刻，即表现着工业的从寂灭中而复兴。由散漫而有组织，因组织而得恢复，自恢复而至盛大。也可以略见人类心理的顺递的变形，但作者似乎不很顾及两种社会底要素之在相克的斗争——意识的纠葛的形象。我想，这恐怕是因为写实底地显示心境，绘画本难于文章，而刻者生长德国，所历的环境也和作者不同的缘故罢。

　　关于梅斐尔德的事情，我知道得极少。仅听说他在德国是一个最革命底的画家，今年才二十七岁，而消磨在牢狱里的光阴倒有八年。他最爱刻印含有革命底内容的版画的连作，我所见过的有汉堡，抚育的门徒和你的姐妹，但都还隐约可以看见悲悯的心情，惟这士敏土之图，则因为背景不同，却很示人以粗豪和组织的力量。

鲁迅

一九三〇年九月二十七日

寂静的工业

工 厂

劳动者

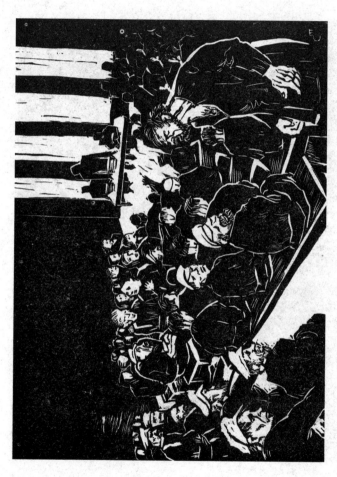

小 组

制动机矿山

第一筐

小红旗

开始作工

工 业

组画《你的姊妹》（选自鲁迅编辑的木刻集《你的姊妹》）

组画《你的姊妹》（选自鲁迅编辑的木刻集《你的姊妹》）

组画《你的姊妹》（选自鲁迅编辑的木刻集《你的姊妹》）

《梅斐尔德木刻士敏土之图》封面（由鲁迅编辑并自费出版）

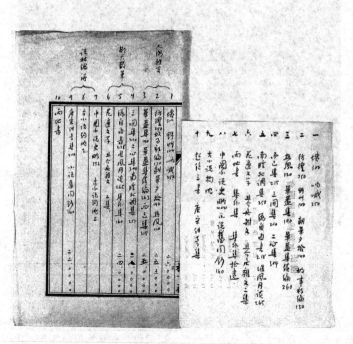

鲁迅散文合集

——集外

鲁迅自拟"三十年集"编目手稿（1936年）

死   1973年创作

    只还记得在发热时，又曾想到欧洲人临死时，往往有一种仪式，是请别人宽恕，自己也宽恕了别人。我的怨敌可谓多矣，倘有新式的人问起我来，怎么回答呢？我想了一想，决定的是：让他们怨恨去，我也一个都不宽恕。

自 言 自 语

一　序

水村的夏夜，摇着大芭蕉扇，在大树下乘凉，是一件极舒服的事。男女都谈些闲天，说些故事。孩子是唱歌的唱歌，猜谜的猜谜。

只有陶老头子，天天独自坐着。因为他一世没有进过城，见识有限，无天可谈。而且眼花耳聋，问七答八，说三话四，很有点讨厌，所以没人理他。

他却时常闭着眼，自己说些什么。仔细听去，虽然昏话多，偶然之间，却也有几句略有意思的段落的。

夜深了，乘凉的都散了。我回家点上灯，还不想睡，便将听得的话写了下来，再看一回，却又毫无意思了。

其实陶老头子这等人，那里真会有好话呢，不过既然写出，姑且留下罢了。

留下又怎样呢？这是连我也答复不来。

中华民国八年八月八日灯下记。

二　火的冰

流动的火，是熔化的珊瑚么？

中间有些绿白,像珊瑚的心,浑身通红,像珊瑚的肉,外层带些黑,是珊瑚焦了。

好是好呵,可惜拿了要烫手。

遇着说不出的冷,火便结了冰了。

中间有些绿白,像珊瑚的心,浑身通红,像珊瑚的肉,外层带些黑,也还是珊瑚焦了。

好是好呵,可惜拿了便要火烫一般的冰手。

火,火的冰,人们没奈何他,他自己也苦么?

唉,火的冰。

唉,唉,火的冰的人!

三 古城

你以为那边是一片平地么?不是的。其实是一座沙山,沙山里面是一座古城。这古城里,一直从前住着三个人。

古城不很大,却很高。只有一个门,门是一个闸。

青铅色的浓雾,卷着黄沙,波涛一般的走。

少年说,"沙来了。活不成了。孩子快逃罢。"

老头子说,"胡说,没有的事。"

这样的过了三年和十二个月另八天。

少年说,"沙积高了,活不成了。孩子快逃罢。"

老头子说,"胡说,没有的事。"

少年想开闸,可是重了。因为上面积了许多沙了。

少年拼了死命,终于举起闸,用手脚都支着,但总不到二尺高。

少年挤那孩子出去说,"快走罢!"

老头子拖那孩子回来说,"没有的事!"

少年说,"快走罢!这不是理论,已经是事实了!"

青铅色的浓雾，卷着黄沙，波涛一般的走。

以后的事，我可不知道了。

你要知道，可以掘开沙山，看看古城。闸门下许有一个死尸。闸门里是两个还是一个？

四　螃蟹

老螃蟹觉得不安了，觉得全身太硬了。自己知道要蜕壳了。

他跑来跑去的寻。他想寻一个窟穴，躲了身子，将石子堵了穴口，隐隐的蜕壳。他知道外面蜕壳是危险的。身子还软，要被别的螃蟹吃去的。这并非空害怕，他实在亲眼见过。他慌慌张张的走。

旁边的螃蟹问他说，"老兄，你何以这般慌？"

他说，"我要蜕壳了。"

"就在这里蜕不很好么？我还要帮你呢。""那可太怕人了。"

"你不怕窟穴里的别的东西，却怕我们同种么？"

"我不是怕同种。"

"那还怕什么呢？"

"就怕你要吃掉我。"

五　波儿

波儿气愤愤的跑了。

波儿这孩子，身子有矮屋一般高了，还是淘气，不知道从那里学了坏样子，也想种花了。

不知道从那里要来的蔷薇子，种在干地上，早上浇水，上午浇水，正午浇水。

正午浇水，土上面一点小绿，波儿很高兴，午后浇水，小绿不见了，许是被虫子吃了。

波儿去了喷壶，气愤愤的跑到河边，看见一个女孩子哭着。

波儿说，"你为什么在这里哭？"

女孩子说，"你尝河水什么味罢。"

波儿尝了水，说是"淡的"。

女孩子说，"我落下了一滴泪了，还是淡的，我怎么不哭呢。"

波儿说，"你是傻丫头！"

波儿气愤愤的跑到海边，看见一个男孩子哭着。

波儿说，"你为什么在这里哭？"

男孩子说，"你看海水是什么颜色？"

波儿看了海水，说是"绿的"。

男孩子说，"我滴下了一点血了，还是绿的，我怎么不哭呢。"

波儿说，"你是傻小子！"

波儿才是傻小子哩。世上那有半天抽芽的蔷薇花，花的种子还在土里呢。

便是终于不出，世上也不会没有蔷薇花。

六　我的父亲

我的父亲躺在床上，喘着气，脸上很瘦很黄，我有点怕敢看他了。他眼睛慢慢闭了，气息渐渐平了。我的老乳母对我说，"你的爹要死了，你叫他罢。"

"爹爹。"

"不行，大声叫！"

"爹爹！"

我的父亲张一张眼，口边一动，彷佛有点伤心，——他仍然慢慢的闭了眼睛。

我的老乳母对我说，"你的爹死了。"

阿！我现在想，大安静大沈寂的死，应该听他慢慢到来。谁敢乱嚷，是大过失。

我何以不听我的父亲，徐徐入死，大声叫他。

阿！我的老乳母。你并无恶意，却教我犯了大过，扰乱我父亲的死亡，使他只听得叫"爹"，却没有听到有人向荒山大叫。

那时我是孩子，不明白什么事理。现在，略略明白，已经迟了。我现在告知我的孩子，倘我闭了眼睛，万不要在我的耳朵边叫了。

七　我的兄弟

我是不喜欢放风筝的，我的一个小兄弟是喜欢放风筝的。

我的父亲死去之后，家里没有钱了。我的兄弟无论怎么热心，也得不到一个风筝了。

一天午后，我走到一间从来不用的屋子里，看见我的兄弟，正躲在里面糊风筝，有几支竹丝，是自己削的，几张皮纸，是自己买的，有四个风轮，已经糊好了。

我是不喜欢放风筝的，也最讨厌他放风筝，我便生气，踏碎了风轮，拆了竹丝，将纸也撕了。

我的兄弟哭着出去了，悄然的在廊下坐着，以后怎样，我那时没有理会，都不知道了。

我后来悟到我的错处。我的兄弟却将我这错处全忘了，他总是很要好的叫我"哥哥"。

我很抱歉，将这事说给他听，他却连影子都记不起了。他仍是很要好的叫我"哥哥"。

阿！我的兄弟。你没有记得我的错处，我能请你原谅么？

然而还是请你原谅罢！

生 命 的 路

　　想到人类的灭亡是一件大寂寞大悲哀的事；然而若干人们的灭亡，却并非寂寞悲哀的事。

　　生命的路是进步的，总是沿着无限的精神三角形的斜面向上走，什么都阻止他不得。

　　自然赋与人们的不调和还很多，人们自己萎缩堕落退步的也还很多，然而生命决不因此回头。无论什么黑暗来防范思潮，什么悲惨来袭击社会，什么罪恶来亵渎人道，人类的渴仰完全的潜力，总是踏了这些铁蒺藜向前进。

　　生命不怕死，在死的面前笑着跳着，跨过了灭亡的人们向前进。

　　什么是路？就是从没路的地方践踏出来的，从只有荆棘的地方开辟出来的。

　　以前早有路了，以后也该永远有路。

　　人类总不会寂寞，因为生命是进步的，是乐天的。昨天，我对我的朋友 L 说，"一个人死了，在死者自身和他的眷属是悲惨的事，但在一村一镇的人看起来不算什么；就是一省一国一种……"

　　L 很不高兴，说，"这是 Nature（自然）的话，不是人们的话。你应该小心些。"

　　我想，他的话也不错。

无　题

　　私立学校游艺大会的第二日，我也和几个朋友到中央公园去走一回。

　　我站在门口帖着"昆曲"两字的房外面，前面是墙壁，而一个人用了全力要从我的背后挤上去，挤得我喘不出气。他似乎以为我是一个没有实质的灵魂了，这不能不说他有一点错。

　　回去要分点心给孩子们，我于是乎到一个制糖公司里去买东西。买的是"黄枚朱古律三文治"。

　　这是盒子上写着的名字，很有些神秘气味了。然而不的，用英文，不过是 Chocolate apricot sandwich。

　　我买定了八盒这"黄枚朱古律三文治"，付过钱，将他们装入衣袋里。不幸而我的眼光忽然横溢了，于是看见那公司的伙计正揸开了五个指头，罩住了我所未买的别的一切"黄枚朱古律三文治"。

　　这明明是给我的一个侮辱！然而，其实，我可不应该以为这是一个侮辱，因为我不能保证他如不罩住，也可以在纷乱中永远不被偷。也不能证明我决不是一个偷儿，也不能自己保证我在过去现在以至未来决没有偷窃的事。

　　但我在那时不高兴了，装出虚伪的笑容，拍着这伙计的肩头说：

　　"不必的，我决不至于多拿一个……"

他说："那里那里……"赶紧掣回手去，于是惭愧了。这很出我意外，——我预料他一定要强辩，——于是我也惭愧了。

这种惭愧，往往成为我的怀疑人类的头上的一滴冷水，这于我是有损的。

夜间独坐在一间屋子里，离开人们至少也有一丈多远了。吃着分剩的"黄枚朱古律三文治"；看几叶托尔斯泰的书，渐渐觉得我的周围，又远远地包着人类的希望。

四月十二日。

送灶日漫笔

坐听着远远近近的爆竹声，知道灶君先生们都在陆续上天，向玉皇大帝讲他的东家的坏话去了，但是他大概终于没有讲，否则，中国人一定比现在要更倒楣。

灶君升天的那日，街上还卖着一种糖，有柑子那么大小，在我们那里也有这东西，然而扁的，像一个厚厚的小烙饼。那就是所谓"胶牙饧"了。本意是在请灶君吃了，粘住他的牙，使他不能调嘴学舌，对玉帝说坏话。我们中国人意中的神鬼，似乎比活人要老实些，所以对鬼神要用这样的强硬手段，而于活人却只好请吃饭。

今之君子往往讳言吃饭，尤其是请吃饭。那自然是无足怪的，的确不大好听。只是北京的饭店那么多，饭局那么多，莫非都在食蛤蜊，谈风月，"酒酣耳热而歌呜呜"么？不尽然的，的确也有许多"公论"从这些地方播种，只因为公论和请帖之间看不出蛛丝马迹，所以议论便堂哉皇哉了。但我的意见，却以为还是酒后的公论有情。人非木石，岂能一味谈理，碍于情面而偏过去了，在这里正有着人气息。况且中国是一向重情面的。何谓情面？明朝就有人解释过，曰："情面者，面情之谓也。"自然不知道他说什么，但也就可以懂得他说什么。在现今的世上，要有不偏不倚的公论，本来是一种梦想；即使是饭后的公评，酒后的宏议，也何尝不可姑妄听之呢。然而，倘以为那是真正老牌的公论，却一定上当，——但这也不能独归罪于公论家，社会上风行请吃饭而讳言请吃饭，使人们不得不虚假，那自然也应该分任其咎的。

记得好几年前，是"兵谏"之后，有枪阶级专喜欢在天津会议的时候，有一个青年愤愤地告诉我道：他们那里是会议呢，在酒席上，在赌桌上，带着说几句就决定了。他就是受了"公论不发源于酒饭说"之骗的一个，所以永远是愤然，殊不知他那理想中的情形，怕要到二九二五年才会出现呢，或者竟许到三九二五年。

然而不以酒饭为重的老实人，却是的确也有的，要不然，中国自然还要坏。有些会议，从午后二时起，讨论问题，研究章程，此问彼难，风起云涌，一直到七八点，大家就无端觉得有些焦躁不安，脾气愈大了，议论愈纠纷了，章程愈渺茫了，虽说我们到讨论完毕后才散罢，但终于一哄而散，无结果。这就是轻视了吃饭的报应，六七点钟时分的焦躁不安，就是肚子对于本身和别人的警告，而大家误信了吃饭与讲公理无关的妖言，毫不瞅睬，所以肚子就使你演说也没精采，宣言也——连草稿都没有。

但我并不说凡有一点事情，总得到什么太平湖饭店，撷英番菜馆之类里去开大宴；我于那些店里都没有股本，犯不上替他们来拉主顾，人们也不见得都有这么多的钱。我不过说，发议论和请吃饭，现在还是有关系的；请吃饭之于发议论，现在也还是有益处的；虽然，这也是人情之常，无足深怪的。

顺便还要给热心而老实的青年们进一个忠告，就是没酒没饭的开会，时候不要开得太长，倘若时候已晚了，那么，买几个烧饼来吃了再说。这么一办，总可以比空着肚子的讨论容易有结果，容易得收场。

胶牙饧的强硬办法，用在灶君身上我不管它怎样，用之于活人是不大好的。倘是活人，莫妙于给他醉饱一次，使他自己不开口，却不是胶住他。中国人对人的手段颇高明，对鬼神却总有些特别，二十三夜的捉弄灶君即其一例，但说起来也奇怪，灶君竟至于到了现在，还仿佛没有省悟似的。

道士们的对付"三尸神"，可是更利害了。我也没有做过道士，详细是不知道的，但据"耳食之言"，则道士们以为人身中有三尸神，到有一日，便乘人熟睡时，偷偷地上天去奏本身的过恶。这实在是人体本身中的奸细，《封神传演义》常说的"三尸神暴躁，七窍生烟"的三尸神，也就是这东西。但据说要抵制他却不难，因为他上天的日子是有一定的，只要这一日不睡觉，他便无隙可乘，只好将过恶都放在肚子里，再看明年的机会了。连胶牙饧都没得吃，他实在比灶君还不幸，值得同情。

三尸神不上天，罪状都放在肚子里；灶君虽上天，满嘴是糖，在玉皇大帝面前含含胡胡地说了一通，又下来了。对于下界的情形，玉皇大帝一点也听不懂，一点也不知道，于是我们今年当然还是一切照旧，天下太平。

我们中国人对于鬼神也有这样的手段。

我们中国人虽然敬信鬼神；却以为鬼神总比人们傻，所以就用了特别的方法来处治他。至于对人，那自然是不同的了，但还是用了特别的方法来处治，只是不肯说；你一说，据说你就是卑视了他了。诚然，自以为看穿了的话，有时也的确反不免于浅薄。

二月五日。

送灶日漫笔

207

记念刘和珍君

一

中华民国十五年三月二十五日，就是国立北京女子师范大学为十八日在段祺瑞执政府 [1] 前遇害的刘和珍杨德群 [2] 两君开追悼会的那一天，我独在礼堂外徘徊，遇见程君，前来问我道，"先生可曾为刘和珍写了一点什么没有？"我说"没有"。她就正告我，"先生还是写一点罢；刘和珍生前就很爱看先生的文章。"

这是我知道的，凡我所编辑的期刊，大概是因为往往有始无终

---

1. 段祺瑞执政府：位于原和亲王府，清雍正第五子弘昼封和亲王之府邸。民国以后改成了北洋政府海军部所在地。1924年直奉战争结束后改为段祺瑞执政府。段祺瑞（1865—1936），安徽合肥人，民国时期政治家，皖系军阀首领。

2. 刘和珍(1904—1926)，女，江西省南昌人，先后就读于南昌女子师范学校、北京女子师范大学。积极参加学生爱国运动，带领同学们向封建势力、反动军阀宣战，是北京学生运动的领袖之一。1926年在"三一八惨案"中遇害，年仅22岁。杨德群（1902—1926），湖南湘阴（今汨罗）人，先后就读于湖南省立第一女子师范学校、北京女子师范大学。积极参加学生爱国运动。"三一八"惨案中与刘和珍一起遇难。

之故罢，销行一向就甚为寥落，然而在这样的生活艰难中，毅然预定了《莽原》[3]全年的就有她。我也早觉得有写一点东西的必要了，这虽然于死者毫不相干，但在生者，却大抵只能如此而已。倘使我能够相信真有所谓"在天之灵"，那自然可以得到更大的安慰，——但是，现在，却只能如此而已。

可是我实在无话可说。我只觉得所住的并非人间。四十多个青年的血，洋溢在我的周围，使我艰于呼吸视听，那里还能有什么言语？长歌当哭[4]，是必须在痛定之后的。而此后几个所谓学者文人的阴险的论调，尤使我觉得悲哀。我已经出离愤怒了。我将深味这非人间的浓黑的悲凉；以我的最大哀痛显示于非人间，使它们快意于我的苦痛，就将这作为后死者的菲薄的祭品，奉献于逝者的灵前。

二

真的猛士，敢于直面惨淡的人生，敢于正视淋漓的鲜血。这是怎样的哀痛者和幸福者？然而造化又常常为庸人设计，以时间的流驶，来洗涤旧迹，仅使留下淡红的血色和微漠的悲哀。在这淡红的血色和微漠的悲哀中，又给人暂得偷生，维持着这似人非人的世界。我不知道这样的世界何时是一个尽头！

我们还在这样的世上活着；我也早觉得有写一点东西的必要了。离三月十八日也已有两星期，忘却的救主快要降临了罢，我正有写一点东西的必要了。

记念刘和珍君

---

3. 《莽原》：文艺杂志，1926年1月10日在北京创刊，鲁迅主编，由未名社发行。至1927年12月出至第2卷第24期停刊。

4. 长歌当（dàng）哭：用长声歌咏或写诗文来代替痛哭，借以抒发心中的悲愤。长歌：长声歌咏，也指写诗；当：当作。

三

在四十余被害的青年之中，刘和珍君是我的学生。学生云者，我向来这样想，这样说，现在却觉得有些踌躇了，我应该对她奉献我的悲哀与尊敬。她不是"苟活到现在的我"的学生，是为了中国而死的中国的青年。

她的姓名第一次为我所见，是在去年夏初杨荫榆[5]女士做女子师范大学校长，开除校中六个学生自治会职员的时候。其中的一个就是她；但是我不认识。直到后来，也许已经是刘百昭[6]率领男女武将，强拖出校之后了，才有人指着一个学生告诉我，说：这就是刘和珍。其时我才能将姓名和实体联合起来，心中却暗自诧异。我平素想，能够不为势利所屈，反抗一广有羽翼的校长的学生，无论如何，总该是有些桀骜[7]锋利的，但她却常常微笑着，态度很温和。待到偏安于宗帽胡同，赁屋授课之后，她才始来听我的讲义，于是见面的回数就较多了，也还是始终微笑着，态度很温和。待到学校恢复旧观，往日的教职员以为责任已尽，准备陆续引退的时候，我才见她虑及母校前途，黯然至于泣下。此后似乎就不相见。总之，在我的记忆上，那一次就是永别了。

四

我在十八日早晨，才知道上午有群众向执政府请愿的事；下午便

---

5. 杨荫榆（1884—1938）：江苏无锡人，曾赴日美留学，中国第一位女性大学校长。1924年2月被任命为国立北京女子师范大学校长，1925年8月辞职。在抗日战争中，她不畏艰险，挺身而出保护自己的同胞，最终命丧日寇之手。

6. 刘百昭（1893—?）：字可亭，湖南武冈人。曾留学英国。回国后，于1925年4月任北京政府教育部专门教育司司长。

7. 桀骜（jiéào）：性情倔强不驯顺。

得到噩耗，说卫队居然开枪，死伤至数百人，而刘和珍君即在遇害者之列。但我对于这些传说，竟至于颇为怀疑。

我向来是不惮[8]以最坏的恶意，来推测中国人的，然而我还不料，也不信竟会下劣凶残到这地步。况且始终微笑着的和蔼的刘和珍君，更何至于无端在府门前喋血呢？

然而即日证明是事实了，作证的便是她自己的尸骸。还有一具，是杨德群君的。而且又证明着这不但是杀害，简直是虐杀，因为身体上还有棍棒的伤痕。

但段政府就有令，说她们是"暴徒"！

但接着就有流言，说她们是受人利用的。

惨象，已使我目不忍视了；流言，尤使我耳不忍闻。我还有什么话可说呢？我懂得衰亡民族之所以默无声息的缘由了。沉默呵，沉默呵！不在沉默中爆发，就在沉默中灭亡。

五

但是，我还有要说的话。

我没有亲见；听说，她，刘和珍君，那时是欣然前往的。

自然，请愿而已，稍有人心者，谁也不会料到有这样的罗网。但竟在执政府前中弹了，从背部入，斜穿心肺，已是致命的创伤，只是没有便死。同去的张静淑君想扶起她，中了四弹，其一是手枪，立仆[9]；同去的杨德群君又想去扶起她，也被击，弹从左肩入，穿胸偏右出，也立仆。但她还能坐起来，一个兵在她头部及胸部猛击两棍，于是死掉了。

始终微笑的和蔼的刘和珍君确是死掉了，这是真的，有她自己

---

8. 不惮（dàn）：不害怕。
9. 立仆：立刻倒下。

的尸骸为证；沉勇而友爱的杨德群君也死掉了，有她自己的尸骸为证；只有一样沉勇而友爱的张静淑君还在医院里呻吟。当三个女子从容地转辗于文明人所发明的枪弹的攒射中的时候，这是怎样的一个惊心动魄的伟大呵！中国军人的屠戮妇婴的伟绩，八国联军的惩创学生的武功，不幸全被这几缕血痕抹杀了。

但是中外的杀人者却居然昂起头来，不知道个个脸上有着血污……。

六

时间永是流驶，街市依旧太平，有限的几个生命，在中国是不算什么的，至多，不过供无恶意的闲人以饭后的谈资，或者给有恶意的闲人作"流言"的种子。至于此外的深的意义，我总觉得很寥寥，因为这实在不过是徒手的请愿。人类的血战前行的历史，正如煤的形成，当时用大量的木材，结果却只是一小块，但请愿是不在其中的，更何况是徒手。

然而既然有了血痕了，当然不觉要扩大。至少，也当浸渍了亲族，师友，爱人的心，纵使时光流驶，洗成绯红，也会在微漠的悲哀中永存微笑的和蔼的旧影。陶潜说过，"亲戚或余悲，他人亦已歌。死去何所道，托体同山阿。"[10]倘能如此，这也就够了。

七

我已经说过：我向来是不惮以最坏的恶意来推测中国人的。但这回却很有几点出于我的意外。一是当局者竟会这样地凶残，一是流

---

10. 语出陶渊明《挽歌其三》最末两句。陶潜（365—427），即陶渊明，字元亮，别号五柳先生，东晋著名诗人。

言家竟至如此之下劣，一是中国的女性临难竟能如是之从容。

我目睹中国女子的办事，是始于去年的，虽然是少数，但看那干练坚决，百折不回的气概，曾经屡次为之感叹。至于这一回在弹雨中互相救助，虽殒身不恤[11]的事实，则更足为中国女子的勇毅，虽遭阴谋秘计，压抑至数千年，而终于没有消亡的明证了。倘要寻求这一次死伤者对于将来的意义，意义就在此罢。

苟活者在淡红的血色中，会依稀看见微茫的希望；真的猛士，将更奋然而前行。

呜呼，我说不出话，但以此记念刘和珍君！

4月1日。

（本篇最初发表于1926年4月12日《语丝》周刊第74期）

记念刘和珍君

---

11. 殒身不恤：牺牲生命也不顾惜。恤（xù）：顾惜。

致 许 广 平

（1925年3月11日）

广平兄：

今天收到来信，有些问题恐怕我答不出，姑且写下去看——

学风如何，我以为是和政治状态及社会情形相关的，倘在山林中，该可以比城市好一点，只要办事人员好。但若政治昏暗，好的人也不能做办事人员，学生在学校中，只是少听到一些可厌的新闻，待到出校和社会接触，仍然要苦痛，仍然要堕落，无非略有迟早之分。所以我的意思，以为倒不如在都市中，要堕落的从速堕落罢，要苦痛的速速苦痛罢，否则从较为宁静的地方突到闹处，也须意外地吃惊受苦，而其苦痛之总量，与本在都市者略同。

学校的情形，也向来如此，但一二十年前，看去仿佛较好者，乃是因为足够办学资格的人们不很多，因而竞争也不猛烈的缘故。现在可多了，竞争也猛烈了，于是坏脾气也就彻底显出。教育界的称为清高，本是粉饰之谈，其实和别的什么界都一样，人的气质不大容易改变，进几年大学是无甚效力的。况且又有这样的环境，正如人身的血液一坏，体中的一部分决不能独保健康一样，教育界也不会在这样的民国里特别清高的。

所以，学校之不甚高明，其实由来已久，加以金钱的魔力，本是非常之大，而中国又是向来善于运用金钱诱惑法术的地方，于是自然就成了这现象。听说现在是中学校也有这样的了，间有例外，大约即因年龄太小，还未感到经济困难或花费的必要之故罢。至于传入女校，当是近来的事，大概其起因，当在女性已经自觉到经济独立的必要，而借以获得这独立的方法，则不外两途，一是力争，一是巧取。前一法很费力，于是就堕入后一手段去，就是略一清醒，又复昏睡了。可是这情形不独女界为然，男人也多如此，所不同者巧取之外，还有豪夺而已。

我其实哪里会"立地成佛"，许多烟卷，不过是麻醉药，烟雾中也没有见过极乐世界。假使我真有指导青年的本领——无论指导得错不错——我决不藏匿起来，但可惜我连自己也没有指南针，到现在还是乱闯。倘若闯入深渊，自己有自己负责，领着别人又怎么好呢？我之怕上讲台讲空话者就为此。记得有一种小说里攻击牧师，说有一个乡下女人，向牧师历诉困苦的半生，请他救助，牧师听毕答道，"忍着罢，上帝使你在生前受苦，死后定当赐福的。"其实古今的圣贤以及哲人学者之所说，何尝能比这高明些，他们之所谓"将来"，不就是牧师之所谓"死后"么？我所知道的话就全是这样，我不相信，但自己也并无更好的解释。章锡琛先生的答话是一定要模胡的，听说他自己在书铺子里做伙计，就时常叫苦连天。

我想，苦痛是总与人生联带的，但也有离开的时候，就是当熟睡之际。醒的时候要免去若干苦痛，中国的老法子是"骄傲"与"玩世不恭"，我觉得我自己就有这毛病，不大好。苦茶加糖，其苦之量如故，只是聊胜于无糖，但这糖就不容易找到，我不知道在哪里，这一节只好交白卷了。

以上许多话，仍等于章锡琛，我再说我自己如何在世上混过去的方法，以供参考罢——

一、走"人生"的长途，最易遇到的有两大难关。其一是"歧路"，倘是墨翟先生，相传是恸哭而返的。但我不哭也不返，先在歧路头坐下，歇一会，或者睡一觉，于是选一条似乎可走的路再走，倘遇见老实人，也许夺他食物充饥，但是不问路，因为我料他并不知道的。如果遇见老虎，我就爬上树去，等它饿得走去了再下来，倘它竟不走，我就自己饿死在树上，而且先用带子缚住，连死尸也决不给它吃。但倘若没有树呢？那么，没有法子，只好请它吃了，但也不妨也咬它一口。其二便是"穷途"了，听说阮籍先生也大哭而回，我却也像在歧路上的办法一样，还是跨进去，在刺丛里姑且走走，但我也并未遇到全是荆棘毫无可走的地方过，不知道是否世上本无所谓穷途，还是我幸而没有遇着。

二、对于社会的战斗，我是并不挺身而出的，我不劝别人牺牲什么之类者就为此。欧战的时候，最重"壕堑战"，战士伏在壕中，有时吸烟，也唱歌，打纸牌，喝酒，也在壕内开美术展览会，但有时忽向敌人开他几枪。中国多暗箭，挺身而出的勇士容易丧命，这种战法是必要的罢。但恐怕也有时会逼到非短兵相接不可的，这时候，没有法子，就短兵相接。

总结起来，我自己对于苦闷的办法，是专与袭来的苦痛捣乱，将无赖手段当作胜利，硬唱凯歌，算是乐趣，这或者就是糖罢。但临末也还是归结到"没有法子"，这真是没有法子！

以上，我自己的办法说完了，就不过如此，而且近于游戏，不像步步走在人生的正轨上（人生或者有正轨罢，但我不知道）。我相信写了出来，未必于你有用，但我也只能写出这些罢了。

鲁迅　三月十一日。

再 谈 香 港

我经过我所视为"畏途"的香港，算起来九月二十八日是第三回。第一回带着一点行李，但并没有遇见什么事。第二回是单身往来，那情状，已经写过一点了。这回却比前两次仿佛先就感到不安，因为曾在《创造月刊》上王独清先生的通信中，见过英国雇用的中国同胞上船"查关"的威武：非骂则打，或者要几块钱。而我是有十只书箱在统舱里，六只书箱和衣箱在房舱里的。

看看挂英旗的同胞的手腕，自然也可说是一种经历，但我又想，这代价未免太大了，这些行李翻动之后，单是重行整理捆扎，就须大半天；要实验，最好只有一两件。然而已经如此，也就随他如此罢。只是给钱呢，还是听他逐件查验呢？倘查验，我一个人一时怎么收拾呢？

船是二十八日到香港的，当日无事。第二天午后，茶房匆匆跑来了，在房外用手招我道：

"查关！开箱子去！"

我拿了钥匙，走进统舱，果然看见两位穿深绿色制服的英属同胞，手执铁签，在箱堆旁站着。我告诉他这里面是旧书，他似乎不懂，嘴里只有三个字：

"打开来！"

"这是对的，"我想，"他怎能相信漠不相识的我的话呢。"

自然打开来，于是靠了两个茶房的帮助，打开来了。

他一动手，我立刻觉得香港和广州的查关的不同。我出广州，也曾受过检查。但那边的检查员，脸上是有血色的，也懂得我的话。每一包纸或一部书，抽出来看后，便放在原地方，所以毫不凌乱。的确是检查。而在这"英人的乐园"的香港可大两样了。检查员的脸是青色的，也似乎不懂我的话。他只将箱子的内容倒出，翻搅一通，倘是一个纸包，便将包纸撕破，于是一箱书籍，经他搅松之后，便高出箱面有六七寸了。

"打开来！"

其次是第二箱。我想，试一试罢。

"可以不看吗？"我低声说。

"给我十块钱。"他也低声说。他懂得我的话的。

"两块。"我原也肯多给几块的，因为这检查法委实可怕，十箱书收拾妥帖，至少要五点钟。可惜我一元的钞票只有两张了，此外是十元的整票，我一时还不肯献出去。

"打开来！"

两个茶房将第二箱抬到舱面上，他如法泡制，一箱书又变了一箱半，还撕碎了几个厚纸包。一面"查关"，一面磋商，我添到五元，他减到七元，即不肯再减。其时已经开到第五箱，四面围满了一群看热闹的旁观者。

箱子已经开了一半了，索性由他看去罢，我想着，便停止了商议，只是"打开来"。但我的两位同胞也仿佛有些厌倦了似的，渐渐不像先前一般翻箱倒箧，每箱只抽二三十本书，抛在箱面上，便画了查讫的记号了。其中有一束旧信札，似乎颇惹起他们的兴味，振了一振精神，但看过四五封之后，也就放下了。此后大抵又开了一箱罢，他们便离开了乱书堆：这就是终结。

我仔细一看，已经打开的是八箱，两箱丝毫未动。而这两个硕果，却全是伏园的书箱，由我替他带回上海来的。至于我自己的东西，是全部乱七八糟。

"吉人自有天相，伏园真福将也！而我的华盖运却还没有走完，噫吁唏……"我想着，蹲下去随手去拾乱书。拾不几本，茶房又在舱口大声叫我了：

"你的房里查关，开箱子去！"

我将收拾书箱的事托了统舱的茶房，跑回房舱去。果然，两位英属同胞早在那里等我了。床上的铺盖已经掀得稀乱，一个凳子躺在被铺上。我一进门，他们便搜我身上的皮夹。我以为意在看看名刺，可以知道姓名。然而并不看名刺，只将里面的两张十元钞票一看，便交还我了。还嘱咐我好好拿着，仿佛很怕我遗失似的。

其次是开提包，里面都是衣服，只抖开了十来件，乱堆在床铺上。其次是看网篮，有一个包着七元大洋的纸包，打开来数了一回，默然无话。还有一包十元的在底里，却不被发见，漏网了。其次是看长椅子上的手巾包，内有角子一包十元，散的四五元，铜子数十枚，看完之后，也默然无话。其次是开衣箱。这回可有些可怕了。我取锁匙略迟，同胞已经捏着铁签作将要毁坏铰链之势，幸而钥匙已到，始庆安全。里面也是衣服，自然还是照例的抖乱，不在话下。

"你给我们十块钱，我们不搜查你了。"一个同胞一面搜衣箱，一面说。

我就抓起手巾包里的散角子来，要交给他。但他不接受，回过头去再"查关"。

话分两头。当这一位同胞在查提包和衣箱时，那一位同胞是在查网篮。但那检查法，和在统舱里查书箱的时候又两样了。那时还不过捣乱，这回却变了毁坏。他先将鱼肝油的纸匣撕碎，掷在地板上，还用铁签在蒋径三君送我的装着含有荔枝香味的茶叶的瓶上钻了一个洞。一面钻，一面四顾，在桌上见了一把小刀。这是在北京时用十几个铜子从白塔寺买来，带到广州，这回削过杨桃的。事后一量，连柄长华尺五寸三分。然而据说是犯了罪了。

"这是凶器，你犯罪的。"他拿起小刀来，指着向我说。

我不答话，他便放下小刀，将盐煮花生的纸包用指头挖了一个洞。接着又拿起一盒蚊烟香。

"这是什么？"

"蚊烟香。盒子上不写着么？"我说。

"不是。这有些古怪。"

他于是抽出一枝来，嗅着。后来不知如何，因为这一位同胞已经搜完衣箱，我须去开第二只了。这时却使我非常为难，那第二只里并不是衣服或书籍，是极其零碎的东西：照片，钞本，自己的译稿，别人的文稿，剪存的报章，研究的资料……。我想，倘一毁坏或搅乱，那损失可太大了。而同胞这时忽又去看了一回手巾包。我于是大悟，决心拿起手巾包里十元整封的角子，给他看了一看。他回头向门外一望，然后伸手接过去，在第二只箱上画了一个查讫的记号，走向那一位同胞去。大约打了一个暗号罢，——然而奇怪，他并不将钱带走，却塞在我的枕头下，自己出去了。

这时那一位同胞正在用他的铁签，恶狠狠地刺入一个装着饼类的坛子的封口去。我以为他一听到暗号，就要中止了。而孰知不然。他仍然继续工作，挖开封口，将盖着的一片木板摔在地板上，碎为两片，然后取出一个饼，捏了一捏，掷入坛中，这才也扬长而去了。

天下太平。我坐在烟尘陡乱，乱七八糟的小房里，悟出我的两位同胞开手的捣乱，倒并不是恶意。即使议价，也须在小小乱七八糟之后，这是所以"掩人耳目"的，犹言如此凌乱，可见已经检查过。王独清先生不云乎？同胞之外，是还有一位高鼻子，白皮肤的主人翁的。当收款之际，先看门外者大约就为此。但我一直没有看见这一位主人翁。

后来的毁坏，却很有一点恶意了。然而也许倒要怪我自己不肯拿出钞票去，只给银角子。银角子放在制服的口袋里，沉垫垫地，确是易为主人翁所发见的，所以只得暂且放在枕头下。我想，他大概须待公事办毕，这才再来收账罢。

皮鞋声橐橐地自远而近，停在我的房外了，我看时，是一个白人，颇胖，大概便是两位同胞的主人翁了。

"查过了？"他笑嘻嘻地问我。

的确是的，主人翁的口吻。但是，一目了然，何必问呢？或者因为看见我的行李特别乱七八糟，在慰安我，或在嘲弄我罢。

他从房外拾起一张《大陆报》附送的图画，本来包着什物，由同胞撕下来抛出去的，倚在壁上看了一回，就又慢慢地走过去了。

我想，主人翁已经走过，"查关"该已收场了，于是先将第一只衣箱整理，捆好。

不料还是不行。一个同胞又来了，叫我"打开来"，他要查。接着是这样的问答——

"他已经看过了。"我说。

"没有看过。没有打开过。打开来！"

"我刚刚捆好的。"

"我不信。打开来！"

"这里不画着查过的符号么？"

"那么，你给了钱了罢？你用贿赂……"

"…………"

"你给了多少钱？"

"你去问你的一伙去。"

他去了。不久，那一个又忙忙走来，从枕头下取了钱，此后便不再看见，——真正天下太平。

我才又慢慢地收拾那行李。只见桌子上聚集着几件东西，是我的一把剪刀，一个开罐头的家伙，还有一把木柄的小刀。大约倘没有那十元小洋，便还要指这为"凶器"，加上"古怪"的香，来恐吓我的罢。但那一枝香却不在桌子上。

船一走动，全船反显得更闲静了，茶房和我闲谈，却将这翻箱倒簏的事，归咎于我自己。

"你生得太瘦了，他疑心你是贩雅片的。"他说。

我实在有些愕然。真是人寿有限，"世故"无穷。我一向以为和人们抢饭碗要碰钉子，不要饭碗是无妨的。去年在厦门，才知道吃饭固难，不吃亦殊为"学者"所不悦，得了不守本分的批评。胡须的形状，有国粹和欧式之别，不易处置，我是早经明白的。今年到广州，才又知道虽颜色也难以自由，有人在日报上警告我，叫我的胡子不要变灰色，又不要变红色。至于为人不可太瘦，则到香港才省悟，先前是梦里也未曾想到的。

的确，监督着同胞"查关"的一个西洋人，实在吃得很肥胖。

香港虽只一岛，却活画着中国许多地方现在和将来的小照：中央几位洋主子，手下是若干颂德的"高等华人"和一伙作伥的奴气同胞。此外即全是默默吃苦的"土人"，能耐的死在洋场上，耐不住的逃入深山中，苗瑶是我们的前辈。

　　　　　　　　　　　　　九月二十九之夜。海上。

我和《语丝》的始终

同我关系较为长久的，要算《语丝》了。

大约这也是原因之一罢，"正人君子"们的刊物，曾封我为"语丝派主将"，连急进的青年所做的文章，至今还说我是《语丝》的"指导者"。去年，非骂鲁迅便不足以自救其没落的时候，我曾蒙匿名氏寄给我两本中途的《山雨》，打开一看，其中有一篇短文，大意是说我和孙伏园君在北京因被晨报馆所压迫，创办《语丝》，现在自己一做编辑，便在投稿后面乱加按语，曲解原意，压迫别的作者了，孙伏园君却有绝好的议论，所以此后鲁迅应该听命于伏园。这听说是张孟闻先生的大文，虽然署名是另外两个字。看来好像一群人，其实不过一两个，这种事现在是常有的。

自然，"主将"和"指导者"，并不是坏称呼，被晨报馆所压迫，也不能算是耻辱，老人该受青年的教训，更是进步的好现象，还有什么话可说呢。但是，"不虞之誉"，也和"不虞之毁"一样地无聊，如果生平未曾带过一兵半卒，而有人拱手颂扬道，"你真像拿破仑呀！"则虽是志在做军阀的未来的英雄，也不会怎样舒服的。我并非"主将"的事，前年早已声辩了——虽然似乎很少效力——这回想要写一点下来的，是我从来没有受过晨报馆的压迫，也并不是和孙伏园先生两个人创办了《语丝》。这的创办，倒要归功于伏园一位的。那时伏园是《晨报副刊》的编辑，我是由他个人来约，投些稿件的人。

然而我并没有什么稿件，于是就有人传说，我是特约撰述，无论投稿多少，每月总有酬金三四十元的。据我所闻，则晨报馆确有这一种太上作者，但我并非其中之一，不过因为先前的师生——恕我僭妄，暂用这两个字——关系罢，似乎也颇受优待：一是稿子一去，刊登得快；二是每千字二元至三元的稿费，每月底大抵可以取到；三是短短的杂评，有时也送些稿费来。但这样的好景象并不久长，伏园的椅子颇有不稳之势。因为有一位留学生（不幸我忘掉了他的名姓）新从欧洲回来，和晨报馆有深关系，甚不满意于副刊，决计加以改革，并且为战斗计，已经得了"学者"的指示，在开手看 Anatole France 的小说了。

那时的法兰斯，威尔士，萧，在中国是大有威力，足以吓倒文学青年的名字，正如今年的辛克莱儿一般，所以以那时而论，形势实在是已经非常严重。不过我现在无从确说，从那位留学生开手读法兰斯的小说起到伏园气忿忿地跑到我的寓里来为止的时候，其间相距是几月还是几天。

"我辞职了。可恶！"

这是有一夜，伏园来访，见面后的第一句话。那原是意料中事，不足异的。第二步，我当然要问问辞职的原因，而不料竟和我有了关系。他说，那位留学生乘他外出时，到排字房去将我的稿子抽掉，因此争执起来，弄到非辞职不可了。但我并不气忿，因为那稿子不过是三段打油诗，题作《我的失恋》，是看见当时"阿呀阿唷，我要死了"之类的失恋诗盛行，故意做一首用"由她去罢"收场的东西，开开玩笑的。这诗后来又添了一段，登在《语丝》上，再后来就收在《野草》中。而且所用的又是另一个新鲜的假名，在不肯登载第一次看见姓名的作者的稿子的刊物上，也当然很容易被有权者所放逐的。

但我很抱歉伏园为了我的稿子而辞职，心上似乎压了一块沉重的石头。几天之后，他提议要自办刊物了，我自然答应愿意竭力"呐喊"。至于投稿者，倒全是他独力邀来的，记得是十六人，不过后来也并非都有投稿。于是印了广告，到各处张贴，分散，大约又一星期，一张小小的周刊便在北京——尤其是大学附近——出现了。这便是《语丝》。

那名目的来源，听说，是有几个人，任意取一本书，将书任意翻开，用指头点下去，那被点到的字，便是名称。那时我不在场，不知道所用的是什么书，是一次便得了《语丝》的名，还是点了好几次，而曾将不像名称的废去。但要之，即此已可知这刊物本无所谓一定的目标，统一的战线；那十六个投稿者，意见态度也各不相同，例如顾颉刚教授，投的便是"考古"稿子，不如说，和《语丝》的喜欢涉及现在社会者，倒是相反的。不过有些人们，大约开初是只在敷衍和伏园的交情的罢，所以投了两三回稿，便取"敬而远之"的态度，自然离开。连伏园自己，据我的记忆，自始至今，也只做过三回文字，末一回是宣言从此要大为《语丝》撰述，然而宣言之后，却连一个字也不见了。于是《语丝》的固定的投稿者，至多便只剩了五六人，但同时也在不意中显了一种特色，是：任意而谈，无所顾忌，要催促新的产生，对于有害于新的旧物，则竭力加以排击，——但应该产生怎样的"新"，却并无明白的表示，而一到觉得有些危急之际，也还是故意隐约其词。陈源教授痛斥"语丝派"的时候，说我们不敢直骂军阀，而偏和握笔的名人为难，便由于这一点。但是，叱吧儿狗险于叱狗主人，我们其实也知道的，所以隐约其词者，不过要使走狗嗅得，跑去献功时，必须详加说明，比较地费些力气，不能直捷痛快，就得好处而已。

当开办之际，努力确也可惊，那时做事的，伏园之外，我记得还有小峰和川岛，都是乳毛还未褪尽的青年，自跑印刷局，自去校对，自叠报纸，还自己拿到大众聚集之处去兜售，这真是青年对于老人，学生对于先生的教训，令人觉得自己只用一点思索，写几句文章，未免过于安逸，还须竭力学好了。

但自己卖报的成绩，听说并不佳，一纸风行的，还是在几个学校，尤其是北京大学，尤其是第一院（文科）。理科次之。在法科，则不大有人顾问。倘若说，北京大学的法，政，经济科出身诸君中，绝少有《语丝》的影响，恐怕是不会很错的。至于对于《晨报》的影响，我不知道，但似乎也颇受些打击，曾经和伏园来说和，伏园得意之余，忘其所以，曾以胜利者的笑容，笑着对我说道："真好，他们竟不料踏在炸药上了！"

这话对别人说是不算什么的。但对我说，却好像浇了一碗冷水，因为我即刻觉得这"炸药"是指我而言，用思索，做文章，都不过使自己为别人的一个小纠葛而粉身碎骨，心里就一面想：

"真糟，我竟不料被埋在地下了！"

我于是乎"彷徨"起来。

谭正璧先生有一句用我的小说的名目，来批评我的作品的经过的极伶俐而省事的话道："鲁迅始于'呐喊'而终于'彷徨'"（大意），我以为移来叙述我和《语丝》由始以至此时的历史，倒是很确切的。

但我的"彷徨"并不用许多时，因为那时还有一点读过尼采的《Zarathustra》的余波，从我这里只要能挤出——虽然不过是挤出——文章来，就挤了去罢，从我这里只要能做出一点"炸药"来，就拿去做了罢，于是也就决定，还是照旧投稿了——虽然对于意外的被利用，心里也耿耿了好几天。

《语丝》的销路可只是增加起来，原定是撰稿者同时负担印费的，我付了十元之后，就不见再来收取了，因为收支已足相抵，后来并且有了赢余。于是小峰就被尊为"老板"，但这推尊并非美意，其时伏园已另就《京报副刊》编辑之职，川岛还是捣乱小孩，所以几个撰稿者便只好辫住了多眨眼而少开口的小峰，加以荣名，勒令拿出赢余来，每月请一回客。这"将欲取之，必先与之"的方法果然奏效，从此市场中的茶居或饭铺的或一房门外，有时便会看见挂着一块上写"语丝社"的木牌。倘一驻足，也许就可以听到疑古玄同先生的又快又响的谈吐。但我那时是在避开宴会的，所以毫不知道内部的情形。

　　我和《语丝》的渊源和关系，就不过如此，虽然投稿时多时少。但这样地一直继续到我走出了北京。到那时候，我还不知道实际上是谁的编辑。

　　到得厦门，我投稿就很少了。一者因为相离已远，不受催促，责任便觉得轻；二者因为人地生疏，学校里所遇到的又大抵是些念佛老妪式口角，不值得费纸墨。倘能做《鲁宾孙教书记》或《蚊虫叮卵胼论》，那也许倒很有趣的，而我又没有这样的"天才"，所以只寄了一点极琐碎的文字。这年底到了广州，投稿也很少。第一原因是和在厦门相同的；第二，先是忙于事务，又看不清那里的情形，后来颇有感慨了，然而我不想在它的敌人的治下去发表。

　　不愿意在有权者的刀下，颂扬他的威权，并奚落其敌人来取媚，可以说，也是"语丝派"一种几乎共同的态度。所以《语丝》在北京虽然逃过了段祺瑞及其吧儿狗们的撕裂，但终究被"张大元帅"所禁止了，发行的北新书局，且同时遭了封禁，其时是一九二七年。

　　这一年，小峰有一回到我的上海的寓居，提议《语丝》就要在上海印行，且嘱我担任做编辑。以关系而论，我是不应该推托的。于是担任了。从这时起，我才探问向来的编法。那很简单，就是：凡社员的稿件，编辑者并无取舍之权，来则必用，只有外来的投稿，由编辑者略加选择，必要时且或略有所删除。所以我应做的，不过后一段事，而且社员的稿子，实际上也十之九直寄北新书局，由那里径送印刷局的，等到我看见时，已在印钉成书之后了。所谓"社员"，也并无明确的界限，最初的撰稿者，所余早已无多，中途出现的人，则在中途忽来忽去。因为《语丝》是又有爱登碰壁人物的牢骚的习气的，所以最初出阵，尚无用武之地的人，或本在别一团体，而发生意见，借此反攻的人，也每和《语丝》暂时发生关系，待到功成名遂，当然也就淡漠起来。至于因环境改变，意见分歧而去的，那自然尤为不少。因此所谓"社员"者，便不能有明确的界限。前年的方法，是只要投稿几次，无不刊载，此后便放心发稿，和旧社员一律待遇了。但经旧的社员介绍，直接交到北新书局，刊出之前，为编辑者的眼睛所不能见者，也间或有之。

经我担任了编辑之后，《语丝》的时运就很不济了，受了一回政府的警告，遭了浙江当局的禁止，还招了创造社式"革命文学"家的拚命的围攻。警告的来由，我莫名其妙，有人说是因为一篇戏剧；禁止的缘故也莫名其妙，有人说是因为登载了揭发复旦大学内幕的文字，而那时浙江的党务指导委员老爷却有复旦大学出身的人们。至于创造社派的攻击，那是属于历史底的了，他们在把守"艺术之宫"，还未"革命"的时候，就已经将"语丝派"中的几个人看作眼中钉的，叙事夹在这里太冗长了，且待下一回再说罢。

但《语丝》本身，却确实也在消沉下去。一是对于社会现象的批评几乎绝无，连这一类的投稿也少有，二是所余的几个较久的撰稿者，过时又少了几个了。前者的原因，我以为是在无话可说，或有话而不敢言，警告和禁止，就是一个实证。后者，我恐怕是其咎在我的。举一点例罢，自从我万不得已，选登了一篇极平和的纠正刘半农先生的"林则徐被俘"之误的来信以后，他就不再有片纸只字；江绍原先生介绍了一篇油印的《冯玉祥先生……》来，我不给编入之后，绍原先生也就从此没有投稿了。并且这篇油印文章不久便在也是伏园所办的《贡献》上登出，上有郑重的小序，说明着我托辞不载的事由单。

还有一种显著的变迁是广告的杂乱。看广告的种类，大概是就可以推见这刊物的性质的。例如"正人君子"们所办的《现代评论》上，就会有金城银行的长期广告，南洋华侨学生所办的《秋野》上，就能见"虎标良药"的招牌。虽是打着"革命文学"旗子的小报，只要有那上面的广告大半是花柳药和饮食店，便知道作者和读者，仍然和先前的专讲妓女戏子的小报的人们同流，现在不过用男作家，女作家来替代了倡优，或捧或骂，算是在文坛上做工夫。《语丝》初办的时候，对于广告的选择是极严的，虽是新书，倘社员以为不是好书，也不给登载。因为是同人杂志，所以撰稿者也可行使这样的职权。听说北新书局之办《北新半月刊》，就因为在《语丝》上不能自由登载广告的缘故。但自从移在上海出版以后，书籍不必说，连医生的诊例也出现了，袜厂的广告也出现了，甚至于立愈遗精药品的广告也出现了。固然，谁也不能保证《语丝》的读者决不遗精，况且遗精也并非恶行，但善后办法，却须向《申报》之类，要稳当，则向《医药学报》的广告上去留心的。我因此得了几封诘责的信件，又就在《语丝》本身上登了一篇投来的反对的文章。

但以前我也曾尽了我的本分。当袜厂出现时，曾经当面质问过小峰，回答是"发广告的人弄错的"；遗精药出现时，是写了一封信，并无答复，但从此以后，广告却也不见了。我想，在小峰，大约还要算是让步的，因为这时对于一部分的作家，早由北新书局致送稿费，不只负发行之责，而《语丝》也因此并非纯粹的同人杂志了。

积了半年的经验之后，我就决计向小峰提议，将《语丝》停刊，没有得到赞成，我便辞去编辑的责任。小峰要我寻一个替代的人，我于是推举了柔石。

但不知为什么，柔石编辑了六个月，第五卷的上半卷一完，也辞职了。

以上是我所遇见的关于《语丝》四年中的琐事。试将前几期和近几期一比较，便知道其间的变化，有怎样的不同，最分明的是几乎不提时事，且多登中篇作品了，这是因为容易充满页数而又可免于遭殃。虽然因为毁坏旧物和戳破新盒子而露出里面所藏的旧物来的一种突击之力，至今尚为旧的和自以为新的人们所憎恶，但这力是属于往昔的了。

十二月二十二日。

为了忘却的记念

一

我早已想写一点文字，来记念几个青年的作家。这并非为了别的，只因为两年以来，悲愤总时时袭击我的心，至今没有停止，我很想借此算是竦身一摇，将悲哀摆脱，给自己轻松一下，照直说，就是我倒要将他们忘却了。

两年前的此时，即一九三一年的二月七日夜或八日晨，是我们的五个青年作家¹同时遇害的时候。当时上海的报章都不敢载这件事，或者也许是不愿，或不屑载这件事，只在《文艺新闻》上有一点隐约其辞的文章²。那第十一期（五月二十五日）里，有一篇林莽³先生作的《白莽印象记》，中间说：

---

1. 五个青年作家：指本文所说的五位共产党员作家白莽、柔石、冯铿、李伟森和胡也频。

2. "左联"五位作家被捕遇害的消息，《文艺新闻》第三号（1931年3月30日）以《在地狱或人世的作家？》为题，用读者致编者信的形式，首先透露出来。

3. 林莽：即楼适夷（1905—2001），浙江余姚人，作家、翻译家。当时"左联"成员。

　　"他做了好些诗，又译过匈牙利诗人彼得斐[4]的几首诗，当时的《奔流》[5]的编辑者鲁迅接到了他的投稿，便来信要和他会面，但他却是不愿见名人的人，结果是鲁迅自己跑来找他，竭力鼓励他从事文学的工作，但他终于不能坐在亭子间里写，又去跑他的路了。不久，他又一次的被了捕。……"

　　这里所说的我们的事情其实是不确的。白莽并没有这么高慢，他曾经到过我的寓所来，但也不是因为我要求和他会面；我也没有这么高慢，对于一位素不相识的投稿者，会轻率的写信去叫他。我们相见的原因很平常，那时他所投的是从德文译出的《彼得斐传》，我就发信去讨原文，原文是载在诗集前面的，邮寄不便，他就亲自送来了。看去是一个二十多岁的青年，面貌很端正，颜色是黑黑的，当时的谈话我已经忘却，只记得他自说姓徐，象山人；我问他为什么代你收信的女士是这么一个怪名字（怎么怪法，现在也忘却了），他说她就喜欢起得这么怪，罗曼谛克[6]，自己也有些和她不大对劲了。就只剩了这一点。

　　夜里，我将译文和原文粗粗的对了一遍，知道除几处误译之外，还有一个故意的曲译。他像是不喜欢"国民诗人"这个字的，都改成"民众诗人"了。第二天又接到他一封来信，说很悔和我相见，他的话多，我的话少，又冷，好像受了一种威压似的。我便写一封回信去解释，

---

4. 彼得斐（1823—1849）通译裴多菲，匈牙利爱国诗人。主要诗作有《勇敢的约翰》、《民族之歌》等。

5. 《奔流》：文学月刊，鲁迅、郁达夫主编。主要登载翻译论著，由北新书局出版。1928年6月20日创刊，1929年12月20日出至第2卷第5期停刊，共出15期。

6. 罗曼谛克：英文的音译，即浪漫。

说初次相会，说话不多，也是人之常情，并且告诉他不应该由自己的爱憎，将原文改变。因为他的原书留在我这里了，就将我所藏的两本集子送给他，问他可能再译几首诗，以供读者的参看。他果然译了几首，自己拿来了，我们就谈得比第一回多一些。这传和诗，后来就都登在《奔流》第二卷第五本，即最末的一本里。

我们第三次相见，我记得是在一个热天。有人打了门，我去开门时，来的就是白莽，却穿着一件厚棉袍，汗流满面，彼此都不禁失笑。这时他才告诉我他是一个革命者，刚由被捕而释出，衣服和书籍全被没收了，连我送他的那两本；身上的袍子是从朋友那里借的，没有夹衫，而必须穿长衣，所以只好这么出汗。我想，这大约就是林莽先生说的"又一次的被了捕"的那一次了。

我很欣幸他的得释，就赶紧付给稿费，使他可以买一件夹衫，但一面又很为我的那两本书痛惜：落在捕房的手里，真是明珠投暗了。那两本书，原是极平常的，一本散文，一本诗集，据德文译者说，这是他搜集起来的，虽在匈牙利本国，也还没有这么完全的本子，然而印在《莱克朗氏万有文库》（Reclam's Universal — Bibliothek）[7]中，倘在德国，就随处可得，也值不到一元钱。不过在我是一种宝贝，因为这是三十年前，正当我热爱彼得斐的时候，特地托丸善书店[8]从德国去买来的，那时还恐怕因为书极便宜，店员不肯经手，开口时非常惴惴。后来大抵带在身边，只是情随事迁，已没有翻译的意思了，这回便决计送给这也如我的那时一样，热爱彼得斐的诗的青年，算是给它寻得了一个好着落。所以还郑重其事，托柔石亲自送去的。谁料竟会落在"三道头"[9]之类的手里的呢，这岂不冤枉！

---

7. 《莱克朗氏万有文库》：1867七年德国出版的文学丛书。

8. 丸善书店：日本东京一家出售西文书籍的书店。

9. 三道头：当时上海公共租界里的巡捕，制服袖上缀有三道倒人字形标志，被称作"三道头"。

二

我的决不邀投稿者相见，其实也并不完全因为谦虚，其中含着省事的分子也不少。由于历来的经验，我知道青年们，尤其是文学青年们，十之九是感觉很敏，自尊心也很旺盛的，一不小心，极容易得到误解，所以倒是故意回避的时候多。见面尚且怕，更不必说敢有托付了。但那时我在上海，也有一个惟一的不但敢于随便谈笑，而且还敢于托他办点私事的人，那就是送书去给白莽的柔石。

我和柔石最初的相见，不知道是何时，在那里。他仿佛说过，曾在北京听过我的讲义，那么，当在八九年之前了。我也忘记了在上海怎么来往起来，总之，他那时住在景云里，离我的寓所不过四五家门面，不知怎么一来，就来往起来了。大约最初的一回他就告诉我是姓赵，名平复。但他又曾谈起他家乡的豪绅的气焰之盛，说是有一个绅士，以为他的名字好，要给儿子用，叫他不要用这名字了。所以我疑心他的原名是"平福"，平稳而有福，才正中乡绅的意，对于"复"字却未必有这么热心。他的家乡，是台州的宁海，这只要一看他那台州式的硬气就知道，而且颇有点迂，有时会令我忽而想到方孝孺[10]，觉得好像也有些这模样的。

他躲在寓里弄文学，也创作，也翻译，我们往来了许多日，说得投合起来了，于是另外约定了几个同意的青年，设立朝华社[11]。目的是在绍介东欧和北欧的文学，输入外国的版画，因为我们都以为

---

10. 方孝孺（1357—1402）：浙江宁海人，明建文帝朱允炆时的侍讲学士、文学博士。建文四年（1402），建文帝的叔父燕王朱棣起兵攻陷南京，自立为帝（即永乐帝），命他起草即位诏书；他坚决不从，遂遭杀害，被灭十族。

11. 朝华社：1928年，由柔石、王方仁、崔真吾等几个热爱文学的青年，在鲁迅的帮助下创立。于1928年12月6日创办《朝华周刊》，到翌年5月16日停刊。下文提到的《朝花旬刊》等皆为朝华社出版。

应该来扶植一点刚健质朴的文艺。接着就印《朝花旬刊》，印《近代世界短篇小说集》，印《艺苑朝华》，算都在循着这条线，只有其中的一本《蕗谷虹儿画选》，是为了扫荡上海滩上的"艺术家"，即戳穿叶灵凤[12]这纸老虎而印的。

然而柔石自己没有钱，他借了二百多块钱来做印本。除买纸之外，大部分的稿子和杂务都是归他做，如跑印刷局，制图，校字之类。可是往往不如意，说起来颦着眉头。看他旧作品，都很有悲观的气息，但实际上并不然，他相信人们是好的。我有时谈到人会怎样的骗人，怎样的卖友，怎样的吮血，他就前额亮晶晶的，惊疑地圆睁了近视的眼睛，抗议道，"会这样的么？——不至于此罢？……"

不过朝花社不久就倒闭了，我也不想说清其中的原因，总之是柔石的理想的头，先碰了一个大钉子，力气固然白化，此外还得去借一百块钱来付纸账。后来他对于我那"人心惟危"[13]说的怀疑减少了，有时也叹息道，"真会这样的么？……"但是，他仍然相信人们是好的。

他于是一面将自己所应得的朝花社的残书送到明日书店和光华书局去，希望还能够收回几文钱，一面就拚命的译书，准备还借款，这就是卖给商务印书馆的《丹麦短篇小说集》和戈理基[14]作的长篇小说《阿尔泰莫诺夫之事业》。但我想，这些译稿，也许去年已被兵火烧掉了。

他的迂渐渐的改变起来，终于也敢和女性的同乡或朋友一同去

---

12. 叶灵凤（1905—1975）：原名叶蕴璞，江苏南京人。现代著名作家、藏书家，创造社成员。20世纪20年代末与鲁迅交恶，鲁迅一度封了个"新的流氓画家"的尊号给他。

13. "人心惟危"：语见《尚书·大禹谟》。指人心险恶，居心叵测。惟：句中语气词；危：危险。

14. 戈理基：通译高尔基（1868—1936）。苏联文学家，社会主义现实主义文学的奠基人，列宁称他为"无产阶级艺术最杰出的代表"。代表作品有《童年》、《在人间》、《我的大学》等。

走路了，但那距离，却至少总有三四尺的。这方法很不好，有时我在路上遇见他，只要在相距三四尺前后或左右有一个年青漂亮的女人，我便会疑心就是他的朋友。但他和我一同走路的时候，可就走得近了，简直是扶住我，因为怕我被汽车或电车撞死；我这面也为他近视而又要照顾别人担心，大家都苍皇失措的愁一路，所以倘不是万不得已，我是不大和他一同出去的，我实在看得他吃力，因而自己也吃力。

无论从旧道德，从新道德，只要是损己利人的，他就挑选上，自己背起来。

他终于决定地改变了，有一回，曾经明白的告诉我，此后应该转换作品的内容和形式。我说：这怕难罢，譬如使惯了刀的，这回要他要棍，怎么能行呢？他简洁的答道：只要学起来！

他说的并不是空话，真也在从新学起来了，其时他曾经带了一个朋友来访我，那就是冯铿女士。谈了一些天，我对于她终于很隔膜，我疑心她有点罗曼谛克，急于事功[15]；我又疑心柔石的近来要做大部的小说，是发源于她的主张的。但我又疑心我自己，也许是柔石的先前的斩钉截铁的回答，正中了我那其实是偷懒的主张的伤疤，所以不自觉地迁怒到她身上去了。——我其实也并不比我所怕见的神经过敏而自尊的文学青年高明。

她的体质是弱的，也并不美丽。

三

直到左翼作家联盟[16]成立之后，我才知道我所认识的白莽，就

---

15. 事功：此处指功利。

16. 左翼作家联盟：简称左联，是中国共产党于1930年在中国上海领导创建的一个文学组织，目的是与中国国民党争取宣传阵地，吸引广大民众支持其思想。旗帜人物是鲁迅。

是在《拓荒者》上做诗的殷夫。有一次大会时,我便带了一本德译的,一个美国的新闻记者所做的中国游记去送他,这不过以为他可以由此练习德文,另外并无深意。然而他没有来。我只得又托了柔石。

但不久,他们竟一同被捕,我的那一本书,又被没收,落在"三道头"之类的手里了。

四

明日书店要出一种期刊,请柔石去做编辑,他答应了;书店还想印我的译著,托他来问版税的办法,我便将我和北新书局所订的合同,抄了一份交给他,他向衣袋里一塞,匆匆的走了。其时是一九三一年一月十六日的夜间,而不料这一去,竟就是我和他相见的末一回,竟就是我们的永诀。

第二天,他就在一个会场上被捕了,衣袋里还藏着我那印书的合同,听说官厅因此正在找寻我。印书的合同,是明明白白的,但我不愿意到那些不明不白的地方去辩解。记得《说岳全传》里讲过一个高僧,当追捕的差役刚到寺门之前,他就"坐化"了,还留下什么"何立从东来,我向西方走"的偈子[17]。这是奴隶所幻想的脱离苦海的惟一的好方法,"剑侠"盼不到,最自在的惟此而已。我不是高僧,没有涅槃[18]的自由,却还有生之留恋,我于是就逃走[19]。

---

17. 《说岳全传》:清代康熙年间的演义小说,题为钱彩编次,金丰增订,共八十回。该书第六十一回写镇江金山寺道悦和尚,因同情岳飞,秦桧就派"家人"何立去抓他。他正在寺内"升座说法",一见何立,便口占一偈死去。"坐化",佛家语,佛家传说有些高僧在临终前盘膝端坐,安然而逝,称作"坐化"。偈子,佛经中的唱词,也泛指和尚的隽语。

18. 涅槃:佛教用语,梵文音译,指超脱生死的最高境界,后人称高僧逝世为"涅槃"。

19. 柔石被捕后,作者于1931年1月20日和家属避居黄陆路花园庄,2月28日回寓。

这一夜，我烧掉了朋友们的旧信札，就和女人抱着孩子走在一个客栈里。不几天，即听得外面纷纷传我被捕，或是被杀了，柔石的消息却很少。有的说，他曾经被巡捕带到明日书店里，问是否是编辑；有的说，他曾经被巡捕带往北新书局去，问是否是柔石，手上上了铐，可见案情是重的。但怎样的案情，却谁也不明白。

他在囚系中，我见过两次他写给同乡[20]的信，第一回是这样的——

> "我与三十五位同犯（七个女的）于昨日到龙华。并于昨夜上了铐，开政治犯从未上铐之纪录。此案累及太大，我一时恐难出狱，书店事望兄为我代办之。现亦好，且跟殷夫兄学德文，此事可告周先生；望周先生勿念，我等未受刑。捕房和公安局，几次问周先生地址，但我那里知道。诸望勿念。祝好！
>
> 赵少雄 一月二十四日"

以上正面。

> "洋铁饭碗，要二三只
> 如不能见面，可将东西
> 望转交赵少雄"

以上背面。

他的心情并未改变，想学德文，更加努力；也仍在记念我，像在马路上行走时候一般。但他信里有些话是错误的，政治犯而上铐，并非从他们开始，但他向来看得官场还太高，以为文明至今，到他

---

20. 同乡：指王育和，浙江宁海人，当时是慎昌钟表行的职员，和柔石同住闸北景云里28号，柔石在狱中通过送饭人带信给他，由他送周建人转给鲁迅。

们才开始了严酷。其实是不然的。果然，第二封信就很不同，措词非常惨苦，且说冯女士的面目都浮肿了，可惜我没有抄下这封信。其时传说也更加纷繁，说他可以赎出的也有，说他已经解往南京的也有，毫无确信；而用函电来探问我的消息的也多起来，连母亲在北京也急得生病了，我只得一一发信去更正，这样的大约有二十天。

天气愈冷了，我不知道柔石在那里有被褥不？我们是有的。洋铁碗可曾收到了没有？……但忽然得到一个可靠的消息，说柔石和其他二十三人，已于二月七日夜或八日晨，在龙华警备司令部被枪毙了，他的身上中了十弹。

原来如此！……

在一个深夜里，我站在客栈的院子中，周围是堆着的破烂的什物；人们都睡觉了，连我的女人和孩子。我沉重的感到我失掉了很好的朋友，中国失掉了很好的青年，我在悲愤中沉静下去了，然而积习却从沉静中抬起头来，凑成了这样的几句：

> 惯于长夜过春时，挈妇将雏[21]鬓有丝。
> 梦里依稀慈母泪，城头变幻大王旗。
> 忍看朋辈成新鬼，怒向刀丛觅小诗。
> 吟罢低眉无写处，月光如水照缁衣[22]。

但末二句，后来不确了，我终于将这写给了一个日本的歌人[23]。

可是在中国，那时是确无写处的，禁锢得比罐头还严密。我记得柔石在年底曾回故乡，住了好些时，到上海后很受朋友的责备。

---

21. 挈妇将雏：带着妻子，领着儿女。挈（qiè）、将：带领；雏：幼小的鸟，喻指儿女。

22. 缁（zī）衣：黑衣。

23. 日本歌人：指山本初枝（1898—1966）。据《鲁迅日记》，1932年7月11日，作者将此诗书成小幅，托内山书店寄给她。

他悲愤的对我说，他的母亲双眼已经失明了，要他多住几天，他怎么能够就走呢？我知道这失明的母亲的眷眷的心，柔石的拳拳的心。当《北斗》[24] 创刊时，我就想写一点关于柔石的文章，然而不能够，只得选了一幅珂勒惠支[25] 夫人的木刻，名曰《牺牲》，是一个母悲哀地献出她的儿子去的，算是只有我一个人心里知道的柔石的记念。

同时被难[26] 的四个青年文学家之中，李伟森我没有会见过，胡也频在上海也只见过一次面，谈了几句天。较熟的要算白莽，即殷夫了，他曾经和我通过信，投过稿，但现在寻起来，一无所得，想必是十七那夜统统烧掉了，那时我还没有知道被捕的也有白莽。然而那本《彼得斐诗集》却在的，翻了一遍，也没有什么，只在一首《Wahlspruch》（格言）的旁边，有钢笔写的四行译文道：

"生命诚宝贵，
爱情价更高；
若为自由故，
二者皆可抛！"

又在第二叶上，写着"徐培根"[27] 三个字，我疑心这是他的真姓名。

24. 《北斗》："左联"的机关刊物之一，由丁玲主编。1931年9月在上海创刊，1932年7月出至第二卷第三、四期合刊后停刊，共出八期。
25. 珂勒惠支（KatheKollwitz）夫人（1867—1945）：德国版画家，雕塑家。她早期作品《织工反抗》、《起义》和《死神与妇女》、《战争》（组画）等，以尖锐的形式把在资本主义制度下工人阶级的悲惨命运和勇于斗争的精神传达出来。文中提到的《牺牲》即为组画《战争》中的第一幅。鲁迅第一个把珂勒惠支版画介绍到中国。
26. 被难：因重大灾祸或重大变故而丧失生命。
27. 徐培根：白莽的哥哥，曾任国民党政府的航空署长。

为了忘却的记念

五

　　前年的今日，我避在客栈里，他们却是走向刑场了；去年的今日，我在炮声中逃在英租界，他们则早已埋在不知那里的地下了；今年的今日，我才坐在旧寓里，人们都睡觉了，连我的女人和孩子。我又沉重的感到我失掉了很好的朋友，中国失掉了很好的青年，我在悲愤中沉静下去了，不料积习又从沉静中抬起头来，写下了以上那些字。

　　要写下去，在中国的现在，还是没有写处的。年青时读向子期《思旧赋》[28]，很怪他为什么只有寥寥的几行，刚开头却又煞了尾。然而，现在我懂得了。

　　不是年青的为年老的写记念，而在这三十年中，却使我目睹许多青年的血，层层淤积起来，将我埋得不能呼吸，我只能用这样的笔墨，写几句文章，算是从泥土中挖一个小孔，自己延口残喘，这是怎样的世界呢。夜正长，路也正长，我不如忘却，不说的好罢。但我知道，即使不是我，将来总会有记起他们，再说他们的时候的。……

1933年2月7—8日。

（本篇最初发表于1933年4月1日《现代》第2卷第6期）

28.《思旧赋》：晋代向秀作品。此赋为悼念好友嵇康而作，是中国文学
　　史上悼念亡友的代表作。向子期（约227—272），即向秀，字子期，
　　竹林七贤之一。

夜　颂

　　爱夜的人，也不但是孤独者，有闲者，不能战斗者，怕光明者。

　　人的言行，在白天和在深夜，在日下和在灯前，常常显得两样。夜是造化所织的幽玄的天衣，普覆一切人，使他们温暖，安心，不知不觉的自己渐渐脱去人造的面具和衣裳，赤条条地裹在这无边际的黑絮似的大块里。

　　虽然是夜，但也有明暗。有微明，有昏暗，有伸手不见掌，有漆黑一团糟。爱夜的人要有听夜的耳朵和看夜的眼睛，自在暗中，看一切暗。君子们从电灯下走入暗室中，伸开了他的懒腰；爱侣们从月光下走进树阴里，突变了他的眼色。夜的降临，抹杀了一切文人学士们当光天化日之下，写在耀眼的白纸上的超然，混然，恍然，勃然，粲然的文章，只剩下乞怜，讨好，撒谎，骗人，吹牛，捣鬼的夜气，形成一个灿烂的金色的光圈，像见于佛画上面似的，笼罩在学识不凡的头脑上。

　　爱夜的人于是领受了夜所给与的光明。

　　高跟鞋的摩登女郎在马路边的电光灯下，阁阁的走得很起劲，但鼻尖也闪烁着一点油汗，在证明她是初学的时髦，假如长在明晃晃的照耀中，将使她碰着"没落"的命运。一大排关着的店铺的昏暗助她一臂之力，使她放缓开足的马力，吐一口气，这时才觉得沁人心脾的夜里的拂拂的凉风。

爱夜的人和摩登女郎，于是同时领受了夜所给与的恩惠。

一夜已尽，人们又小心翼翼的起来，出来了；便是夫妇们，面目和五六点钟之前也何其两样。从此就是热闹，喧嚣。而高墙后面，大厦中间，深闺里，黑狱里，客室里，秘密机关里，却依然弥漫着惊人的真的大黑暗。

现在的光天化日，熙来攘往，就是这黑暗的装饰，是人肉酱缸上的金盖，是鬼脸上的雪花膏。只有夜还算是诚实的。我爱夜，在夜间作《夜颂》。

六月八日。

秋 夜 纪 游

秋已经来了，炎热也不比夏天小，当电灯替代了太阳的时候，我还是在马路上漫游。

危险？危险令人紧张，紧张令人觉到自己生命的力。在危险中漫游，是很好的。

租界也还有悠闲的处所，是住宅区。但中等华人的窟穴却是炎热的，吃食担，胡琴，麻将，留声机，垃圾桶，光着的身子和腿。相宜的是高等华人或无等洋人住处的门外，宽大的马路，碧绿的树，淡色的窗幔，凉风，月光，然而也有狗子叫。

我生长农村中，爱听狗子叫，深夜远吠，闻之神怡，古人之所谓"犬声如豹"[1]者就是。倘或偶经生疏的村外，一声狂噑，巨獒跃出，也给人一种紧张，如临战斗，非常有趣的。

但可惜在这里听到的是吧儿狗。它躲躲闪闪，叫得很脆：汪汪！

我不爱听这一种叫。

我一面漫步，一面发出冷笑，因为我明白了使它闭口的方法，是只要去和它主子的管门人说几句话，或者抛给它一根肉骨头。这

---

1. "犬声如豹"：语出唐代王维《山中与裴秀才迪书》，原作"深巷寒犬，吠声如豹"。

两件我还能的，但是我不做。

它常常要汪汪。

我不爱听这一种叫。

我一面漫步，一面发出恶笑了，因为我手里拿着一粒石子，恶笑刚敛，就举手一掷，正中了它的鼻梁。

呜的一声，它不见了。我漫步着，漫步着，在少有的寂寞里。

秋已经来了，我还是漫步着。叫呢，也还是有的，然而更加躲躲闪闪了，声音也和先前不同，距离也隔得远了，连鼻子都看不见。

我不再冷笑，不再恶笑了，我漫步着，一面舒服的听着它那很脆的声音。

8月14日。

（本篇最初发表于1933年8月16日《申报·自由谈》）

忆韦素园君

　　我也还有记忆的，但是，零落得很。我自己觉得我的记忆好像被刀刮过了的鱼鳞，有些还留在身体上，有些是掉在水里了，将水一搅，有几片还会翻腾，闪烁，然而中间混着血丝，连我自己也怕得因此污了赏鉴家的眼目。

　　现在有几个朋友要纪念韦素园[1]君，我也须说几句话。是的，我是有这义务的。我只好连身外的水也搅一下，看看泛起怎样的东西来。

　　怕是十多年之前了罢，我在北京大学做讲师，有一天，在教师豫备室里遇见了一个头发和胡子统统长得要命的青年，这就是李霁野[2]。我的认识素园，大约就是霁野绍介的罢，然而我忘记了那时的情景。现在留在记忆里的，是他已经坐在客店的一间小房子里计画出版了。

---

1. 韦素园（1902—1932）：又名散国，安徽霍邱人，未名社成员。其一生勤于文学翻译，译著有果戈理小说《外套》、俄国短篇小说集《最后的光芒》、北欧诗歌小品集《黄花集》、俄国梭罗古勃的《邂逅》等。同时还创作了大量散文、小品、诗歌等文学作品。
2. 李霁野（1904—1997）：安徽霍邱人，未名社成员。著名翻译家，译著代表作有托洛茨基的《文学与革命》（1928年）、陀思妥耶夫斯基的《被侮辱与被损害的》（1934年），夏绿蒂·勃朗特的《简·爱》（1934年）等。

这一间小房子，就是未名社 ³。

那时我正在编印两种小丛书，一种是《乌合丛书》，专收创作，一种是《未名丛刊》，专收翻译，都由北新书局出版。出版者和读者的不喜欢翻译书，那时和现在也并不两样，所以《未名丛刊》是特别冷落的。恰巧，素园他们愿意绍介外国文学到中国来，便和李小峰 ⁴ 商量，要将《未名丛刊》移出，由几个同人自办。小峰一口答应了，于是这一种丛书便和北新书局脱离。稿子是我们自己的，另筹了一笔印费，就算开始。因这丛书的名目，连社名也就叫了"未名"——但并非"没有名目"的意思，是"还没有名目"的意思，恰如孩子的"还未成丁"似的。

未名社的同人，实在并没有什么雄心和大志，但是，愿意切切实实的，点点滴滴的做下去的意志，却是大家一致的。而其中的骨干就是素园。

于是他坐在一间破小屋子，就是未名社里办事了，不过小半好像也因为他生着病，不能上学校去读书，因此便天然的轮着他守寨。

我最初的记忆是在这破寨里看见了素园，一个瘦小，精明，正经的青年，窗前的几排破旧外国书，在证明他穷着也还是钉住着文学。然而，我同时又有了一种坏印象，觉得和他是很难交往的，因为他笑影少。"笑影少"原是未名社同人的一种特色，不过素园显得最分明，一下子就能够令人感得。但到后来，我知道我的判断是错误了，

---

3. 未名社：文学团体，1925年秋成立于北京，主要成员有鲁迅、韦素园、曹靖华、李霁野、台静农等。先后出版过《莽原》半刊刊、《未名半月刊》和《未名丛刊》、《未名新集》等。1931年秋后因经济困难，无形解体。

4. 李小峰（1897—1971）：江苏江阴人。北京大学毕业，曾参加新潮社和语丝社，后为北新书局主持人。

和他也并不难于交往。他的不很笑，大约是因为年龄的不同，对我的一种特别态度罢，可惜我不能化为青年，使大家忘掉彼我，得到确证了。这真相，我想，霁野他们是知道的。

但待到我明白了我的误解之后，却同时又发见了一个他的致命伤：他太认真；虽然似乎沉静，然而他激烈。认真会是人的致命伤的么？至少，在那时以至现在，可以是的。一认真，便容易趋于激烈，发扬则送掉自己的命，沉静着，又啮碎了自己的心。

这里有一点小例子。——我们是只有小例子的。

那时候，因为段祺瑞总理和他的帮闲们的迫压，我已经逃到厦门，但北京的狐虎之威还正是无穷无尽。段派的女子师范大学校长林素园[5]，带兵接收学校去了，演过全副武行之后，还指留着的几个教员为"共产党"。这个名词，一向就给有些人以"办事"上的便利，而且这方法，也是一种老谱，本来并不希罕的。但素园却好像激烈起来了，从此以后，他给我的信上，有好一晌竟憎恶"素园"两字而不用，改称为"漱园"。同时社内也发生了冲突，高长虹[6]从上海寄

5. 林素园（1890—1967）：福建福州人，研究系小官僚。1925年8月，北洋政府教育部为镇压北京女子师范大学学潮，下令停办该校，改为北京女子学院师范部，林被任为师范部学长。同年9月5日，他率领军警赴女师大实行武装接收。

6. 高长虹：山西盂县人，"狂飙社"主要成员之一，是当时一个思想上带有虚无主义和无政府主义色彩的青年作者。1926年10月，高长虹等在上海创办《狂飙》周刊，该刊第二期载有高长虹《给鲁迅先生》的通信，其中说："接培良来信，说他同韦素园先生大起冲突，原因是韦先生退还高歌的《剃刀》，又压下他的《冬天》……现在编辑《莽原》者，且甚至执行编辑之权威者，为韦素园先生也……然权威或可施之于他人，更不应施之于同伴也……今则态度显然，公然以'退还'加诸我等矣！刀搁头上矣！到了这时，我还能不出来理论吗？"最后他又对鲁迅说："你如愿意说话时，我也想听一听你的意见。"

信来，说素园压下了向培良的稿子，叫我讲一句话。我一声也不响。于是在《狂飙》上骂起来了，先骂素园，后是我⁷。素园在北京压下了培良的稿子，却由上海的高长虹来抱不平，要在厦门的我去下判断，我颇觉得是出色的滑稽，而且一个团体，虽是小小的文学团体罢，每当光景艰难时，内部是一定有人起来捣乱的，这也并不希罕。然而素园却很认真，他不但写信给我，叙述着详情，还作文登在杂志上剖白。在"天才"们的法庭上，别人剖白得清楚的么？——我不禁长长的叹了一口气，想到他只是一个文人，又生着病，却这么拼命的对付着内忧外患，又怎么能够持久呢。自然，这仅仅是小忧患，但在认真而激烈的个人，却也相当的大的。

不久，未名社就被封⁸，几个人还被捕。也许素园已经咯血，进了病院了罢，他不在内。但后来，被捕的释放，未名社也启封了，忽封忽启，忽捕忽放，我至今还不明白这是怎么的一个玩意。

我到广州，是第二年——一九二七年的秋初⁹，仍旧陆续的接到他几封信，是在西山病院里，伏在枕头上写就的，因为医生不允许他起坐。他措辞更明显，思想也更清楚，更广大了，但也更使我担心他的病。有一天，我忽然接到一本书，是布面装订的素园翻译的《外

---

7. 向培良（1905—1961）：作家，"狂飚社"主要成员，后又参加鲁迅主办的"莽原社"。向培良写的独幕剧《终夜》，《莽原》未予刊登，向对鲁迅反唇相讥，讽之为"差不多已经是我们前一时期的人物"（《论孤独者》）。

8. 未名社被封：1928年春，未名社出版的《文学与革命》（托洛茨基著，李霁野、韦素园译）一书在济南山东省立第一师范学校被扣。北京警察厅据山东军阀张宗昌电告，于3月26日查封未名社，捕去李霁野等三人，至10月始启封。

9. 鲁迅到广州应是1927年初（1月18日）。

套》[10]。我一看明白，就打了一个寒噤：这明明是他送给我的一个纪念品，莫非他已经自觉了生命的期限了么？

我不忍再翻阅这一本书，然而我没有法。

我因此记起，素园的一个好朋友也咯过血，一天竟对着素园咯起来，他慌张失措，用了爱和忧急的声音命令道："你不许再吐了！"我那时却记起了伊孛生的《勃兰特》[11]。他不是命令过去的人，从新起来，却并无这神力，只将自己埋在崩雪下面的么？……

我在空中看见了勃兰特和素园，但是我没有话。

一九二九年五月末，我最以为侥幸的是自己到西山病院去，和素园谈了天。他为了日光浴，皮肤被晒得很黑了，精神却并不萎顿。我们和几个朋友都很高兴。但我在高兴中，又时时夹着悲哀：忽而想到他的爱人，已由他同意之后，和别人订了婚；忽而想到他竟连绍介外国文学给中国的一点志愿，也怕难于达到；忽而想到他在这里静卧着，不知道他自以为是在等候全愈，还是等候灭亡；忽而想到他为什么要寄给我一本精装的《外套》？……

壁上还有一幅陀思妥也夫斯基[12]的大画像。对于这先生，我是尊敬，佩服的，但我又恨他残酷到了冷静的文章。他布置了精神上的苦刑，一个个拉了不幸的人来，拷问给我们看。现在他用沉郁的眼光，

————————

10. 《外套》：俄国作家果戈理所作中篇小说，韦素园的译本出版于1926年9月，为《未名丛刊》之一。据《鲁迅日记》，他收到韦素园的赠书是在1929年8月3日。

11. 伊孛生（H. Ibsen, 1828—1906）：通译易卜生，挪威剧作家。《勃兰特》是他的诗剧，剧中人勃兰特企图用个人的力量鼓动人们起来反对世俗旧习。他带领一群信徒上山去寻找理想的境界，在途中，人们不堪登山之苦，对他的理想产生了怀疑，于是把他击倒，最后他在雪崩下丧生。

12. 陀思妥也夫斯基（1821—1881）：俄罗斯著名作家，代表作有《被侮辱与被损害的》、《罪与罚》等。

凝视着素园和他的卧榻，好像在告诉我：这也是可以收在作品里的不幸的人。

自然，这不过是小不幸，但在素园个人，是相当的大的。

一九三二年八月一日晨五时半，素园终于病殁在北平同仁医院里了，一切计画，一切希望，也同归于尽。我所抱憾的是因为避祸，烧去了他的信札[13]，我只能将一本《外套》当作唯一的纪念，永远放在自己的身边。

自素园病殁之后，转眼已是两年了，这其间，对于他，文坛上并没有人开口。这也不能算是希罕的，他既非天才，也非豪杰，活的时候，既不过在默默中生存，死了之后，当然也只好在默默中泯没。但对于我们，却是值得记念的青年，因为他在默默中支持了未名社。

未名社现在是几乎消灭了，那存在期，也并不长久。然而自素园经营以来，绍介了果戈理（N.Gogol），陀思妥也夫斯基（F.Dostoevsky），安特列夫（L.Andreev），绍介了望·蔼覃（F.VanEeden），绍介了爱伦堡（I.Ehrenburg）的《烟袋》和拉夫列涅夫（B.Lavrenev）的《四十一》[14]。还印行了《未名新集》[15]，其中有丛芜的《君山》，静

---

13. 1930年鲁迅因参加中国自由运动大同盟，遭到国民党当局通缉，次年又因柔石被捕，曾两次被迫"弃家出走"，出走前烧毁了所存的信札。参看《两地书·序言》。

14. 收入《未名丛刊》中的译本有：俄国果戈理的小说《外套》（韦素园译），陀思妥也夫斯基的小说《穷人》（韦丛芜译），安特列夫（1871—1919）的剧本《往星中》和《黑假面人》（李霁野译），荷兰望·蔼覃（1860—1932）的童话《小约翰》（鲁迅译），苏联爱伦堡（1891—1967）等七人的短篇小说集《烟袋》（曹靖华辑译），苏联拉甫列涅夫（1891—1959）的中篇小说《第四十一》（曹靖华译）。

15. 《未名新集》：未名社印行的专收创作的丛刊。其中《君山》是诗集，《地之子》和《建塔者》都是短篇小说集。

农的《地之子》和《建塔者》，我的《朝华夕拾》，在那时候，也都还算是相当可看的作品。事实不为轻薄阴险小儿留情，曾几何年，他们就都已烟消火灭，然而未名社的译作，在文苑里却至今没有枯死的。

是的，但素园却并非天才，也非豪杰，当然更不是高楼的尖顶，或名园的美花，然而他是楼下的一块石材，园中的一撮泥土，在中国第一要他多。他不入于观赏者的眼中，只有建筑者和栽植者，决不会将他置之度外。

文人的遭殃，不在生前的被攻击和被冷落，一瞑之后，言行两亡，于是无聊之徒，谬托知己，是非蜂起，既以自炫，又以卖钱，连死尸也成了他们的沽名获利之具，这倒是值得悲哀的。现在我以这几千字纪念我所熟识的素园，但愿还没有营私肥己的处所，此外也别无话说了。

我不知道以后是否还有记念的时候，倘止于这一次，那么，素园，从此别了！

1934年7月16之夜，鲁迅记。
（本篇最初发表于1934年10月上海《文学》月刊第3卷第4号）

忆韦素园君

忆刘半农君

这是小峰[1]出给我的一个题目。

这题目并不出得过分。半农去世，我是应该哀悼的，因为他也是我的老朋友。但是，这是十来年前的话了，现在呢，可难说得很。

我已经忘记了怎么和他初次会面，以及他怎么能到了北京。他到北京，恐怕是在《新青年》投稿之后，由蔡孑民[2]先生或陈独秀[3]先生去请来的，到了之后，当然更是《新青年》里的一个战士。他活泼，勇敢，很打了几次大仗。譬如罢，答王敬轩的双鐄信[4]，"她"字和"牠"字的创造，就都是的。这两件，现在看起来，自然是琐屑得很，但那是十多年前，单是提倡新式标点，就会有一大群人"若

---

1. 小峰：见《忆韦素园君》注4。

2. 蔡孑民：即蔡元培（1868—1940），字鹤卿，号孑民，著名教育家。"中华民国"首任教育总长，1916年至1927年任北京大学校长，革新北大，开"学术"与"自由"之风。

3. 陈独秀（1880—1942）：安徽怀宁人，中国新文化运动的发起人和旗帜，中国文化启蒙运动的先驱，中国共产党的创始人及首任总书记。

4. 双鐄信：1918年初《新青年》为推动文学革命运动，由编者之一钱玄同化名王敬轩，搜集社会上复古派反对新文化运动的言论，写信给《新青年》编辑部，再由刘半农写回信逐一批驳。两封信同时发表在《新青年》第4卷第3号。

丧考妣"⁵，恨不得"食肉寝皮"⁶的时候，所以的确是"大仗"。现在的二十左右的青年，大约很少有人知道三十年前，单是剪下辫子就会坐牢或杀头的了。然而这曾经是事实。

但半农的活泼，有时颇近于草率，勇敢也有失之无谋的地方。但是，要商量袭击敌人的时候，他还是好伙伴，进行之际，心口并不相应，或者暗暗的给你一刀，他是决不会的。倘若失了算，那是因为没有算好的缘故。

《新青年》每出一期，就开一次编辑会，商定下一期的稿件。其时最惹我注意的是陈独秀和胡适之⁷。假如将韬略比作一间仓库罢，独秀先生的是外面竖一面大旗，大书道："内皆武器，来者小心！"但那门却开着的，里面有几枝枪，几把刀，一目了然，用不着提防。适之先生的是紧紧的关着门，门上粘一条小纸条道："内无武器，请勿疑虑。"这自然可以是真的，但有些人——至少是我这样的人——有时总不免要侧着头想一想。半农却是令人不觉其有"武库"的一个人，所以我佩服陈胡，却亲近半农。

所谓亲近，不过是多谈闲天，一多谈，就露出了缺点。几乎有一年多，他没有消失掉从上海带来的才子必有"红袖添香夜读书"的艳福的思想，好容易才给我们骂掉了。但他好像到处都这的乱说，使有些"学者"皱眉。有时候，连到《新青年》投稿都被排斥。他很勇于写稿，但试去看旧报去，很有几期是没有他的。那些人们批评他的为人，是：浅。

5. 若丧考妣：形容人悲伤得像死了父母一样。考，父亲；妣（bǐ），母亲。

6. 食肉寝皮：割他的肉吃，剥他的皮睡，形容对敌人的深仇大恨。语出《左传·襄公二十一年》。

7. 胡适之：胡适（1891—1962），字适之，安徽绩溪人。现代著名学者、诗人、历史家、文学家、哲学家。因提倡文学革命而成为新文化运动的领袖之一。

忆刘半农君

不错，半农确是浅。但他的浅，却如一条清溪，澄澈见底，纵有多少沉渣和腐草，也不掩其大体的清。倘使装的是烂泥，一时就看不出它的深浅来了；如果是烂泥的深渊呢，那就更不如浅一点的好。

但这些背后的批评，大约是很伤了半农的心的，他的到法国留学，我疑心大半就为此。我最懒于通信，从此我们就疏远起来了。他回来时，我才知道他在外国钞古书，后来也要标点《何典》[8]，我那时还以老朋友自居，在序文上说了几句老实话，事后，才知道半农颇不高兴了，"驷不及舌"[9]，也没有法子。另外还有一回关于《语丝》的彼此心照的不快活[10]。五六年前，曾在上海的宴会上见过一回面，那时候，我们几乎已经无话可谈了。

近几年，半农渐渐的据了要津，我也渐渐的更将他忘却；但从报章上看见他禁称"蜜斯"之类[11]，却很起了反感：我以为这些事情是

---

8. 《何典》：又名《十一才子书·鬼话连篇录》，是清代用吴方言撰写的长篇滑稽讽刺小说，被称为天下奇书之一。在五四新文化运动中，此书得到新文化名家的推崇。1926年6月，刘半农将此书标点重印，鲁迅曾为作题记（后收入《集外集拾遗》）。

9. 驷不及舌：语出《论语·颜渊》。意为一句话说出口，四匹马拉的车也追不回。比喻一句话说出来，再也无法收回。驷（sì）：古时由四匹马拉的车；舌：指说的话。

10. 《语丝》第4卷第9期曾发表刘半农《林则徐照会英吉利国王公文》，其中说林则徐被英人俘虏，并且"明正了典刑，在印度异尸游街"。不久有读者来信，指出这是史实性的错误。刘半农从此即不再给《语丝》写稿。

11. 禁称"蜜斯"之类：事出1934年4月1日北京《世界日报》所载刘半农答记者的谈话。其中说他不赞成学生间以"蜜斯"互称，在1930年他任北平大学女子文理学院院长时即曾加以禁止；他主张废弃"带有奴性的"蜜斯称呼，而代之以国语中原有的姑娘、小姐、女士等。蜜斯：英语Miss的音译，意为小姐。

不必半农来做的。从去年来，又看见他不断的做打油诗，弄烂古文[12]，回想先前的交情，也往往不免长叹。我想，假如见面，而我还以老朋友自居，不给一个"今天天气……哈哈哈"完事，那就也许会弄到冲突的罢。

不过，半农的忠厚，是还使我感动的。我前年曾到北平，后来有人通知我，半农是要来看我的，有谁恐吓了他一下，不敢来了。这使我很惭愧，因为我到北平后，实在未曾有过访问半农的心思。

现在他死去了，我对于他的感情，和他生时也并无变化。我爱十年前的半农，而憎恶他的近几年。这憎恶是朋友的憎恶，因为我希望他常是十年前的半农，他的为战士，即使"浅"罢，却于中国更为有益。我愿以愤火照出他的战绩，免使一群陷沙鬼将他先前的光荣和死尸一同拖入烂泥的深渊。

1934年8月1日。

（本篇最初发表于1934年10月上海《青年界》月刊第6卷第3期）

---

12. 做打油诗，弄烂古文：指刘半农1933年至1934年间发表于《论语》、《人间世》等刊物《桐花芝豆堂诗集》和《双凤凰砖斋小品文》等。可参看《准风月谈·"感旧"以后（下）》。

阿　金

近几时我最讨厌阿金。

她是一个女仆，上海叫娘姨，外国人叫阿妈，她的主人也正是外国人。

她有许多女朋友，天一晚，就陆续到她窗下来，"阿金，阿金！"的大声的叫，这样的一直到半夜。她又好像颇有几个姘头；她曾在后门口宣布她的主张：弗轧姘头，到上海来做啥呢？……

不过这和我不相干。不幸的是她的主人家的后门，斜对着我的前门，所以"阿金，阿金！"的叫起来，我总受些影响，有时是文章做不下去了，有时竟会在稿子上写一个"金"字。更不幸的是我的进出，必须从她家的晒台下走过，而她大约是不喜欢走楼梯的，竹竿，木板，还有别的什么，常常从晒台上直摔下来，使我走过的时候，必须十分小心，先看一看这位阿金可在晒台上面，倘在，就得绕远些。自然，这是大半为了我的胆子小，看得自己的性命太值钱；但我们也得想一想她的主子是外国人，被打得头破血出，固然不成问题，即使死了，开同乡会，打电报也都没有用的，——况且我想，我也未必能够弄到开起同乡会。

半夜以后，是别一种世界，还剩着白天脾气是不行的。有一夜，已经三点半钟了，我在译一篇东西，还没有睡觉。忽然听得路上有人低声的在叫谁，虽然听不清楚，却并不是叫阿金，当然也不是叫我。

我想：这么迟了，还有谁来叫谁呢？同时也站起来，推开楼窗去看去了，却看见一个男人，望着阿金的绣阁的窗，站着。他没有看见我。我自悔我的莽撞，正想关窗退回的时候，斜对面的小窗开处，已经现出阿金的上半身来，并且立刻看见了我，向那男人说了一句不知道什么话，用手向我一指，又一挥，那男人便开大步跑掉了。我很不舒服，好像是自己做了甚么错事似的，书译不下去了，心里想：<u>以后总要少管闲事，要炼到泰山崩于前而色不变，炸弹落于侧而身不移！……</u>

但在阿金，却似乎毫不受什么影响，因为她仍然嘻嘻哈哈。不过这是晚快边[1]才得到的结论，所以我真是负疚了小半夜和一整天。这时我很感激阿金的大度，但同时又讨厌了她的大声会议，嘻嘻哈哈了。自有阿金以来，四围的空气也变得扰动了，她就有这么大的力量。这种扰动，我的警告是毫无效验的，她们连看也不对我看一看。有一回，邻近的洋人说了几句洋话，她们也不理；但那洋人就奔出来了，用脚向各人乱踢，她们这才逃散，会议也收了场。这踢的效力，大约保存了五六夜。

此后是照常的嚷嚷；而且扰动又廓张了开去，阿金和马路对面一家烟纸店里的老女人开始奋斗了，还有男人相帮。她的声音原是响亮的，这回就更加响亮，我觉得一定可以使二十间门面以外的人们听见。不一会，就聚集了一大批人。论战的将近结束的时候当然要提到"偷汉"之类，那老女人的话我没有听清楚，阿金的答复是：

"你这老 × 没有人要！我可有人要呀！"

这恐怕是实情，看客似乎大抵对她表同情，"没有人要"的老 × 战败了。这时踱来了一位洋巡捕，反背着两手，看了一会，就来把看客们赶开；阿金赶紧迎上去，对他讲了一连串的洋话。洋巡捕注意的听完之后，微笑的说道：

---

1. 晚快边：傍晚。

"我看你也不弱呀！"

他并不去捉老×，又反背着手，慢慢的踱过去了。这一场巷战就算这样的结束。但是，人间世的纠纷又并不能解决得这么干脆，那老×大约是也有一点势力的。第二天早晨，那离阿金家不远的也是外国人家的西崽忽然向阿金家逃来。后面追着三个彪形大汉。西崽的小衫已被撕破，大约他被他们诱出外面，又给人堵住后门，退不回去，所以只好逃到他爱人这里来了。爱人的肘腋之下，原是可以安身立命的，伊孛生（H. Ibsen）戏剧里的彼尔·干德[2]，就是失败之后，终于躲在爱人的裙边，听唱催眠歌的大人物。但我看阿金似乎比不上瑙威女子，她无情，也没有魄力。独有感觉是灵的，那男人刚要跑到的时候，她已经赶紧把后门关上了。那男人于是进了绝路，只得站住。这好像也颇出于彪形大汉们的意料之外，显得有些踌蹰；但终于一同举起拳头，两个是在他背脊和胸脯上一共给了三拳，仿佛也并不怎么重，一个在他脸上打了一拳，却使它立刻红起来。这一场巷战很神速，又在早晨，所以观战者也不多，胜败两军，各自走散，世界又从此暂时和平了。然而我仍然不放心，因为我曾经听人说过：所谓"和平"，不过是两次战争之间的时日。

但是，过了几天，阿金就不再看见了，我猜想是被她自己的主人所回复。补了她的缺的是一个胖胖的，脸上很有些福相和雅气的娘姨，已经二十多天，还很安静，只叫了卖唱的两个穷人唱过一回"奇葛隆冬强"的《十八摸》[3]之类，那是她用"自食其力"的余闲，享点清福，谁也没有话说的。只可惜那时又招集了一群男男女女，连阿金的爱人也在内，保不定什么时候又会发生巷战。但我却也叨光听到了男嗓子的上低音（barytone）的歌声，觉得很自然，比绞死猫

---

2. 彼尔·干德：挪威易卜生的诗剧《彼尔·干德》的主角，是一个想象丰富、意志薄弱的人物，最后在他爱人给他唱催眠曲时死去。

3. 《十八摸》：旧时流行的一种猥亵小调。

儿似的《毛毛雨》[4]要好得天差地远。

阿金的相貌是极其平凡的。所谓平凡，就是很普通，很难记住，不到一个月，我就说不出她究竟是怎么一副模样来了。但是我还讨厌她，想到"阿金"这两个字就讨厌；在邻近闹嚷一下当然不会成这么深仇重怨，我的讨厌她是因为不消几日，她就摇动了我三十年来的信念和主张。

我一向不相信昭君出塞[5]会安汉，木兰从军[6]就可以保隋；也不信妲己亡殷[7]，西施沼吴[8]，杨妃乱唐[9]的那些古老话。我以为在男权社会里，女人是决不会有这种大力量的，兴亡的责任，都应该男的负。但向来的男性的作者，大抵将败亡的大罪，推在女性身上，这真是一钱不值的没有出息的男人。殊不料现在阿金却以一个貌不出众，才不惊人的娘姨，不用一个月，就在我眼前搅乱了四分之一里，

---

4. 《毛毛雨》：黎锦晖作的歌曲，曾流行于1930年前后。

5. 昭君出塞：昭君，即王昭君，名嫱，汉元帝宫女。竟宁元年（前33）被遣出塞"和亲"，嫁与匈奴呼韩邪单于（见《汉书·匈奴传》）。

6. 木兰从军：北朝民间叙事诗《木兰诗》中的故事，写木兰女扮男装，代父从军（见《乐府诗集·鼓角横吹曲》）。

7. 妲己亡殷：妲己，殷纣王的妃子，周武王灭殷时被杀。《史记·殷本纪》："帝纣……好酒淫乐，嬖于妇人，爱妲己，妲己之言是从。"武王伐殷时，在《太誓》中有"今殷王纣乃用其妇人之言，自绝于天"等语，后来一些文人就把殷亡的责任归罪于妲己。

8. 西施沼吴：西施，春秋时越国的美女。越王勾践为吴所败，把她献给吴王夫差。后来吴王昏乱失政，破灭于越（见《吴越春秋》）。"沼吴"，语出《左传》哀公元年，当勾践战败向吴求和时，伍员谏夫差拒和，不听，伍员"退而告人曰：越十年生聚，而十年教训，二十年之外，吴其为沼乎！"

9. 杨妃乱唐：杨妃，即杨贵妃，唐玄宗的妃子杨玉环。她的堂兄杨国忠因她得宠而骄奢跋扈，败坏朝政。天宝十四年（755）安禄山以诛国忠为名，起兵反唐，玄宗奔蜀，至马嵬驿，将士杀国忠，玄宗令将杨妃缢死。

假使她是一个女王，或者是皇后，皇太后，那么，其影响也就可以推见了：足够闹出大大的乱子来。

昔者孔子"五十而知天命"[10]，我却为了区区一个阿金，连对于人事也从新疑惑起来了，虽然圣人和凡人不能相比，但也可见阿金的伟力，和我的满不行。我不想将我的文章的退步，归罪于阿金的嚷嚷，而且以上的一通议论，也很近于迁怒，但是，近几时我最讨厌阿金，仿佛她塞住了我的一条路，却是的确的。

愿阿金也不能算是中国女性的标本。

12月21日。

（本篇写成时未能发表，后发表于1936年2月20日上海《海燕》月刊第2期）

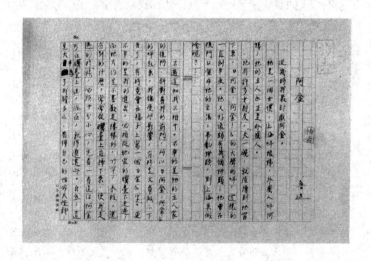

《阿金》被国民党检查官打上了"抽去"印章，禁止发表。

---

10. "五十而知天命"：孔丘的话，见《论语·为政》。据朱熹《集注》："天命，即天道之流行而赋于物者，乃事物所以当然之故也。"

关于太炎先生二三事

前一些时，上海的官绅为太炎[1]先生开追悼会，赴会者不满百人，遂在寂寞中闭幕，于是有人慨叹，以为青年们对于本国的学者，竟不如对于外国的高尔基[2]的热诚。这慨叹其实是不得当的。官绅集会，一向为小民所不敢到；况且高尔基是战斗的作家，太炎先生虽先前也以革命家现身，后来却退居于宁静的学者，用自己所手造的和别人所帮造的墙，和时代隔绝了。纪念者自然有人，但也许将为大多数所忘却。

我以为先生的业绩，留在革命史上的，实在比在学术史上还要大。回忆三十余年之前，木板的《訄书》[3]已经出版了，我读不断，当然也看不懂，恐怕那时的青年，这样的多得很。我的知道中国有太炎先生，并非因为他的经学和小学[4]，是为了他驳斥康有为[5]和作邹容[6]的《革命军》序，竟被监禁于上海的西牢[7]。那时留学日本的浙籍学生，正

---

1. 太炎：章炳麟（1869—1936），又名绛，号太炎，浙江余杭人，国学大师，清末革命家。光复会的发起人之一，后参加同盟会，主编《民报》。他的著作汇编为《章氏丛书》（共三编）。
2. 高尔基：见《为了忘却的记念》注14。
3. 《訄书》：章太炎著学术论文集。取名《訄书》，意谓书中所论及的都是为匡时救国被迫非说不可的问题。訄（qiú），逼迫。
4. 5. 6. 7.（转下页）

办杂志《浙江潮》[8]，其中即载有先生狱中所作诗，却并不难懂。这使我感动，也至今并没有忘记，现在抄两首在下面——

狱中赠邹容

邹容吾小弟，被发下瀛洲[9]。快剪刀除辫，干牛肉作糇[10]。

英雄一入狱，天地亦悲秋。临命须掺手，乾坤只两头。

---

4. 经学和小学：经学原泛指各家学说要义的学问，但在中国汉代独尊儒术后特指研究儒家经典，解释其字面意义、阐明其蕴含义理的学问。小学即古汉语文字学。

5. 康有为（1858—1927）：广东南海人，人称"康南海"，近代著名政治家、思想家、社会改革家、书法家和学者。戊戌变法的领导者。戊戌变法失败后逃亡国外，组织保皇会，后来反对孙中山领导的民主革命运动。这里所说"驳斥康有为"，指章太炎发表于1903年5月《苏报》的《驳康有为论革命书》，它批驳了康有为主张中国只可立宪，不能革命的《与南北美洲诸华裔书》。

6. 邹容（1885—1905）：字蔚丹，四川巴县人，清末革命家。1902年留学日本，积极宣传反清革命思想；1903年回国，于5月出版鼓吹反清的《革命军》一书，书前有章太炎序。同年7月被清政府勾结上海英租界当局拘捕，次年3月判处监禁两年，1905年4月死于租界狱中。

7. 这就是当时有名的"《苏报》案"。《苏报》，1896年创刊于上海的鼓吹反清革命的日报。因它曾刊文介绍《革命军》一书，经清政府勾结上海英租界当局于1903年6月和7月先后将章炳麟、邹容等人逮捕。次年3月由上海县知县会同会审公廨审讯，宣布他们的罪状为："章炳麟作《訄书》并《革命军序》，又有驳康有为之一书，污蔑朝廷，形同悖逆；邹容作《革命军》一书，谋为不轨，更为大逆不道。"邹容被判监禁两年，章炳麟监禁三年。

8. 《浙江潮》：月刊，清末浙江籍留日学生创办，光绪二十九年正月（1903年2月）创刊于东京。这里的两首诗发表于该刊第七期（1903年9月）。

9. 瀛洲：此处指日本。

10. 糇（hóu）：干粮。

狱中闻沈禹希[11]见杀

不见沈生久，江湖知隐沦，萧萧悲壮士，今在易京门。

螭魅[12]羞争焰，文章总断魂。中阴当待我，南北几新坟。

　　一九〇六年六月出狱，即日东渡，到了东京，不久就主持《民报》[13]。我爱看这《民报》，但并非为了先生的文笔古奥，索解为难，或说佛法，谈"俱分进化"[14]，是为了他和主张保皇的梁启超[15]斗争，和"××"的×××斗争[16]，和"以《红楼梦》为成佛之要道"的×××斗争[17]，真是所向披靡，令人神旺。前去听讲也在这时候，但又并非因为他是学者，却为了他是有学问的革命家，所以直到现在，

---

11. 沈禹希（1872—1903）：名荩，字禹希，湖南善化（今长沙）人。清末维新运动的参加者，戊戌变法失败后留学日本。1900年回国，秘密进行反清活动。1903年被捕，杖死狱中。章太炎所作《祭沈禹希文》，载《浙江潮》第九期（1903年11月）。

12. 螭魅（chī mèi）：古代传说中的鬼怪，比喻各种各样的坏人。魅同"鬽"。一般"魑魅魍魉"并用，语出《左传·宣公三年》："魑魅魍魉，莫能逢之。"

13. 《民报》：月刊，同盟会的机关杂志。1905年11月在东京创刊，1908年11月出至第二十四号被日本政府查禁；1910年初又秘密印行两期后停刊。自1906年9月第七号起直至停刊，都由章太炎主编。

14. "俱分进化"：章太炎曾在《民报》第七号（1906年9月）发表谈佛法的《俱分进化论》一文，其中说："进化之所以为进化者，非由一方直进，而必由双方并进。专举一方，惟言智识进化可尔，若以道德言，则善亦进化，恶亦进化；若以生计言，则乐亦进化，苦亦进化。双方并进，如影之随形……进化之实不可非，而进化之用无所取；自标吾论曰：'俱分进化论'。"

15. 梁启超（1873—1929）：号任公，广东新会人，清末维新运动领导人之一。梁启超戊戌变法失败逃亡日本后，于1902年在横滨创办《新民丛报》，鼓吹君主立宪，反对民主革命。章太炎主编的《民报》曾对这种主张予以批驳。

16. 17.（转下页）

关于太炎先生二三事

先生的音容笑貌，还在目前，而所讲的《说文解字》，却一句也不记得了[18]。

　　民国元年革命后，先生的所志已达，该可以大有作为了，然而还是不得志。这也是和高尔基的生受崇敬，死备哀荣，截然两样的。我以为两人遭遇的所以不同，其原因乃在高尔基先前的理想，后来都成为事实，他的一身，就是大众的一体，喜怒哀乐，无不相通；而先生则排满之志虽伸，但视为最紧要的"第一是用宗教发起信心，

---

16. 和"××"的×××斗争："××"疑为"献策"二字，×××指吴稚晖。吴稚晖（名敬恒）曾参加《苏报》工作，在《苏报》案中有叛卖行为。章太炎在《民报》第十九号（1908年2月）发表的《复吴敬恒书》中说："案仆入狱数日，足下来视，自述见俞明震（按当时为江苏候补道）屈膝请安及赐面事，又述俞明震语，谓'奉上官条教，来捕足下，但吾辈办事不可野蛮，有释足下意，愿足下善为谋。'时慰丹在傍，问曰：'何以有我与章先生？'足下即面色青黄，嗫嚅不语……"后来又在《民报》第二十二号（1908年7月）的《再复吴敬恒书》中说："今告足下，……而火票未发以前，未有一言见告；非表里为奸，岂有坐视同党之危而不先警报者？及巡捕抵门，他人犹未知明震与美领事磋商事状，足下已先言之。非足下与明震通情之的证乎？非足下献策之的证乎？"

17. ×××指蓝公武。章太炎在《民报》第十号（1906年12月）发表的《与人书》中说："某某足下：顷者友人以大著见示，中有《俱分进化论批评》一篇。足下尚崇拜苏轼《赤壁赋》，以《红楼梦》为成佛之要道，所见如此，仆岂必与足下辨乎？"书末又有附白："再贵报《新教育学冠言》有一语云：'虽如汗牛之充栋'，思之累日不解。"1924年5月25日北京《晨报副刊》发表有蓝公武《"汗牛之充栋"不是一件可笑的事》一文，说："当日和太炎辩难的是我，所辩论的题目，是哲学上一个善恶的问题。"蓝公武（1887—1957），江苏吴江人。早年留学日本和德国。曾任《国民公报》社长、《时事新报》总编辑等职。又章太炎函中所说的"贵报"，指当时蓝公武与张东荪主办的在日本发行的《教育杂志》。

18. （转下页）

增进国民的道德；第二是用国粹激动种性,增进爱国的热肠"(见《民报》第六本)[19],却仅止于高妙的幻想；不久而袁世凯又攘夺国柄,以遂私图,就更使先生失却实地,仅垂空文,至于今,惟我们的"中华民国"之称,尚系发源于先生的《中华民国解》(最先亦见《民报》)[20],为巨大的记念而已,然而知道这一重公案者,恐怕也已经不多了。既离民众,渐入颓唐,后来的参与投壶[21],接收馈赠,遂每为论者所不满,但这也不过白圭之玷[22],并非晚节不终。考其生平,以大勋章作扇坠,临总统府之门,大诟袁世凯的包藏祸心者,并世无第二人；七被追捕,三入牢狱[23],而革命之志,终不屈挠者,并世亦无第二人：这才是先哲的精神,后生的楷范。近有文侩,勾结小报,竟也作文奚落先生以自鸣得意,真可谓"小人不欲成人之美"[24],而

18. 1908年作者在东京时曾在章太炎处听讲。据许寿裳在《亡友鲁迅印象·从章先生学》中说："章先生出狱以后,东渡日本,一面为《民报》撰文,一面为青年讲学……我和鲁迅极愿往听,而苦与学课时间相冲突,因托龚未生(名宝铨)转达,希望另设一班,蒙先生慨然允许。……每星期日清晨,我们前往受业,……先生讲段氏《说文解字注》、郝氏《尔雅义疏》等。"

19. 章太炎这几句话,见《民报》第六号(1906年8月)所载他的《演说录》："近日办事的方法……第一要在感情,没有感情,凭你有百千万亿的拿坡仑、华盛顿,总是人各一心,不能团结……要成就这感情,有两件事是最要的,第一是用宗教发起信心,增进国民的道德；第二是用国粹激动种性,增进爱国的热肠。"

20. 《中华民国解》发表于《民报》第十五号(1907年7月),后来收入《太炎文录·别录》卷一。

21. 投壶：古代宴会时的一种娱乐,宾主依次投矢壶中,负者饮酒。1926年8月间,章太炎在南京任孙传芳设立的婚丧祭礼制会会长,孙传芳曾邀他参加投壶仪式,但章未去。

22. 白圭之玷：比喻人或物大体很好,只是有些小缺点(常用以表示惋惜)。圭,古代行礼用的玉器。玷,白玉上的一个斑点。

23. 24.（转下页）

且"蚍蜉撼大树，可笑不自量"²⁵了！

但革命之后，先生亦渐为昭示后世计，自藏其锋铓。浙江所刻的《章氏丛书》²⁶，是出于手定的，大约以为驳难攻讦，至于忿詈²⁷，有违古之儒风，足以贻讥多士的罢，先前的见于期刊的斗争的文章，竟多被刊落，上文所引的诗两首，亦不见于《诗录》中。一九三三年刻《章氏丛书续编》于北平，所收不多，而更纯谨，且不取旧作，当然也无斗争之作，先生遂身衣学术的华衮²⁸，粹然成为儒宗，执贽愿为弟子者綦众²⁹，至于仓皇制《同门录》³⁰成册。近阅日报，有保护版权的广告，有三续丛书的记事，可见又将有遗著出版了，但补入先前战斗的文章与否，却无从知道。战斗的文章，乃是先生一

----

23. 七被追捕，三入牢狱：章太炎在1906年5月出狱后，东渡日本，在旅日的革命者为他举行的欢迎会上说："算来自戊戌年（1898）以后，已有七次查拿，六次都拿不到，到第七次方才拿到；以前三次，或因别事株连，或是普拿新党，不专为我一人，后来四次，却都为逐满独立的事。"（载《民报》第六号）至于"三入牢狱"，据《太炎先生自定年谱》可考者为两次：1903年5月因《苏报》案被捕，监禁三年，期满获释；1913年8月因反对袁世凯被软禁，袁死后始得自由。

24. "小人不欲成人之美"：语出《论语·颜渊》："君子成人之美，不成人之恶；小人反是。"

25. "蚍蜉撼大树，可笑不自量"：语出韩愈诗《调张籍》。

26. 《章氏丛书》：浙江图书馆木刻本，于1919年刊行，共收著作十三种。其中无"诗录"，诗即附于"文录"卷二之末。下文的《章氏丛书续编》，由章太炎的学生吴承仕、钱玄同等编校，1933年刊行，共收著作七种。

27. 忿詈（fèn lì）：气愤，愤怒。

28. 华衮：古代王公贵族的多采的礼服。常用以表示极高的荣宠。后以"华衮"指君王。

29. 綦众：很多。

30. 《同门录》：即同学姓名录。据《汉书·孟喜传》唐代颜师古注："同门，同师学者也。"

生中最大，最久的业绩，假使未备，我以为是应该一一辑录，校印，使先生和后生相印，活在战斗者的心中的。然而此时此际，恐怕也未必能如所望罢，呜呼！

10月9日。

（本文最初印入1937年3月10日在上海出版的《工作与学习丛刊》之一《二三事》一书）

因太炎先生而想起的二三事

　　写完题目，就有些踌蹰，怕空话多于本文，就是俗语之所谓"雷声大，雨点小"。

　　做了《关于太炎先生二三事》以后，好像还可以写一点闲文，但已经没有力气，只得停止了。第二天一觉醒来，日报已到，拉过来一看，不觉自己摩一下头顶，惊叹道："二十五周年的双十节！原来中华民国，已过了一世纪的四分之一了，岂不快哉！"但这"快"是迅速的意思。后来乱翻增刊，偶看见新作家的憎恶老人的文章，便如兜顶浇半瓢冷水。自己心里想：老人这东西，恐怕也真为青年所不耐的。例如我罢，性情即日见乖张，二十五年而已，却偏喜欢说一世纪的四分之一，以形容其多，真不知忙着什么；而且这摩一下头顶的手势，也实在可以说是太落伍了。

　　这手势，每当惊喜或感动的时候，我也已经用了一世纪的四分之一，犹言"辫子究竟剪去了"，原是胜利的表示。这种心情，和现在的青年也是不能相通的。假使都会上有一个拖着辫子的人，三十左右的壮年和二十上下的青年，看见了恐怕只以为珍奇，或者竟觉得有趣，但我却仍然要憎恨，愤怒，因为自己是曾经因此吃苦的人，以剪辫为一大公案的缘故。我的爱护中华民国，焦唇敝舌，恐其衰微，大半正为了使我们得有剪辫的自由，假使当初为了保存古迹，留辫不剪，我大约是决不会这样爱它的。张勋来也好，段祺瑞来也好，我真自愧远不及有些士君子的大度。

　　当我还是孩子时，那时的老人指教我说：剃头担上的旗竿，三百年前是挂头的。满人入关，下令拖辫，剃头人沿路拉人剃发，谁敢抗拒，便砍下头来挂在旗竿上，再去拉别的人。那时的剃发，先用水擦，再用刀刮，确是气闷的，但挂头故事却并不引起我的惊惧，因为即使我不高兴剃发，剃头人不但不来砍下我的脑袋，还从旗竿斗里摸出糖来，说剃完就可以吃，已经换了怀柔方略了。见惯者不怪，对辫子也不觉其丑，何况花样繁多，以姿态论，则辫子有松打，有紧打，辫线有三股，有散线，周围有看发（即今之"刘海"），看发有长短，长看发又可打成两条细辫子，环于顶搭之周围，顾影自怜，为美男子；以作用论，则打架时可拔，犯奸时可剪，做戏的可挂于铁竿，为父的可鞭其子女，变把戏的将头摇动，能飞舞如龙蛇，昨在路上，看见巡捕拿人，一手一个，以一捕二，倘在辛亥革命前，则一把辫子，至少十多个，为治民计，也极方便的。不幸的是所谓"海禁大开"，士人渐读洋书，因知比较，纵使不被洋人称为"猪尾"，而既不全剃，又不全留，剃掉一圈，留下一撮，打成尖辫，如慈菇芽，也未免自己觉得毫无道理，大可不必了。

　　我想，这是纵使生于民国的青年，一定也都知道的。清光绪中，曾有康有为者变过法，不成，作为反动，是义和团起事，而八国联军遂入京，这年代很容易记，是恰在一千九百年，十九世纪的结末。于是满清官民，又要维新了，维新有老谱，照例是派官出洋去考察，和派学生出洋去留学。我便是那时被两江总督派赴日本的人们之中的一个，自然，排满的学说和辫子的罪状和文字狱的大略，是早经知道了一些的，而最初在实际上感到不便的，却是那辫子。

　　凡留学生一到日本，急于寻求的大抵是新知识。除学习日文，准备进专门的学校之外，就赴会馆，跑书店，往集会，听讲演。我第一次所经历的是在一个忘了名目的会场上，看见一位头包白纱布，用无锡腔讲演排满的英勇的青年，不觉肃然起敬。但听下去，到得他说"我在这里骂老太婆,老太婆一定也在那里骂吴稚晖",听讲者一阵大笑的时候,就感到没趣,觉得留学生好像也不外乎嬉皮笑脸。"老太婆"者,指清朝的西太后。吴稚晖在东京开会骂西太后,是眼前的事实无疑,但要说这时西太后也正在北京开会骂吴稚晖,我可不相信。讲演固然不妨夹着笑骂,但无聊的打诨,是非徒无益,而且有害的。不过吴先生这时却正在和公使蔡钧大战,名驰学界,白纱布下面,就藏着名誉的伤痕。不久,就被递解回国,路经皇城外的河边时,他跳了下去,但立刻又被捞起,押送回去了。这就是后来太炎先生和他笔战时,文中之所谓"不投大壑而投阳沟,面目上露"。其实是日本的御沟并不狭小,但当警官护送之际,却即使并未"面目上露",也一定要被捞起的。这笔战愈来愈凶,终至夹着毒詈,今年吴先生讥刺太炎先生受国民政府优遇时,还提起这件事,这是三十余年前的旧账,至今不忘,可见怨毒之深了。但先生手定的《章氏丛书》内,却都不收录这些攻战的文章。先生力排清虏,而服膺于几个清儒,殆将希踪古贤,故不欲以此等文字自秽其著述——但由我看来,其实是吃亏,上当的,此种醇风,正使物能遁形,贻患千古。

剪掉辫子,也是当时一大事。太炎先生去发时,作《解辫发》,有云——

"……共和二千七百四十一年,秋七月,余年三十三矣。是时满洲政府不道,戕虐朝士,横挑强邻,戮使略贾,四维交攻。愤东胡之无状,汉族之不得职,陨涕涔涔曰,余年已立,而犹被戎狄之服,不违咫尺,弗能剪除,余之罪也。将荐绅束发,以复近古,日既不给,衣又不可得。于是曰,昔祁班孙,释隐玄,皆以明氏遗老,断发以殁。《春秋谷梁传》曰:'吴祝发',《汉书》《严助传》曰:'越劗发',(晋灼曰:'劗,张揖以为古剪字也')余故吴越间民,去之亦犹行古之道也。……"

文见于木刻初版和排印再版的《訄书》中,后经更定,改名《检论》时，也被删掉了。我的剪辫，却并非因为我是越人，越在古昔，"断发文身"，今特效之，以见先民仪矩，也毫不含有革命性，归根结蒂，只为了不便：一不便于脱帽，二不便于体操，三盘在囟门上，令人很气闷。在事实上，无辫之徒，回国以后，默然留长，化为不二之臣者也多得很。而黄克强在东京作师范学生时，就始终没有断发，也未尝大叫革命，所略显其楚人的反抗的蛮性者，惟因日本学监，诫学生不可赤膊，他却偏光着上身，手挟洋磁脸盆，从浴室经过大院子，摇摇摆摆的走入自修室去而已。

我的第一个师父

不记得是那一部旧书上看来的了，大意说是有一位道学先生，自然是名人，一生拼命辟佛，却名自己的小儿子为"和尚"。有一天，有人拿这件事来质问他。他回答道："这正是表示轻贱呀！"那人无话可说而退云[1]。

其实，这位道学先生是诡辩。名孩子为"和尚"，其中是含有迷信的。中国有许多妖魔鬼怪，专喜欢杀害有出息的人，尤其是孩子；要下贱，他们才放手，安心。和尚这一种人，从和尚的立场看来，会成佛——但也不一定，——固然高超得很，而从读书人的立场一看，他们无家无室，不会做官，却是下贱之流。读书人意中的鬼怪，那意见当然和读书人相同，所以也就不来搅扰了。这和名孩子为阿猫阿狗，完全是一样的意思：容易养大。

还有一个避鬼的法子，是拜和尚为师，也就是舍给寺院了的意思，然而并不放在寺院里。我生在周氏是长男，"物以希为贵"，父亲怕

---

1. 宋代笔记小说《道山清话》（著者不详）中记有如下的故事："一长老在欧阳公（修）座上，见公家小儿有名僧哥者，戏谓公曰：'公不重佛，安得此名？'公笑曰：'人家小儿要易长育，往往以贱名为小名，如狗、羊、犬、马之类是也。'闻者莫不服公之捷对。"又据宋代王辟之著《渑水燕谈录》："公（欧阳修）幼子小名和尚。"

我有出息，因此养不大，不到一岁，便领到长庆寺里去，拜了一个和尚为师了。拜师是否要贽见礼[2],或者布施什么的呢，我完全不知道。只知道我却由此得到一个法名叫作"长庚"，后来我也偶尔用作笔名，并且在《在酒楼上》这篇小说里，赠了恐吓自己的侄女的无赖；还有一件百家衣，就是"衲衣"，论理，是应该用各种破布拼成的，但我的却是橄榄形的各色小绸片所缝就，非喜庆大事不给穿；还有一条称为"牛绳"的东西，上挂零星小件，如历本，镜子，银筛之类，据说是可以避邪的。

这种布置，好像也真有些力量：我至今没有死。

不过，现在法名还在，那两件法宝却早已失去了。前几年回北平去，母亲还给了我婴儿时代的银筛，是那时的惟一的纪念。仔细一看，原来那筛子圆径不过寸余，中央一个太极图，上面一本书，下面一卷画，左右缀着极小的尺，剪刀，算盘，天平之类。我于是恍然大悟，中国的邪鬼，是怕斩钉截铁，不能含胡的东西的。因为探究和好奇，去年曾经去问上海的银楼，终于买了两面来，和我的几乎一式一样，不过缀着的小东西有些增减。奇怪得很，半世纪有余了，邪鬼还是这样的性情，避邪还是这样的法宝。然而我又想，这法宝成人却用不得，反而非常危险的。

但因此又使我记起了半世纪以前的最初的先生。我至今不知道他的法名，无论谁，都称他为"龙师父"，瘦长的身子，瘦长的脸，高颧细眼，和尚是不应该留须的，他却有两绺下垂的小胡子。对人很和气，对我也很和气，不教我念一句经，也不教我一点佛门规矩；他自己呢，穿起袈裟来做大和尚，或者戴上毗卢帽放焰口[3]，"无祀

---

2. 贽（zhì）见礼：见面礼。

3. 毗卢帽：和尚所戴的一种绣有毗卢佛像的帽子。放焰口，旧俗于夏历七月十五日（中元节）晚上请和尚结盂兰盆会，诵经施食，称为"放焰口"。盂兰盆，梵语音译，"救倒悬"的意思；焰口，饿鬼名。

孤魂，来受甘露味"的时候，是庄严透顶的，平常可也不念经，因为是住持，只管着寺里的琐屑事，其实——自然是由我看起来——他不过是一个剃光了头发的俗人。

因此我又有一位师母，就是他的老婆。论理，和尚是不应该有老婆的，然而他有。我家的正屋的中央，供着一块牌位，用金字写着必须绝对尊敬和服从的五位："天地君亲师"。我是徒弟，他是师，决不能抗议，而在那时，也决不想到抗议，不过觉得似乎有点古怪。但我是很爱我的师母的，在我的记忆上，见面的时候，她已经大约有四十岁了，是一位胖胖的师母，穿着玄色纱衫裤，在自己家里的院子里纳凉，她的孩子们就来和我玩耍。有时还有水果和点心吃，——自然，这也是我所以爱她的一个大原因；用高洁的陈源教授的话来说，便是所谓"有奶便是娘"[4]，在人格上是很不足道的。

不过我的师母在恋爱故事上，却有些不平常。"恋爱"，这是现在的术语，那时我们这偏僻之区只叫作"相好"。《诗经》云："式相好矣，毋相尤矣"[5]，起源是算得很古，离文武周公的时候不怎么久就有了的，然而后来好像并不算十分冠冕堂皇的好话。这且不管它罢。总之，听说龙师父年青时，是一个很漂亮而能干的和尚，交际

---

4. "有奶便是娘"：1925年8月间，因北洋政府教育总长章士钊禁止爱国运动和宣扬复古思想，北京大学评议会发表宣言反对他为教育总长，并宣布和教育部脱离关系。后来少数教授顾虑脱离教育部后经费无着，一部分进步教授就在致本校同事的公函中说："章士钊到任以来，曾为北京大学筹过若干经费，本校同人均各知悉；即使章士钊真能按月拨付，或并清偿积欠……同人亦当为公义而牺牲利益，维持最高学府之尊严……如若忽变态度……采取'有奶便是娘'主义，我们不能不为北大同人羞。"陈源在《现代评论》第二卷第四十期（1925年9月12日）发表的《闲话》里，引用"有奶便是娘"这句话，歪曲公函中的原意，加以讥笑。

5. "式相好矣，毋相尤矣"：语见《诗经·小雅·斯干》，意思是互相爱好而不相恶。式，发语辞。

很广，认识各种人。有一天，乡下做社戏了，他和戏子相识，便上台替他们去敲锣，精光的头皮，簇新的海青[6]，真是风头十足。乡下人大抵有些顽固，以为和尚是只应该念经拜忏的，台下有人骂了起来。师父不甘示弱，也给他们一个回骂。于是战争开幕，甘蔗梢头雨点似的飞上来，有些勇士，还有进攻之势，"彼众我寡"，他只好退走，一面退，一面一定追，逼得他又只好慌张的躲进一家人家去。而这人家，又只有一位年青的寡妇。以后的故事，我也不甚了然了，总而言之，她后来就是我的师母。

自从《宇宙风》出世以来，一向没有拜读的机缘，近几天才看见了"春季特大号"。其中有一篇铢堂先生的《不以成败论英雄》[7]，使我觉得很有趣，他以为中国人的"不以成败论英雄"，"理想是不能不算崇高"的，"然而在人群的组织上实在要不得。抑强扶弱，便是永远不愿意有强。崇拜失败英雄，便是不承认成功的英雄"。"近人有一句流行话，说中国民族富于同化力，所以辽金元清都并不曾征服中国。其实无非是一种惰性，对于新制度不容易接收罢了"。我

---

6. 海青：江浙一带方言，指一种广袖的长袍。

7. 铢堂先生的《不以成败论英雄》：铢堂原作铢庵，本名瞿宣颖（1894—? ），字兑之，湖南长沙人。北洋政府官僚，抗日战争时期曾充当伪华北编译馆馆长。他的文章题为《不以成败论英雄》，刊于《宇宙风》第十三期（1936年3月），文中说："我们的民族乃是向来不以成败论英雄的。……近人有一句流行话，说中国民族富于同化力，所以辽金元清都并不曾征服中国。其实无非是一种惰性，对于新制度不容易接收罢了。这种惰性与上面所说的不论成败的精神，最有关系。中国人对于失败者过于哀怜，所以对于旧的过于恋惜。对于成功者常怀轻蔑，所以对于新的不容易接收。凡是古来成功的帝王，欲维持几百年的威力，不定得残害几万几十万无辜的人，方才能博得一时的慑服。……这些话好像都是老生常谈。然而我要藉此点明的意思，乃是中国的社会不树威是难得服帖的。……总而言之，中国人理想是不能不算崇高。然而在人群的组织上实在要不得。抑强扶弱，便是永远不愿意有强。崇拜失败的英雄，便是不承认成功的英雄。"

们怎样来改悔这"惰性"呢，现在姑且不谈，而且正在替我们想法的人们也多得很。我只要说那位寡妇之所以变了我的师母，其弊病也就在"不以成败论英雄"。乡下没有活的岳飞或文天祥，所以一个漂亮的和尚在如雨而下的甘蔗梢头中，从戏台逃下，也就是一个货真价实的失败的英雄。她不免发现了祖传的"惰性"，崇拜起来，对于追兵，也像我们的祖先的对于辽金元清的大军似的，"不承认成功的英雄"了。在历史上，这结果是正如铢堂先生所说："乃是中国的社会不树威是难得帖服的"，所以活该有"扬州十日"和"嘉定三屠"[8]。但那时的乡下人，却好像并没有"树威"，走散了，自然，也许是他们料不到躲在家里。

因此我有了三个师兄，两个师弟。大师兄是穷人的孩子，舍在寺里，或是卖在寺里的；其余的四个，都是师父的儿子，大和尚的儿子做小和尚，我那时倒并不觉得怎么稀奇。大师兄只有单身；二师兄也有家小，但他对我守着秘密，这一点，就可见他的道行远不及我的师父，他的父亲了。而且年龄都和我相差太远，我们几乎没有交往。

三师兄比我恐怕要大十岁，然而我们后来的感情是很好的，我常常替他担心。还记得有一回，他要受大戒了，他不大看经，想来未必深通什么大乘[9]教理，在剃得精光的囟门[10]上，放上两排艾绒[11]，

---

8. "扬州十日"：指清顺治二年（1645）清军攻破扬州后进行的十天大屠杀。"嘉定三屠"：指同年清军占领嘉定后进行的三次大屠杀。清代王秀楚著《扬州十日记》、朱子素著《嘉定屠城记略》二书，分别对这两次惨杀作了较详的记载。

9. 大乘：公元一、二世纪间形成的佛教宗派，相对于主张"自我解脱"的小乘教派而言，它主张"救度一切众生"，强调尽人皆可成佛。一切修行应以利他为主。

10. 囟（xìn）门：指婴儿出生时头顶有两块没有骨质的"天窗"，医学上称为"囟门"。此处指脑门。

11. 艾绒：即艾草，是一种多年生草本植物，分布于亚洲及欧洲地区。一般用于针灸术的"灸"。

同时烧起来，我看是总不免要叫痛的，这时善男信女，多数参加，实在不大雅观，也失了我做师弟的体面。这怎么好呢？每一想到，十分心焦，仿佛受戒的是我自己一样。然而我的师父究竟道力高深，他不说戒律，不谈教理，只在当天大清早，叫了我的三师兄去，厉声吩咐道："拼命熬住，不许哭，不许叫，要不然，脑袋就炸开，死了！"这一种大喝，实在比什么《妙法莲花经》或《大乘起信论》[12]还有力，谁高兴死呢，于是仪式很庄严的进行，虽然两眼比平时水汪汪，但到两排艾绒在头顶上烧完，的确一声也不出。我嘘一口气，真所谓"如释重负"，善男信女们也个个"合十赞叹，欢喜布施，顶礼而散"[13]了。

出家人受了大戒，从沙弥升为和尚，正和我们在家人行过冠礼[14]，由童子而为成人相同。成人愿意"有室"，和尚自然也不能不想到女人。以为和尚只记得释迦牟尼或弥勒菩萨[15]，乃是未曾拜和尚为师，或与和尚为友的世俗的谬见。寺里也有确在修行，没有女人，也不吃荤的和尚，例如我的大师兄即是其一，然而他们孤僻，冷酷，看不起人，好像总是郁郁不乐，他们的一把扇或一本书，你一动他就不高兴，令人不敢亲近他。所以我所熟识的，都是有女人，或声明想女人，吃荤，或声明想吃荤的和尚。

我那时并不诧异三师兄在想女人，而且知道他所理想的是怎样

---

12. 《妙法莲花经》：简称《法华经》，印度佛教经典之一。通行的中译本为后秦鸠摩罗什所译。《大乘起信论》：解释大乘教理的佛教著作，相传为古印度马鸣作，有南朝梁真谛和唐代实叉难陀的两种译本。

13. "合十赞叹，欢喜布施，顶礼而散"：这是佛经中常见的话。合十，即合掌，用以表示敬意；顶礼，以头、手、足五体匍匐在地的叩拜，是一种最尊敬的礼节。

14. 冠礼：我国古代礼俗，男子二十岁时举行冠礼，表示已经成人。《仪礼·士冠礼》篇中有关于冠礼的说明。

15. 释迦牟尼：印度迦毗罗卫国净饭王的儿子，后出家修道，成为佛教创始人。弥勒：佛教菩萨之一，相传继释迦牟尼而成佛。

的女人。人也许以为他想的是尼姑罢，并不是的，和尚和尼姑"相好"，加倍的不便当。他想的乃是千金小姐或少奶奶；而作这"相思"或"单相思"——即今之所谓"单恋"也——的媒介的是"结"。我们那里的阔人家，一有丧事，每七日总要做一些法事，有一个七日，是要举行"解结"的仪式的，因为死人在未死之前，总不免开罪于人，存着冤结，所以死后要替他解散。方法是在这天拜完经忏的傍晚，灵前陈列着几盘东西，是食物和花，而其中有一盘，是用麻线或白头绳，穿上十来文钱，两头相合而打成蝴蝶式，八结式之类的复杂的，颇不容易解开的结子。一群和尚便环坐桌旁，且唱且解，解开之后，钱归和尚，而死人的一切冤结也从此完全消失了。这道理似乎有些古怪，但谁都这样办，并不为奇，大约也是一种"惰性"。不过解结是并不如世俗人的所推测，个个解开的，倘有和尚以为打得精致，因而生爱，或者故意打得结实，很难解散，因而生恨的，便能暗暗的整个落到僧袍的大袖里去，一任死者留下冤结，到地狱里去吃苦。这种宝结带回寺里，便保存起来，也时时鉴赏，恰如我们的或亦不免偏爱看看女作家的作品一样。当鉴赏的时候，当然也不免想到作家，打结子的是谁呢，男人不会，奴婢不会，有这种本领的，不消说是小姐或少奶奶了。和尚没有文学界人物的清高，所以他就不免睹物思人，所谓"时涉遐想"起来，至于心理状态，则我虽曾拜和尚为师，但究竟是在家人，不大明白底细。只记得三师兄曾经不得已而分给我几个，有些实在打得精奇，有些则打好之后，浸过水，还用剪刀柄之类砸实，使和尚无法解散。解结，是替死人设法的，现在却和和尚为难，我真不知道小姐或少奶奶是什么意思。这疑问直到二十年后，学了一点医学，才明白原来是给和尚吃苦，颇有一点虐待异性的病态的。深闺的怨恨，会无线电似的报在佛寺的和尚身上，我看道学先生可还没有料到这一层。

后来，三师兄也有了老婆，出身是小姐，是尼姑，还是"小家碧玉"呢，我不明白，他也严守秘密，道行远不及他的父亲了。这时我也长大起来，不知道从那里，听到了和尚应守清规之类的古老话，还用这话来嘲笑他，本意是在要他受窘。不料他竟一点不窘,立刻用"金刚怒目"[16]式，向我大喝一声道：

"和尚没有老婆，小菩萨那里来!？"

这真是所谓"狮吼"[17]，使我明白了真理，哑口无言，我的确早看见寺里有丈余的大佛，有数尺或数寸的小菩萨，却从未想到他们为什么有大小。经此一喝，我才彻底的省悟了和尚有老婆的必要，以及一切小菩萨的来源，不再发生疑问。但要找寻三师兄，从此却艰难了一点，因为这位出家人，这时就有了三个家了：一是寺院，二是他的父母的家，三是他自己和女人的家。

我的师父，在约略四十年前已经去世；师兄弟们大半做了一寺的住持；我们的交情是依然存在的，却久已彼此不通消息。但我想，他们一定早已各有一大批小菩萨，而且有些小菩萨又有小菩萨了。

4月1日。

（本篇最初发表于1936年4月《作家》月刊第1卷第1期）

---

16. "金刚怒目"：形容面目威严，令人生畏。金刚是佛寺山门的守护神，左右各一，头戴宝冠，裸上身，作愤怒相。

17. "狮吼"：佛家语，意思是震动世界的声音。宋僧道彦《景德传灯录》卷一引《普耀经》："佛（释迦牟尼）初生刹利王家……分手指天地，作狮子吼声：'上下及四维，无能尊我者。'"

半 夏 小 集

一

A：你们大家来品评一下罢，B竟蛮不讲理的把我的大衫剥去了！

B：因为A还是不穿大衫好看。我剥它掉，是提拔他；要不然，我还不屑剥呢。

A：不过我自己却以为还是穿着好……

C：现在东北四省失掉了，你漫不管，只嚷你自己的大衫，你这利己主义者，你这猪猡！

C太太：他竟毫不知道B先生是合作的好伴侣，这昏蛋！

二

用笔和舌，将沦为异族的奴隶之苦告诉大家，自然是不错的，但要十分小心，不可使大家得着这样的结论："那么，到底还不如我们似的做自己人的奴隶好。"

三

"联合战线"之说一出，先前投敌的一批"革命作家"，就以"联合"的先觉者自居，渐渐出现了。纳款，通敌的鬼蜮行为，一到现在，就好像都是"前进"的光明事业。

四

这是明亡后的事情。

凡活着的，有些出于心服，多数是被压服的。但活得最舒服横恣的是汉奸；而活得最清高，被人尊敬的，是痛骂汉奸的逸民。后来自己寿终林下，儿子已不妨应试去了，而且各有一个好父亲。至于默默抗战的烈士，却很少能有一个遗孤。

我希望目前的文艺家，并没有古之逸民气。

五

A：B，我们当你是一个可靠的好人，所以几种关于革命的事情，都没有瞒了你。你怎么竟向敌人告密去了？

B：岂有此理！怎么是告密！我说出来，是因为他们问了我呀。

A：你不能推说不知道吗？

B：什么话！我一生没有说过谎，我不是这种靠不住的人！

六

A：阿呀，B先生，三年不见了！你对我一定失望了罢？……

B：没有的事……为什么？

A：我那时对你说过，要到西湖上去做二万行的长诗，直到现在，一个字也没有，哈哈哈！

B：哦，……我可并没有失望。

A：您的"世故"可是进步了，谁都知道您记性好，"责人严"，不会这么随随便便的，您现在也学会了说谎。

B：我可并没有说谎。

A：那么，您真的对我没有失望吗？

B：唔，无所谓失不失望，因为我根本没有相信过你。

七

庄生以为"在上为乌鸢食，在下为蝼蚁食"，死后的身体，大可随便处置，因为横竖结果都一样。

我却没有这么旷达。假使我的血肉该喂动物，我情愿喂狮虎鹰隼，却一点也不给癞皮狗们吃。

养肥了狮虎鹰隼，它们在天空，岩角，大漠，丛莽里是伟美的壮观，捕来放在动物园里，打死制成标本，也令人看了神旺，消去鄙吝的心。

但养胖一群癞皮狗，只会乱钻，乱叫，可多么讨厌！

八

琪罗编辑圣·蒲孚的遗稿，名其一部为《我的毒》（MesPoisons）；我从日译本上，看见了这样的一条：

"明言着轻蔑什么人，并不是十足的轻蔑。惟沉默是最高的轻蔑。——我在这里说，也是多余的。"

诚然，"无毒不丈夫"，形诸笔墨，却还不过是小毒。最高的轻蔑是无言，而且连眼珠也不转过去。

九

作为缺点较多的人物的模特儿，被写入一部小说里，这人总以为是晦气的。

殊不知这并非大晦气，因为世间实在还有写不进小说里去的人。倘写进去，而又逼真，这小说便被毁坏。

譬如画家，他画蛇，画鳄鱼，画龟，画果子壳，画字纸篓，画垃圾堆，但没有谁画毛毛虫，画癞头疮，画鼻涕，画大便，就是一样的道理。

有人一知道我是写小说的，便回避我，我常想这样的劝止他，但可惜我的毒还不到这程度。

"这也是生活……"

这也是病中的事情。

有一些事，健康者或病人是不觉得的，也许遇不到，也许太微细。到得大病初愈，就会经验到；在我，则疲劳之可怕和休息之舒适，就是两个好例子。我先前往往自负，从来不知道所谓疲劳。书桌面前有一把圆椅，坐着写字或用心的看书，是工作；旁边有一把藤躺椅，靠着谈天或随意的看报，便是休息；觉得两者并无很大的不同，而且往往以此自负。现在才知道是不对的，所以并无大不同者，乃是因为并未疲劳，也就是并未出力工作的缘故。

我有一个亲戚的孩子，高中毕了业，却只好到袜厂里去做学徒，心情已经很不快活的了，而工作又很繁重，几乎一年到头，并无休息。他是好高的，不肯偷懒，支持了一年多。有一天，忽然坐倒了，对他的哥哥道："我一点力气也没有了。"

他从此就站不起来，送回家里，躺着，不想饮食，不想动弹，不想言语，请了耶稣教堂的医生来看，说是全体什么病也没有，然而全体都疲乏了。也没有什么法子治。自然，连接而来的是静静的死。我也曾经有过两天这样的情形，但原因不同，他是做乏的，我是病乏的。我的确什么欲望也没有，似乎一切都和我不相干，所有举动都是多事，我没有想到死，但也没有觉得生；这就是所谓"无欲望状态"，是死亡的第一步。曾有爱我者因此暗中下泪；然而我有转机了，我要喝一点汤水，我有时也看看四近的东西，如墙壁，苍蝇之类，此后才能觉得疲劳，才需要休息。

象心纵意的躺倒，四肢一伸，大声打一个呵欠，又将全体放在适宜的位置上，然后弛懈了一切用力之点，这真是一种大享乐。在我是从来未曾享受过的。我想，强壮的，或者有福的人，恐怕也未曾享受过。

记得前年，也在病后，做了一篇《病后杂谈》，共五节，投给《文学》，但后四节无法发表，印出来只剩了头一节了。虽然文章前面明明有一个"一"字，此后突然而止，并无"二""三"，仔细一想是就会觉得古怪的，但这不能要求于每一位读者，甚而至于不能希望于批评家。于是有人据这一节，下我断语道："鲁迅是赞成生病的。"现在也许暂免这种灾难了，但我还不如先在这里声明一下："我的话到这里还没有完。"

有了转机之后四五天的夜里，我醒来了，喊醒了广平。

"给我喝一点水。并且去开开电灯，给我看来看去的看一下。"

"为什么？……"她的声音有些惊慌，大约是以为我在讲昏话。

"因为我要过活。你懂得么？这也是生活呀。我要看来看去的看一下。"

"哦……"她走起来，给我喝了几口茶，徘徊了一下，又轻轻的躺下了，不去开电灯。

我知道她没有懂得我的话。

街灯的光穿窗而入，屋子里显出微明，我大略一看，熟识的墙壁，壁端的棱线，熟识的书堆，堆边的未订的画集，外面的进行着的夜，无穷的远方，无数的人们，都和我有关。我存在着，我在生活，我将生活下去，我开始觉得自己更切实了，我有动作的欲望——但不久我又坠入了睡眠。

第二天早晨在日光中一看，果然，熟识的墙壁，熟识的书堆……

这些，在平时，我也时常看它们的，其实是算作一种休息。但我们一向轻视这等事，纵使也是生活中的一片，却排在喝茶搔痒之下，或者简直不算一回事。我们所注意的是特别的精华，毫不在枝叶。给名人作传的人，也大抵一味铺张其特点，李白怎样做诗，怎样要颠，拿破仑怎样打仗，怎样不睡觉，却不说他们怎样不要颠，要睡觉。其实，一生中专门要颠或不睡觉，是一定活不下去的，人之有时能要颠和不睡觉，就因为倒是有时不要颠和也睡觉的缘故。然而人们以为这些平凡的都是生活的渣滓，一看也不看。

于是所见的人或事，就如盲人摸象，摸着了脚，即以为象的样子像柱子。中国古人，常欲得其"全"，就是制妇女用的"乌鸡白凤丸"，也将全鸡连毛血都收在丸药里，方法固然可笑，主意却是不错的。

删夷枝叶的人，决定得不到花果。

为了不给我开电灯，我对于广平很不满，见人即加以攻击；到得自己能走动了，就去一翻她所看的刊物，果然，在我卧病期中，全是精华的刊物已经出得不少了，有些东西，后面虽然仍旧是"美容妙法"，"古木发光"，或者"尼姑之秘密"，但第一面却总有一点激昂慷慨的文章。作文已经有了"最中心之主题"：连义和拳时代和德国统帅瓦德西睡了一些时候的赛金花，也早已封为九天护国娘娘了。

尤可惊服的是先前用《御香缥缈录》，把清朝的宫廷讲得津津有味的《申报》上的《春秋》，也已经时而大有不同，有一天竟在卷端的《点滴》里，教人当吃西瓜时，也该想到我们土地的被割碎，像这西瓜一样。自然，这是无时无地无事而不爱国，无可訾议的。但倘使我一面这样想，一面吃西瓜，我恐怕一定咽不下去，即使用劲咽下，也难免不能消化，在肚子里咕咚的响它好半天。这也未必是因为我病后神经衰弱的缘故。我想，倘若用西瓜作比，讲过国耻讲义，却立刻又会高高兴兴的把这西瓜吃下，成为血肉的营养的人，这人恐怕是有些麻木。对他无论讲什么讲义，都是毫无功效的。

我没有当过义勇军，说不确切。但自己问：战士如吃西瓜，是否大抵有一面吃，一面想的仪式的呢？我想：未必有的。他大概只觉得口渴，要吃，味道好，却并不想到此外任何好听的大道理。吃过西瓜，精神一振，战斗起来就和喉干舌敝时候不同，所以吃西瓜和抗敌的确有关系，但和应该怎样想的上海设定的战略，却是不相干。这样整天哭丧着脸去吃喝，不多久，胃口就倒了，还抗什么敌。

　　然而人往往喜欢说得稀奇古怪，连一个西瓜也不肯主张平平常常的吃下去。其实，战士的日常生活，是并不全部可歌可泣的，然而又无不和可歌可泣之部相关联，这才是实际上的战士。

八月二十三日。

"这也是生活……"

死

当印造凯绥·珂勒惠支（Kaethe Kollwitz）所作版画的选集时，曾请史沫德黎（A. Smedley）女士做一篇序。自以为这请得非常合适，因为她们俩原极熟识的。不久做来了，又逼着茅盾先生译出，现已登在选集上。其中有这样的文字：

"许多年来，凯绥·珂勒惠支——她从没有一次利用过赠授给她的头衔——作了大量的画稿，速写，铅笔作的和钢笔作的速写，木刻，铜刻。把这些来研究，就表示着有二大主题支配着，她早年的主题是反抗，而晚年的是母爱，母性的保障，救济，以及死。而笼照于她所有的作品之上的，是受难的，悲剧的，以及保护被压迫者深切热情的意识。

"有一次我问她：'从前你用反抗的主题，但是现在你好像很有点抛不开死这观念。这是为什么呢？'用了深有所苦的语调，她回答道，'也许因为我是一天一天老了！'……"

我那时看到这里，就想了一想。算起来：她用"死"来做画材的时候，是一九一〇年顷；这时她不过四十三四岁。我今年的这"想了一想"，当然和年纪有关，但回忆十余年前，对于死却还没有感到这么深切。大约我们的生死久已被人们随意处置，认为无足重轻，所以自己也看得随随便便，不像欧洲人那样的认真了。有些外国人说，中国人最怕死。这其实是不确的，——但自然，每不免模模胡胡的死掉则有之。

大家所相信的死后的状态，更助成了对于死的随便。谁都知道，我们中国人是相信有鬼（近时或谓之"灵魂"）的，既有鬼，则死掉之后，虽然已不是人，却还不失为鬼，总还不算是一无所有。不过设想中的做鬼的久暂，却因其人的生前的贫富而不同。穷人们是大抵以为死后就去轮回的，根源出于佛教。佛教所说的轮回，当然手续繁重，并不这么简单，但穷人往往无学，所以不明白。这就是使死罪犯人绑赴法场时，大叫"二十年后又是一条好汉"，面无惧色的原因。况且相传鬼的衣服，是和临终时一样的，穷人无好衣裳，做了鬼也决不怎么体面，实在远不如立刻投胎，化为赤条条的婴儿的上算。我们曾见谁家生了小孩，胎里就穿着叫化子或是游泳家的衣服的么？从来没有。这就好，从新来过。也许有人要问，既然相信轮回，那就说不定来生会堕入更穷苦的景况，或者简直是畜生道，更加可怕了。但我看他们是并不这样想的，他们确信自己并未造出该入畜生道的罪孽，他们从来没有能堕畜生道的地位，权势和金钱。

然而有着地位，权势和金钱的人，却又并不觉得该堕畜生道；他们倒一面化为居士，准备成佛，一面自然也主张读经复古，兼做圣贤。他们像活着时候的超出人理一样，自以为死后也超出了轮回的。至于小有金钱的人，则虽然也不觉得该受轮回，但此外也别无雄才大略，只豫备安心做鬼。所以年纪一到五十上下，就给自己寻葬地，合寿材，又烧纸锭，先在冥中存储，生下子孙，每年可吃羹饭。这实在比做人还享福。假使我现在已经是鬼，在阳间又有好子孙，那么，又何必零星卖稿，或向北新书局去算账呢，只要很闲适的躺在楠木或阴沉木的棺材里，逢年逢节，就自有一桌盛馔和一堆国币摆在眼前了，岂不快哉！

就大体而言，除极富贵者和冥律无关外，大抵穷人利于立即投胎，小康者利于长久做鬼。小康者的甘心做鬼，是因为鬼的生活（这两字大有语病，但我想不出适当的名词来），就是他还未过厌的人的生活的连续。阴间当然也有主宰者，而且极其严厉，公平，但对于他独独颇肯通融，也会收点礼物，恰如人间的好官一样。

有一批人是随随便便，就是临终也恐怕不大想到的，我向来正是这随便党里的一个。三十年前学医的时候，曾经研究过灵魂的有无，结果是不知道；又研究过死亡是否苦痛，结果是不一律，后来也不再深究，忘记了。近十年中，有时也为了朋友的死，写点文章，不过好像并不想到自己。这两年来病特别多，一病也比较的长久，这才往往记起了年龄，自然，一面也为了有些作者们笔下的好意的或是恶意的不断的提示。

从去年起，每当病后休养，躺在藤躺椅上，每不免想到体力恢复后应该动手的事情：做什么文章，翻译或印行什么书籍。想定之后，就结束道：就是这样罢——但要赶快做。这"要赶快做"的想头，是为先前所没有的，就因为在不知不觉中，记得了自己的年龄。却从来没有直接的想到"死"。

直到今年的大病，这才分明的引起关于死的豫想来。原先是仍如每次的生病一样，一任着日本的S医师的诊治的。他虽不是肺病专家，然而年纪大，经验多，从习医的时期说，是我的前辈，又极熟识，肯说话。自然，医师对于病人，纵使怎样熟识，说话是还是有限度的，但是他至少已经给了我两三回警告，不过我仍然不以为意，也没有转告别人。大约实在是日子太久，病象太险了的缘故罢，几个朋友暗自协商定局，请了美国的D医师来诊察了。他是在上海的惟一的欧洲的肺病专家，经过打诊，听诊之后，虽然誉我为最能抵抗疾病的典型的中国人，然而也宣告我的就要灭亡；并且说，倘是欧洲人，则在五年前已经死掉。这判决使善感的朋友们下泪。我也没有请他开方，因为我想，他的医学从欧洲学来，一定没有学过给死了五年的病人开方的法子。然而 D 医师的诊断却实在是极准确的，后来我照了一张用 X 光透视的胸像，所见的景象，竟大抵和他的诊断相同。

我并不怎么介意于他的宣告，但也受了些影响，日夜躺着，无力谈话，无力看书。连报纸也拿不动，又未曾炼到"心如古井"，就只好想，而从此竟有时要想到"死"了。不过所想的也并非"二十年后又是一条好汉"，或者怎样久住在楠木棺材里之类，而是临终之前的琐事。在这时候，我才确信，我是到底相信人死无鬼的。我只想到过写遗嘱，以为我倘曾贵为宫保，富有千万，儿子和女婿及其他一定早已逼我写好遗嘱了，现在却谁也不提起。但是，我也留下一张罢。当时好像很想定了一些，都是写给亲属的，其中有的是：

    一，不得因为丧事，收受任何人的一文钱。——但老朋友的，不在此例。

    二，赶快收敛，埋掉，拉倒。

    三，不要做任何关于纪念的事情。

    四，忘记我，管自己生活。——倘不，那就真是胡涂虫。

    五，孩子长大，倘无才能，可寻点小事情过活，万不可去做空头文学家或美术家。

    六，别人应许给你的事物，不可当真。

    七，损着别人的牙眼，却反对报复，主张宽容的人，万勿和他接近。

此外自然还有，现在忘记了。只还记得在发热时，又曾想到欧洲人临死时，往往有一种仪式，是请别人宽恕，自己也宽恕了别人。我的怨敌可谓多矣，倘有新式的人问起我来，怎么回答呢？我想了一想，决定的是：让他们怨恨去，我也一个都不宽恕。

死

　　但这仪式并未举行，遗嘱也没有写，不过默默的躺着，有时还发生更切迫的思想：原来这样就算是在死下去，倒也并不苦痛；但是，临终的一刹那，也许并不这样的罢；然而，一世只有一次，无论怎样，总是受得了的……。后来，却有了转机，好起来了。到现在，我想，这些大约并不是真的要死之前的情形，真的要死，是连这些想头也未必有的，但究竟如何，我也不知道。

九月五日。

女　吊

　　大概是明末的王思任说的罢：“会稽乃报仇雪耻之乡，非藏垢纳污之地！”这对于我们绍兴人很有光彩，我也很喜欢听到，或引用这两句话。但其实，是并不的确的；这地方，无论为那一样都可以用。

　　不过一般的绍兴人，并不像上海的“前进作家”那样憎恶报复，却也是事实。单就文艺而言，他们就在戏剧上创造了一个带复仇性的，比别的一切鬼魂更美，更强的鬼魂。这就是“女吊”。我以为绍兴有两种特色的鬼，一种是表现对于死的无可奈何，而且随随便便的“无常”，我已经在《朝华夕拾》里得了绍介给全国读者的光荣了，这回就轮到别一种。

　　“女吊”也许是方言，翻成普通的白话，只好说是“女性的吊死鬼”。其实，在平时，说起“吊死鬼”，就已经含有“女性的”的意思的，因为投缳而死者，向来以妇人女子为最多。有一种蜘蛛，用一枝丝挂下自己的身体，悬在空中，《尔雅》上已谓之“蜆，缢女”，可见在周朝或汉朝，自经的已经大抵是女性了，所以那时不称它为男性的“缢夫”或中性的“缢者”。不过一到做“大戏”或“目连戏”的时候，我们便能在看客的嘴里听到“女吊”的称呼。也叫作“吊神”。横死的鬼魂而得到“神”的尊号的，我还没有发见过第二位，则其受民众之爱戴也可想。但为什么这时独要称她“女吊”呢？很容易解：因为在戏台上，也要有“男吊”出现了。

　　我所知道的是四十年前的绍兴，那时没有达官显宦，所以未闻有专门为人（堂会？）的演剧。凡做戏，总带着一点社戏性，供着神位，是看戏的主体，人们去看，不过叨光。但"大戏"或"目连戏"所邀请的看客，范围可较广了，自然请神，而又请鬼，尤其是横死的怨鬼。所以仪式就更紧张，更严肃。一请怨鬼，仪式就格外紧张严肃，我觉得这道理是很有趣的。

　　也许我在别处已经写过。"大戏"和"目连"，虽然同是演给神，人，鬼看的戏文，但两者又很不同。不同之点：一在演员，前者是专门的戏子，后者则是临时集合的 Amateur ——农民和工人；一在剧本，前者有许多种，后者却好歹总只演一本《目连救母记》。然而开场的"起殇"，中间的鬼魂时时出现，收场的好人升天，恶人落地狱，是两者都一样的。

　　当没有开场之前，就可看出这并非普通的社戏，为的是台两旁早已挂满了纸帽，就是高长虹之所谓"纸糊的假冠"，是给神道和鬼魂戴的。所以凡内行人，缓缓的吃过夜饭，喝过茶，闲闲而去，只要看挂着的帽子，就能知道什么鬼神已经出现。因为这戏开场较早，"起殇"在太阳落尽时候，所以饭后去看，一定是做了好一会了，但都不是精彩的部分。"起殇"者，绍兴人现已大抵误解为"起丧"，以为就是召鬼，其实是专限于横死者的。《九歌》中的《国殇》云："身既死兮神以灵，魂魄毅兮为鬼雄"，当然连战死者在内。明社垂绝，越人起义而死者不少，至清被称为叛贼，我们就这样的一同招待他们的英灵。在薄暮中，十几匹马，站在台下了；戏子扮好一个鬼王，蓝面鳞纹，手执钢叉，还得有十几名鬼卒，则普通的孩子都可以应募。我在十余岁时候，就曾经充过这样的义勇鬼，爬上台去，说明志愿，他们就给在脸上涂上几笔彩色，交付一柄钢叉。待到有十多人了，即一拥上马，疾驰到野外的许多无主孤坟之处，环绕三匝，下马大叫，将钢叉用力的连连刺在坟墓上，然后拔叉驰回，上了前台，一同大叫一声，将钢叉一掷，钉在台板上。我们的责任，这就算完结，洗脸下台，可以回家了，但倘被父母所知，往往不免挨一顿竹篠（这是绍兴打孩子的最普通的东西），一以罚其带着鬼气，二以贺其没有跌死，但我却幸而从来没有被觉察，也许是因为得了恶鬼保佑的缘故罢。

这一种仪式，就是说，种种孤魂厉鬼，已经跟着鬼王和鬼卒，前来和我们一同看戏了，但人们用不着担心，他们深知道理，这一夜决不丝毫作怪。于是戏文也接着开场，徐徐进行，人事之中，夹以出鬼：火烧鬼，淹死鬼，科场鬼（死在考场里的），虎伤鬼……孩子们也可以自由去扮，但这种没出息鬼，愿意去扮的并不多，看客也不将它当作一回事。一到"跳吊"时分——"跳"是动词，意义和"跳加官"之"跳"同——情形的松紧可就大不相同了。台上吹起悲凉的喇叭来，中央的横梁上，原有一团布，也在这时放下，长约戏台高度的五分之二。看客们都屏着气，台上就闯出一个不穿衣裤，只有一条犊鼻裤，面施几笔粉墨的男人，他就是"男吊"。一登台，径奔悬布，像蜘蛛的死守着蛛丝，也如结网，在这上面钻，挂。他用布吊着各处：腰，胁，胯下，肘弯，腿弯，后项窝……一共七七四十九处。最后才是脖子，但是并不真套进去的，两手扳着布，将颈子一伸，就跳下，走掉了。这"男吊"最不易跳，演目连戏时，独有这一个脚色须特请专门的戏子。那时的老年人告诉我，这也是最危险的时候，因为也许会招出真的"男吊"来。所以后台上一定要扮一个王灵官，一手捏诀，一手执鞭，目不转睛的看着一面照见前台的镜子。倘镜中见有两个，那么，一个就是真鬼了，他得立刻跳出去，用鞭将假鬼打落台下。假鬼一落台，就该跑到河边，洗去粉墨，挤在人丛中看戏，然后慢慢的回家。倘打得慢，他就会在戏台上吊死；洗得慢，真鬼也还会认识，跟住他。这挤在人丛中看自己们所做的戏，就如要人下野而念佛，或出洋游历一样，也正是一种缺少不得的过渡仪式。

这之后，就是"跳女吊"。自然先有悲凉的喇叭；少顷，门幕一掀，她出场了。大红衫子，黑色长背心，长发蓬松，颈挂两条纸锭，

女

吊

垂头，垂手，弯弯曲曲的走一个全台，内行人说：这是走了一个"心"字。为什么要走"心"字呢？我不明白。我只知道她何以要穿红衫。看王充的《论衡》，知道汉朝的鬼的颜色是红的，但再看后来的文字和图画，却又并无一定颜色，而在戏文里，穿红的则只有这"吊神"。意思是很容易了然的；因为她投缳之际，准备作厉鬼以复仇，红色较有阳气，易于和生人相接近，……绍兴的妇女，至今还偶有搽粉穿红之后，这才上吊的。自然，自杀是卑怯的行为，鬼魂报仇更不合于科学，但那些都是愚妇人，连字也不认识，敢请"前进"的文学家和"战斗"的勇士们不要十分生气罢。我真怕你们要变呆鸟。

她将披着的头发向后一抖，人这才看清了脸孔：石灰一样白的圆脸，漆黑的浓眉，乌黑的眼眶，猩红的嘴唇。听说浙东的有几府的戏文里，吊神又拖着几寸长的假舌头，但在绍兴没有。不是我袒护故乡，我以为还是没有好；那么，比起现在将眼眶染成淡灰色的时式打扮来，可以说是更彻底，更可爱。不过下嘴角应该略略向上，使嘴巴成为三角形：这也不是丑模样。假使半夜之后，在薄暗中，远处隐约着一位这样的粉面朱唇，就是现在的我，也许会跑过去看看的，但自然，却未必就被诱惑得上吊。她两肩微耸，四顾，倾听，似惊，似喜，似怒，终于发出悲哀的声音，慢慢地唱道：

"奴奴本身杨家女，

呵呀，苦呀，天哪！……"

下文我不知道了。就是这一句，也还是刚从克士那里听来的。但那大略，是说后来去做童养媳，备受虐待，终于弄到投缳。唱完就听到远处的哭声，这也是一个女人，在衔冤悲泣，准备自杀。她万分惊喜，要去"讨替代"了，却不料突然跳出"男吊"来，主张应该他去讨。他们由争论而至动武，女的当然不敌，幸而王灵官虽然脸相并不漂亮，却是热烈的女权拥护家，就在危急之际出现，一鞭把男吊打死，放女的独去活动了。老年人告诉我说：古时候，是男女一样的要上吊的，自从王灵官打死了男吊神，才少有男人上吊；而且古时候，是身上有七七四十九处，都可以吊死的，自从王灵官打死了男吊神，致命处才只在脖子上。中国的鬼有些奇怪，好像是做鬼之后，也还是要死的，那时的名称，绍兴叫作"鬼里鬼"。但男吊既然早被王灵官打死，为什么现在"跳吊"，还会引出真的来呢？我不懂这道理，问问老年人，他们也讲说不明白。而且中国的鬼还有一种坏脾气，就是"讨替代"，这才完全是利己主义；倘不然，是可以十分坦然的和他们相处的。习俗相沿，虽女吊不免，她有时也单是"讨替代"，忘记了复仇。绍兴煮饭，多用铁锅，烧的是柴或草，烟煤一厚，火力就不灵了，因此我们就常在地上看见刮下的锅煤。但一定是散乱的，凡村姑乡妇，谁也决不肯省些力，把锅子伏在地面上，团团一刮，使烟煤落成一个黑圈子。这是因为吊神诱人的圈套，就用煤圈炼成的缘故。散掉烟煤，正是消极的抵制，不过为的是反对"讨替代"，并非因为怕她去报仇。被压迫者即使没有报复的毒心，也决无被报复的恐惧，只有明明暗暗，吸血吃肉的凶手或其帮闲们，这才赠人以"犯而勿校"或"勿念旧恶"的格言，——我到今年，也愈加看透了这些人面东西的秘密。

九月十九——二十日。

凯绥·珂勒惠支版画选集序目

　　凯绥·勖密特（Kaethe Schmidt）以一八六七年七月八日生于东普鲁士的区匿培克（Koenigsberg）。她的外祖父是卢柏（Julius Rupp），即那地方的自由宗教协会的创立者。父亲原是候补的法官，但因为宗教上和政治上的意见，没有补缺的希望了，这穷困的法学家便如俄国人之所说："到民间去"，做了木匠，一直到卢柏死后，才来当这教区的首领和教师。他有四个孩子，都很用心的加以教育，然而先不知道凯绥的艺术的才能。凯绥先学的是刻铜的手艺，到一八八五年冬，这才赴她的兄弟在研究文学的柏林，向斯滔发·培伦（Stauffer Bern）去学绘画。后回故乡，学于奈台，（Neide），为了"厌倦"，终于向闵兴的哈台列克（Herterich）那里去学习了。

　　一八九一年，和她兄弟的幼年之友卡尔·珂勒惠支（Karl Kollwitz）结婚，他是一个开业的医生，于是凯绥也就在柏林的"小百姓"之间住下，这才放下绘画，刻起版画来。待到孩子们长大了，又用力于雕刻。一八九八年，制成有名的"织工一揆"计六幅，取材于一八四四年的史实，是与先出的霍普德曼（Gerhart Haupt mann）的剧本同名的；一八九九年刻"格莱亲"，零一年刻"断头台边的舞蹈"；零四年旅行巴黎；零四至八年成连续版画"农民战争"七幅，获盛名，受 Villarom Ana 奖金，得游学于意大利。这时她和一个女友由佛罗棱萨步行而入罗马，然而这旅行，据她自己说，对于她的艺术似乎并无大影响。一九〇九年作"失业",一〇年作"妇人被死亡所捕"和以"死"为题材的小图。

世界大战起,她几乎并无制作。一九一四年十月末,她的很年青的大儿子以义勇兵死于弗兰兑伦(Fland Ern)战线上。一八年十一月,被选为普鲁士艺术学院会员,这是以妇女而入选的第一个。从一九年以来,她才仿佛从大梦初醒似的,又从事于版画了,有名的是这一年的纪念里勃克内希(Liebknecht)的木刻和石刻,〇二至〇三年的木刻连续画"战争",后来又有三幅"无产者",也是木刻连续画。一九二七年为她的六十岁纪念,霍普德曼那时还是一个战斗的作家,给她书简道:"你的无声的描线,侵人心髓,如一种惨苦的呼声;希腊和罗马时候都没有听到过的呼声。"法国罗曼·罗兰(Romain Rollad)则说:"凯绥·珂勒惠支的作品是现代德国的最伟大的诗歌,它照出穷人与平民的困苦和悲痛。这有丈夫气概的妇人,用了阴郁和纤秾的同情,把这些收在她的眼中,她的慈母的腕里了。这是做了牺牲的人民的沈默的声音。"然而她在现在,却不能教授,不能作画,只能真的沈默的和她的儿子住在柏林了;她的儿子象那父亲一样,也是一个医生。

在女性艺术家之中,震动了艺术界的,现代几乎无出于凯绥·珂勒惠支之上——或者赞美,或者攻击,或者又对攻击给她以辩护。诚如亚斐那留斯(Ferdinand Avenarius)之所说:"新世纪的前几年,她第一次展览作品的时候,就为报章所喧传的了。从此以来,一个说,'她是伟大的版画家';人就过作无聊的不成话道:'凯绥·珂勒惠支是属于只有一个男子的新派版画家里的。'别一个说:'她是社会民主主义的宣传家',第三个却道:'她是悲观的困苦的画手'。而第四个又以为'是一个宗教的艺术家'。要之:无论人们怎样地各以自己的感觉和思想来解释这艺术,怎样地从中只看见一种的意义——然而有一件事情是普遍的:人没有忘记她。谁一听到凯绥·珂勒惠支的名姓，就仿佛看见这艺术。这艺术是阴郁的，虽然都在坚决的动弹，集中于强韧的力量，这艺术是统一而单纯的——非常之逼人。"

但在我们中国，绍介的还不多，我只记得在已经停刊的"现代"和"译文"上，各曾刊印过她的一幅木刻。原画自然更少看见；前四五年，上海曾经展览过她的几幅作品，但恐怕也不大有十分注意的人。她的本国所复制的作品，据我所见，以"凯绥·珂勒惠支画帖"（Kaethe Kollwitzmappe, Herausgegeben Von Kunstwart, Kunstwart-Verlag Muen Chen, 1927）为最佳，但后一版便变了内容，忧郁的多于战斗的了。印刷未精，而幅数较多的，则有"凯绥·珂勒惠支作品集"（Das Kaethe Kollwitz Werk, Carl Reisner Verlag, Dresden 1930），只要一翻这集子，就知道她以深广的慈母之爱，为一切被侮辱和损害者悲哀，抗议，愤怒，斗争；所取的题材大抵是困苦，饥饿，流离，疾病，死亡，然而也有呼号，挣扎，联合和奋起。此后又出了一本新集（Das Neue K.Kollwitz Werk, 1933），却更多明朗之作了。霍普斯坦因（Wilhelm Hausenstein）批评她中期的作品，以为虽然间有鼓动的男性的版画，暴力的恐吓，但在根本上，是和颇深的生活相联系，形式也出于颇激的纠葛的，所以那形式，是紧握着世事的形相。永田一修并取她的后来之作，以这批评为不足，他说凯绥·珂勒惠支的作品，和里培尔曼（Max Liebermann）不同，并非只觉得题材有趣，来画下层世界的；她因为被周围的悲惨生活所动，所以非画不可，这是对于榨取人类者的无穷的"愤怒"。"她照目前的感觉，——永田一修说——描写着黑土的大众。她不将样式来范围现象。时而见得悲剧，时而见得英雄化，是不免的。然而无论她怎样阴郁，怎样悲哀，却决不是非革命。她没有忘却变革现社会的可能。而且愈入老境，就愈脱离了悲剧的，或者英雄的，阴暗的形式。"

而且她不但为周围的悲惨生活抗争，对于中国也没有象中国对于她那样的冷淡：一九三一年一月间，六个青年作家遇害之后，全世界的进步的文艺家联名提出抗议的时候，她也是署名的一个人。现在，用中国法计算作者的年龄，她已届七十岁了，这一本书的出版，虽然篇幅有限，但也可以算是为她作一个小小的纪念的罢。

选集所取，计二十一幅，以原版拓本为主，并复制一九二七年的印本画帖以足之。以下据亚斐那留斯及第勒（Louisediel）的解说，并略参己见，为目录——

1. "自画像"（Selbstbild）。石刻，制作年代未详，按"作品集"所列次序，当成于一九一〇年顷；据原拓本，原大 34 × 30cm。这是作者从许多版画的肖像中，自己选给中国的一幅，隐然可见她的悲悯，愤怒和慈和。

2. "穷苦"（Not）。石刻，原大 15 × 15cm。据原版拓本，后五幅同。这是有名的"织工一揆"（Ein Weberauffstand）的第一幅，一八九八年作。前四年，霍普德曼的剧本"织匠"始开演于柏林的德国剧场，取材是一八四四年的勒列济安（Schlesien）麻布工人的蜂起，作者也许是受着一点这作品的影响的，但这可以不必深论，因为那是剧本，而这却是图画。我们藉此进了一间穷苦的人家，冰冷，破烂，父亲抱一个孩子，毫无方法的坐在屋角里，母亲是愁苦的，两手支头，在看垂危的儿子，纺车静静的停在她的旁边。

3. "死亡"（Tod）。石刻，原大 22 × 18cm。同上的第二幅。还是冰冷的房屋，母亲疲劳得睡去了，父亲还是毫无办法的，然而站立着在沈思他的无法。桌上的烛火尚有余光，"死"却已经近来，伸开他骨出的手，抱住了弱小的孩子。孩子的眼睛张得极大，在凝视我们，他要生存，他至死还在希望人有改革运命的力量。

4. "商议"（Beratung）。石刻，原大 27 × 17cm。同上的第三幅。接着前两幅的沈默的忍受和苦恼之后，到这里却现出生存竞争的景象来了。我们只在黑暗中看见一片桌面，一只杯子和两个人，但为的是在商议择掉被践踏的运命。

5. "织工队"（Weberzug）。铜刻，原大 22 × 29cm。同上的第四

幅。队伍进向吮取脂膏的工场，手里捏着极可怜的武器，手脸都瘦损，神情也很颓唐，因为向来总饿着肚子。队伍中有女人，也疲惫到不过走得动；这作者所写的大众里，是大抵有女人的。她还背着孩子，却伏在肩头睡去了。

6."突击"（Sturm）。铜刻，原大 24×29cm。同上的第五幅。工场的铁门早经锁闭，织工们却想用无力的手和可怜的武器，来破坏这铁门，或者是飞进石子去。女人们在助战，用痉挛的手，从地上挖起石块来。孩子哭了，也许是路上睡着的那一个。这是在六幅之中，人认为最好的一幅、有时用这来证明作者的"织工"，艺术达到怎样的高度的。

7."收场"（Ende）。铜刻，原大 24×30cm。同上的第六和末一幅。我们到底又和织工回到他们的家里来，织机默默的停着，旁边躺着两具尸体，伏着一个女人；两门口还在抬进尸体来。这是四十年代，在德国的织工的求生的结局。

8."格莱亲"（Gretchen）。一八九九年作石刻；据画帖。原大未详。歌德（Goethe）的"浮士德"（Faust）有浮士德爱格莱亲，诱与通情，有孕；她在井边，从女友听到邻女被情人所弃，想到自己，于是向圣母供花祷告事。这一幅所写的是这可怜的少女经过极狭的桥上，在水里幻觉的看见自己的将来。她在剧本里，后来是将她和浮士德所生的孩子投在水里淹死，下狱了。原石已破碎。

9."断头台边的舞蹈"（Tanz Umdie Guill Otine）。一九〇一年作，铜刻；据画帖，原大未详。是法国大革命时候的一种情景：断头台造起来了，大家围着它，吼着"让我们来跳加尔玛弱儿舞罢！"（Dansons La Carmagnole!）的歌，在跳舞。不是一个，是为了同样的原因而同样的可怕的了的一群。周围的破屋，象积叠起来的困苦的峭壁，上面只见一块天。狂暴的人堆的臂膊，恰如净罪的火焰一般，照出来的只有一个阴暗。

10."耕夫"（Die Pelueger）。原大 31×45cm。这就是有名的历

史的连续画"农民战争"（Bauernkrieg）的第一幅。画共七幅，作于一九〇四至〇八年，都是铜刻。现在据以影印的也都是原拓本。"农民战争"是近代德国最大的社会改革运动之一，以一五二四年顷，起于南方，其时农民都在奴隶的状态，被虐于贵族的封建的特权；玛丁·路德既提倡新教，同时也传播了自由主义的福音，农民就觉醒起来，要求废止领主的苛例，发表宣言，还烧教堂，攻地主，扰动及于全国。然而这时路德却反对了，以为这种破坏的行为，大背人道，应该加以镇压，诸侯们于是放手的讨伐，恣行残酷的复仇，到第二年，农民就都失败了，境遇更加悲惨，所以他们后来就称路德为"撒谎博士"。这里刻划出来的是没有太阳的天空之下。两个耕夫在耕地，大约是弟兄，他们套着绳索，拉着犁头，几乎爬着的前进，象牛马一般，令人仿佛看见他们的流汗，听到他们的喘息。后面还该有一个扶犁的妇女，那恐怕总是他们的母亲了。

11. "凌辱"（Vergewaltigt）。同上的第二幅；原大 35 × 53cm。男人们的受苦还没有激起变乱，但农妇也遭到可耻的凌辱了；她反缚两手，躺着，下颏向天，不见脸。死了，还是昏着呢，我们不知道。只见一路的野草都被踩躏，显着曾经格斗的样子，较远之处，却站着可爱的小小的葵花。

12. "磨镰刀"（Beim Dengeln）。同上的第三幅，原大 30 × 30cm。这里就出现了饱尝苦楚的女人，她的壮大粗糙的手，在用一块磨石，磨快大镰刀的刀锋，她那小小的两眼里，是充满着极顶的憎恶和愤怒。

13. "圆洞门里的武装"（Bewaffnung In Einem Gewoelbe）。同上的第四幅，原大 50 × 33cm。大家都在一个阴暗的圆洞门下武装了起来．从狭窄的戈谛克式阶级蜂涌而上：是一大群拚死的农民。光线愈高愈少；奇特的半暗，阴森的人相。

14. "反抗"（Losbruch）。同上的第五幅，原大 51 × 50cm。谁都在草地上没命的向前，最先是少年，喝令的却是一个女人，从全体上洋溢着复仇的愤怒。她浑身是力，挥手顿足，不但令人看了就生勇往直前之心，还好象天上的云，也应声裂成片片。她的姿态，是所有名画中最有力量的女性的一个。也如"织工一揆"里一样，女性总是参加着非常的事变，而且极有力，这也就是"这有丈夫气概的妇人"的精神。

15."战场"（Schlachtfeld）。同上的第六幅，原大 41×53cm。农民们打败了，他们敌不过官兵。剩在战场上的是什么呢？几乎看不清东西。只在隐约看见尸横遍野的黑夜中，有一个妇人，用风灯照出她一只劳作到满是筋节的手，在触动一个死尸的下巴。光线都集中在这一小块上。这，恐怕正是她的儿子，这处所，恐怕正是她先前扶犁的地方，但现在流着的却不是汗而是鲜血了。

16."俘虏"（Die Gefangene）。同上的第七幅，原大 33×42cm。画里是被捕的孑遗，有赤脚的，有穿木鞋的，都是强有力的汉子，但竟也有儿童，个个反缚两手，禁在绳圈里。他们的运命，是可想而知的了，但各人的神气，有已绝望的，有还是倔强或愤怒的，也有自在沈思的，却不见有什么萎靡或屈服。

17."失业"（Arbeitslosigkeit）。一九〇九年作；铜刻；据画帖，原大 44×54cm。他现在闲空了，坐在她的床边，思索着——然而什么法子也想不出。那母亲和睡着的孩子们的模样，很美妙而崇高，为作者的作品中所罕见。

18."妇人为死亡所捕获"（Frau Vom Tod Gepackt），亦名"死和女人"（Tod Und Weib）。一九一〇年作，铜刻；据画帖，原大未详。"死"从她本身的阴影中出现，由背后来袭击她，将她缠住，反剪了；剩下弱小的孩子，无法叫回他自己的慈爱的母亲。一转眼间，对面就是两界。"死"是世界上最出众的拳师，死亡是现社会最动人的悲剧，而这妇人则是全作品中最伟大的一人。

19."母与子"（Mutter Undkind）。制作年代未详，铜刻；据画帖，原大 19×13cm。在"凯绥·珂勒惠支作品集"中所见的百八十二幅中，可指为快乐的不过四五幅，这就是其一。亚斐那留斯以为从特地描写着孩子的呆气的侧脸，用光亮衬托出来之处，颇令人觉得有些忍俊不禁。

20."面包！"（Brot!）。石刻，制作年代未详，想当在欧洲大战之后；据原拓本，原大 30×28cm。饥饿的孩子的急切的索食，是最碎裂了做母亲的心的。这里是孩子们徒然张着悲哀，而热烈地希望着的眼，母亲却只能弯了无力的腰。她的肩膀耸了起来，是在背人饮泣。她背着人，因为肯帮助的和她一样的无力，而有力的是横竖不肯帮助的。她也不愿意给孩子们看见这是剩在她这里的仅有的慈爱。

21."德国的孩子们饿着！"（Deutschlands Kinder Hungern!）。石刻，制作年代未详，想当在欧洲大战之后，据原拓本，原大 43×29cm。他们都擎着空碗向人，瘦削的脸上的圆睁的眼睛里，炎炎的燃着如火的热望。谁伸出手来呢？这里无从知道。这原是横幅，一面写着现在作为标题的一句，大约是当时募捐的揭帖。后来印行的，却只存了图画。作者还有一幅石刻，题为"决不再战！"（Niewieder Krieg!），是略早的石刻，可惜不能搜得；而那时的孩子，存留至今的，则已都成了二十以上的青年，可又将被驱作兵火的粮食了。

一九三六年一月二十八日。
鲁迅。

自画像

穷　苦

死 亡

商　议

磨工路

死

击

收 场

格莱亲

断头台边的舞蹈

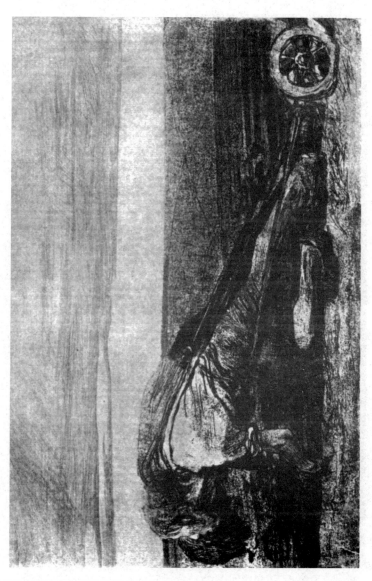

夫

耕

凌母

磨镰刀

圆洞门里的武装

反 抗

俘虏

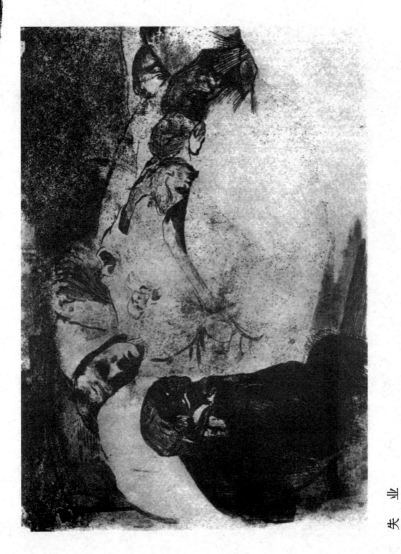

失　业

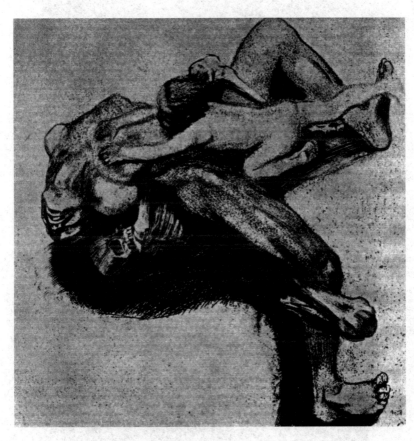

妇人为死亡所捕获

母与子

面包！

德国的孩子们饿着！

组画《战争之一·牺牲》（鲁迅为《北斗》杂志所选木刻作品）

　　"当《北斗》创刊时，我就想写一点关于柔石的文章，然而不能够，只得选了一幅珂勒惠支（Kathe Kollwitz）夫人的木刻，名曰《牺牲》，是一个母亲悲哀地献出她的儿子去的，算是只有我一个人心里知道的柔石的记念。"

——鲁迅

组画《战争之六·母亲们》（选自鲁迅编《凯绥·珂勒惠支版画集》）

沉睡的母亲与孩子